KB239639

검마전기
그라인더

승빈 게임 판타지 소설
GAME FANTASY STORY

검마전기
그라인더

승빈 게임 판타지 소설
GAME FANTASY STORY

검마전기 그라인더 1

승빈 게임 판타지 소설

초판 1쇄 찍은 날 § 2010년 5월 10일
초판 1쇄 펴낸 날 § 2010년 5월 17일

지은이 § 승빈
펴낸이 § 서경석

편집장 § 문혜영
편집책임 § 주소영

펴낸곳 § 도서출판 청어람
등록번호 § 제1081-1-89호
등록일자 § 1999. 5. 31
어람번호 § 제1-1145호

주소 § 경기도 부천시 원미구 심곡2동 163-2 서경B/D 3F (우) 420-822
전화 § 032-656-4452 팩스 § 032-656-4453
http://www.chungeoram.com
E-mail § chungeoram@chungeoram.com

© 승빈, 2010

ISBN 978-89-251-2174-1 04810
ISBN 978-89-251-2173-4 (세트)

검마전기 그라인더

GRINDER

1

승빈 게임 판타지 소설

GAME FANTASY STORY

도서출판 청어람

Contents

그대는 유난히 창백한 달을 본 적이 있는가?

안전하지 않은 지역에서 그 달을 보고도 살아남았다면, 거 참 행운이로군.

그건 복수자의 달 리메디라네.

이곳 제로테인에서는 평안의 금빛 달 레미디스가 위세를 떨치고 있어 리메디는 보름에 한 번만 그 창백한 빛을 드러낼 뿐이지만, 암흑의 대륙 펠로서스에서는 사시사철 얼어붙은 듯한 새하얀 달이 밤하늘을 지배하지. 그것은 암흑에 물든 자들에게 약속된 살육의 축제라네.

기억해 두게, 젊은이.

이 땅의 평화는 영원하지 않아. 복수의 리메디는 언제고 이 땅을 다시 지배하려 들 거야. 그녀는 결코 원한을 잊지 않지.

창백한 달의 밤이 이 땅에도 찾아오면 그동안 억눌렸던 마물들은 달을 향해 살육의 맹세를 하고 약하고 사랑스러운 것들을 마음껏 찢어발길 것이라네.

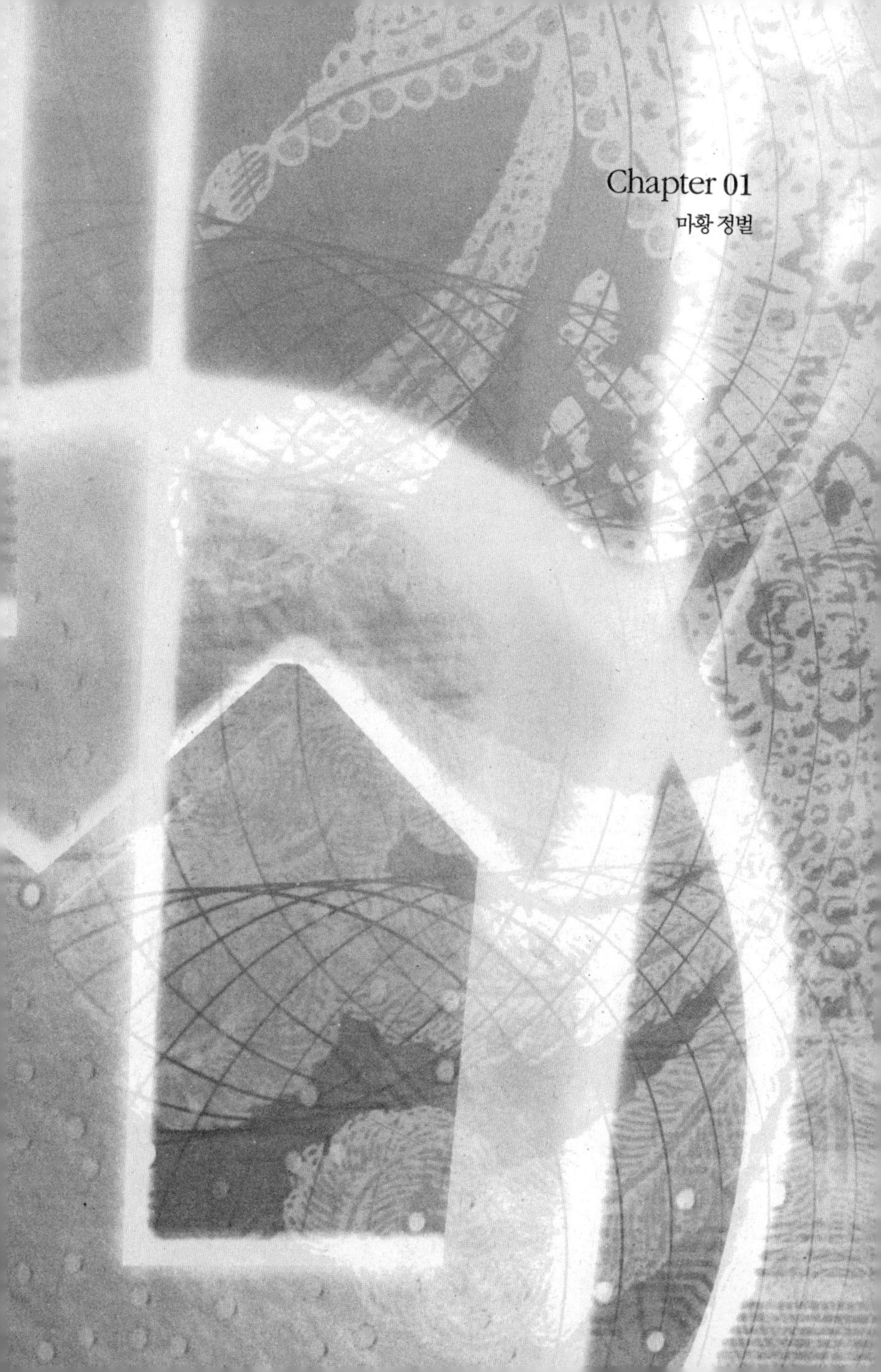

Chapter 01

마황 정벌

이테리아 대륙 남부. '영원의 초원' 지역.

검은 망토를 두른 청년이 무릎 높이의 풀숲을 헤치며 앞으로 걸어나가고 있었다.

'늦진 않았군.'

청년은 발걸음을 멈추지 않은 채 지평선 위에 조금 남아 있는 붉은 태양 끄트머리를 바라보았다.

그의 이름은 '랜드로서'. 방금 대륙을 건너 이곳에 도착한 참이었다.

주변의 풍경은 평화로웠다. 노을빛을 받아 발그레한 풀밭 위로 가벼운 차림의 사람들이 한가롭게 떠들고 있었다.

"오늘은 리메디의 밤입니다! 사냥 안 하실 분들은 도시로 돌아가세요!"

갈색 베레모를 쓴 청년이 풀숲을 달려가며 외쳤다. 풀숲의 곳곳에서 풀잎을 따거나 벌레를 채집하거나 모여서 수다를 떨던 각각의 사람들이 서둘러 도시 쪽으로 달려가기 시작했다.

풀밭을 뛰어다니며 위험을 알리던 갈색 베레모의 청년은 자신도 도시 쪽으로 달려가려다 문득, 풀밭에 혼자 남은 랜드로서를 돌아보았다.

"사냥하실 건가요?"

청년의 시선엔 의아함이 차 있었다. 그도 그럴 것이, 랜드로서는 셔츠 위에 부드러운 가죽 갑옷을 걸친 비무장이나 다름없는 차림이었다. 어깨 위에 검은 망토를 두르고 망토와 같은 재질의 검은 천을 복면처럼 눈 아래까지 덮고 있었지만 이 근방에서는 그다지 특이한 차림도 아니었다. 저걸론 방어력이 전혀 안 나올 텐데 하는 의아한 시선을 받을 뿐이었다.

"기다릴 사람이 있어서요. 곧 접속 종료할 겁니다."

랜드로서는 대충 대답했다. 청년은 알겠다는 듯 고개를 끄덕이며 도시로 달려갔다.

청년이 멀어져 가자 랜드로서는 다시 앞으로 걷기 시작했다.

무한한 풀숲 속에 그는 혼자였다. 어두워져 감에 따라 평화롭던 풀숲은 차츰 불길한 색으로 물들기 시작했다.

사각사각.

문득 랜드로서는 발밑에서 들리는 작은 소리를 들었다.

내려다보니 풀숲 사이로 주먹만 한 빨간 거미가 그의 발 옆을 지나가는 것이 보였다.

'꼬마 거미'다. 진짜 거미와는 달리 장난감처럼 단순하고 앙증맞은 모양이었다. 마물이지만 약하고 여려서 사람을 먼저 공격하지도 않았다.

하늘은 이미 거의 어두워졌다. 하늘 가장자리에 남은 마지막 남빛까지 사라지자 랜드로서의 눈앞에 반투명한 안내창이 나타났다.

경고!
복수의 달 리메디가 출현했습니다.
캐릭터의 성향에 따라 능력치가 크게 변화합니다.

차디찬 바람이 앞에서부터 화악 불어닥쳤다. 바람 닿은 자리의 풀잎들이 전부 새파란 색으로 변했다. 검은 하늘 한가운데 어느새 나타난 새하얀 달이 얼음 같은 빛을 뿜었다.

보름에 하루, 복수자의 달 리메디가 뜨는 밤.

이 밤에는 마물들이 열 배가량 강력해진다.

영원의 초원은 위험한 마물이 없어 평화롭게 시간을 보내는 사람들이 사랑하는 장소였지만, 리메디의 밤에는 이야기가 달라진다.

우드드드드득! 우득! 우득!

사방에서 뭔가가 으스러지는 소리가 나더니 풍선이 부풀어

오르듯 시커먼 물체들이 풀밭 위로 솟아오르기 시작했다. 금속성의 검은 표면을 번들거리며 하나하나 발을 들어 올리는 그것은 집채만 한 거미였다. 칼날 같은 여덟 개의 다리에는 시커먼 털이 가득 나 있었고 그르렁거리는 입가에선 초록색 젤리 같은 것들이 뚝뚝 떨어져 내렸다.

그런 놈들이 수백 마리. 풀밭이 검어 보일 정도였다.

랜드로서는 걸음을 멈췄다. 바로 앞에 거대한 거미가 있어서 길이 막혔기 때문이다. 그런 그의 행동을 놀라서 그런 거라고 생각했는지 뒤에서 외침 소리가 들렸다.

"이봐요! 어서 이쪽으로 와요!"

랜드로서는 천천히 검 손잡이에 손을 가져다 대었다.

그때였다.

반짝!

랜드로서의 바로 앞에서 약한 빛이 나타났다. 그것은 '제로월드'에 누군가가 새로 접속할 때 나타나는 빛이었다.

빛과 함께 나타난 것은 갈색 단발머리의 여성이었다. 그녀는 오늘이 리메디의 밤이란 사실을 모르고 접속한 것인지, 별 긴장감 없는 얼굴로 주변을 둘러보다가 하얗게 질렸다.

"꺄아악!"

그녀는 비명을 지르며 주저앉았다. 그와 거의 동시에 시커먼 거미들이 해일처럼 그녀에게 달려들어 왔다.

타다다다다다다다다다닥!

거미 다리가 땅을 찍는 소리가 기관총을 울리는 듯했다. 눈

을 질끈 감으려던 그녀는 바로 옆으로 사람의 모습이 쉭 지나
간 것을 보았다.

　'착각?

　그녀는 자기 눈을 의심했으나 착각이 아니었다.

　빠르게 그녀의 앞을 막아선 랜드로서가 시동어를 외치며 검
을 가로로 그었다.

　"칼트 블레이드!"

　순간 몰려오던 거미들의 한가운데에 새파란 줄이 쫙 그어졌
다. 맨 앞의 거미들이 새파랗게 얼어 잘라져 나가는 가운데, 그
는 다음 시동어를 외치며 검을 바닥에 내리꽂았다.

　"아카익 칼트!"

　쫘과광!

　검이 바닥에 꽂힌 순간, 사방의 땅에서 폭발이 터져 올랐다.

　쫘광! 쫘광! 쫘과광!

　연쇄 폭발이라도 일어나는 건지 시간차를 두고 착착 더 먼
곳에서 폭발의 연기와 폭음이 터져 나왔다.

　주저앉은 그녀는 온몸을 움츠렸다. 눈에 보이는 모든 곳이
다 터져 나간 것 같았다. 시야가 온통 파르스름한 연기로 뒤덮
여 아무것도 보이지 않았다.

　'무, 무슨 기술이 이렇게 범위가 넓어?

　그녀는 오므린 발끝에 작은 얼음조각이 튀는 것을 보았다.
연기가 흩어지면서 완전히 달라진 주변의 풍경이 보였다.

　"히엑……."

사방을 둘러쌌던 거대한 거미는 한 마리도 남아 있지 않았
다. 다만 주먹만 한 얼음 알갱이만이 수북이 쌓였을 뿐이다.

생전 처음 보는 기술에 그녀는 멍하니 움직일 줄을 몰랐다.

"마을로 가요."

그녀는 옆에서 나직한 목소리가 들려와서야 정신을 차렸다.

그녀를 구한 청년은 그녀를 지나쳐 앞으로 나아가고 있었
다. 아직 냉기 남은 바람에 그의 망토가 크게 펄럭였다.

그가 가는 방향은 도시와 완전히 반대방향이었다. 그러나
멀찍이 도시 앞에 서서 이쪽을 보느라 애쓰는 사람들 중 더 이
상 그를 걱정하는 사람은 없었다.

그녀는 급히 일어나 그와 반대방향, 마을이 있는 쪽으로 달
려가기 시작했다. 몇 걸음 내디뎠다가 뒤돌아보며 이미 꽤 멀
어진 청년의 등을 향해 외쳤다.

"구해주셔서 고마워요!"

대답은 돌아오지 않았다. 그녀는 왠지 모르게 입가에 번지
는 웃음을 삼키며 마을을 향해 단숨에 달려나갔다.

"레이니야! 괜찮아?"

마을 입구에는 그녀의 친구인 '네시'가 기다리고 있었다.
두 여자는 두 손을 맞잡았다. 레이니가 말했다.

"깜짝 놀랐지만 괜찮아! 덕분에 멋진 것 봤다!"

둘은 약속이라도 한 듯 영원의 평원 쪽을 돌아보았다. 검은
망토를 두른 청년은 이미 잘 보이지 않을 정도로 멀어져 있었
다.

"저긴… 거울의 숲이 있는 방향인데."

레이니가 중얼거린 지명에 두 사람은 잠시 멍해졌다.

'거울의 숲'은 리메디의 밤이 아니더라도 혼자서 들어가기 힘든 장소다. 하지만 저 사람이라면 별로 위험하지 않을 것 같았다.

"대체 누굴까? 저 정도 실력이면 유명한 사람일 텐데."

"유명한 사람이고 뭐고… 저런 거 처음 봐."

네시는 흐음, 하고 소리를 내다가 손뼉을 짝 치며 물었다.

"혹시… '그라인더' 아닐까?"

궁수가 꺼낸 이름은 현재 '제로월드' 랭킹 7위의 유저였다. 랭킹 10위 안에 드는 유저 중 유일하게 정체가 불분명한 존재다.

'그라인더'라는 것도 별명이었다. 그의 캐릭터 네임은 랭킹 게시판에도 '비공개'로 뜬다. 길드 활동도 하지 않는 모양이었다. 다만 혼자 다니는 굉장히 강한 검사가 있다는 소문만이 돌고 돌았다.

애매하던 소문들이 확실해진 건 6개월 전이다. 흑발의 검사가 혼자 본 드래곤을 박살 내는 동영상이 게시판에 올라온 것이다.

드래곤은 뼈만 남아도 강력한 존재다. 드래곤이 진짜 두려운 이유인 마법은 쓰지 못하지만 덩치가 워낙 크고 속도가 빠른데다 힘도 막강하기 때문이다.

그래서 본 드래곤은 '단체 공격용 마물'로 구분되어 있었

다. 수백 명이 몰려가서 몇 시간이고 생명력을 조금씩 깎아서
죽이는 마물인 것이다.

한데 동영상에서의 그라인더는 거짓말처럼 빠르게 움직였
다. 사방으로 뛰어 본 드래곤의 공격을 피하며 현란하게 검을
놀렸다. 그의 검이 지나간 자리마다 잘려 나간 뼛조각들이 무
수히 튀어 올랐다.

점점 뼈를 잃으며 작아지던 본 드래곤은 결국 쓰러져 일어
나지 못했다. 불과 10분 동안에 일어난 일이었다.

그래서 붙은 별명이 그라인더(Grinder), 분쇄기(粉碎機)다.

동영상에서 그는 검은 복면을 눈밑까지 덮어쓰고 검은 망토
를 늘어뜨린 가벼운 차림이었다. 본 드래곤을 향해 매섭게 달
려나가던 그의 등 뒤로 휘날리는 검은 망토가 인상적이었다.

여기까지 생각한 레이니는 움찔했다. 생각해 보니 정말, 조
금 전의 청년은 동영상에서의 그라인더와 똑같은 차림이었다.

"설마, 아니겠지."

그러나 결국 레이니는 고개를 저었다. 이 정도로 같은 사람
이라고 생각하는 건 무리라고 생각했기 때문이다.

사실 저건 굉장히 흔한 옷차림이기도 했다. 그라인더의 동
영상이 퍼진 이후, 검은 망토에 검은 복면 차림이 대유행했던
것이다.

"왜, 맞을 수도 있잖아? 옛날 그 동영상 찾아볼까?"

네시가 허공에 손을 놀려 동영상 화면을 눈앞에 띄웠다. 그
리고 눈을 크게 떴다.

"어?"

"왜 그래?"

"중계 1채널 틀어봐! 지금 나오고 있어!"

거울의 숲.

숲 가장 깊은 곳에 '거울의 호수'가 있다고 해서 붙여진 이름이다.

하늘을 거울처럼 비추는 그 맑은 호수 바닥에서는 최고 등급의 크리스털을 건져 낼 수가 있다.

그곳에 도착하기만 할 수 있다면 말이다.

사람들은 그 숲을 흰 늑대의 숲이라고도 불렀다. 일반 필드에서는 거의 볼 수도 없는 흰 늑대가 잔뜩 나오기 때문이다.

캥!

마지막 흰 늑대가 피를 쏟으며 나동그라졌다.

속칭 그라인더, 캐릭터 네임 '랜드로서'는 성큼성큼 숲 안으로 걸어 들어갔다. 숲이 드리운 그림자가 얼룩얼룩 그의 몸 위를 흘러갔다.

숲의 중앙, 거울의 호수가 있는 주변에는 동그랗게 나무가 없었다. 그래서 하늘에서 내려온 달빛이 거대한 빛의 기둥처럼 그 부분을 하얗게 빛내고 있었다.

호수는 새파랗게 얼어붙어 있었다.

그리고 호수 앞에는 털을 온통 은빛으로 빛내는 거대한 늑대가 서 있었다.

‘나왔군.’

랜드로서는 비릿한 웃음을 입가에 띠웠다.

리메디의 밤에만 특별한 마물이 나오는 지역이 있었다. 최근 그는 그런 지역들을 휩쓸고 다니는 중이었다. 그가 찾는 것은 암흑의 대륙, 펠로서스로 향하는 문이었다.

은빛 늑대는 네 발로 앉은 자세가 어른 키만큼이나 컸다. 은빛 털이 바람결에 물결치며 오묘한 빛깔을 만들어내고 있었다.

늑대는 붉은 눈으로 랜드로서를 지그시 바라보았다. 랜드로서는 검을 꽉 쥐며 맞서 싸울 생각을 했다.

크르…….

늑대가 낮게 울었다.

그리고 바로 다음 순간, 늑대는 갑자기 랜드로서의 눈앞에 나타나 있었다.

“헉?”

제대로 반응하기도 전에 늑대의 발톱이 그의 목을 찔러 들어왔다.

“큭!”

랜드로서는 간신히 검을 세워 막았다. 반사적인 방어였다. 그의 검은 늑대의 발톱 사이에 걸려 있었다. 긴 발톱이 랜드로서의 목에 닿아 얕은 상처를 냈다.

‘언제 이동했지? 움직이는 걸 못 봤는데!’

늑대는 굉장한 힘으로 랜드로서를 밀어붙이고 있었다. 목을 찔러오는 발톱이 점점 깊어졌다.

"넘치는 힘이여!"

랜드로서는 시동어를 외쳤다. 순간 심장에서부터 힘이 확 뻗쳐오르며 그는 늑대의 앞발을 밀쳐 냈다.

랜드로서는 그대로 늑대의 심장에 검을 내찔렀다.

'끝이다!'

그러나 감촉이 얕았다. 랜드로서는 본능적인 섬뜩함을 느끼며 몸을 옆으로 날렸다.

꽈과과광!

방금 그가 있던 자리가 폭발했다. 랜드로서는 바닥에 손을 한 번 짚고 훌쩍 몸을 돌려 일어섰다.

늑대는 어느새 호수 너머에 서 있었다. 그사이 움직였다고는 믿을 수 없는 거리다.

늑대가 다시 이쪽으로 뛰어오기 시작했다. 랜드로서는 제자리에 가만히 서서 늑대의 행동을 낱낱이 살폈다. 그러나 어느 순간, 늑대의 모습이 사라졌다.

'헉?'

촤악!

옆구리에 날카로운 통증이 느껴졌다. 어느새 옆으로 온 늑대가 발톱을 휘두른 것이다. 랜드로서는 빠르게 몸을 틀어 두 번째의 공격을 막았다. 몸을 더 틀어 놈의 앞발을 날려 버리려 했는데 또 늑대가 눈앞에서 사라졌다.

'환장하겠네! 이놈 뭐야!'

랜드로서는 필사적으로 주변을 돌아보았다. 늑대는 다시 호수 너머에 가만히 앉아 있었다. 달빛에 빛나는 호수 앞의 새하얀 늑대라니, 집중력이 흩어지는 기분이었다.

랜드로서는 옆구리의 상처를 살폈다. 발톱 모양 네 줄로 옷이 찢겨 있었지만 상처 자체는 심하지 않았다.

'저놈은 평범한 마물이 아니야. 뭔가 특수한 능력이 있어.'

단순히 속도가 어마어마하게 빠른 건 아닌 것 같았다. 랜드로서는 늑대가 사라졌다 나타난 지점들을 되새겨 보았다. 호수 앞에서 바로 앞으로, 바로 앞에서 호수 너머로, 호수 너머에서 바로 옆으로, 그리고 바로 옆에서 호수 너머로…….

'그렇군! 단거리 순간이동!'

단거리 순간이동은 시야가 닿는 지점으로 한순간에 이동할 수 있는 마법이다. 유저는 전투 중에 쓸 수 없는 마법이지만 저놈은 되는 모양이다.

'골치 아프군.'

검을 찔러 넣는 순간, 단거리 순간이동으로 피해 버리면 랜드로서는 늑대에게 별 피해를 입힐 수 없다. 조금 전에도 그렇게 치명상을 피했을 것이다.

반대로 말하면, 늑대는 또한 갑자기 랜드로서의 뒤에 나타나 공격할 수도 있는 것이다.

'그런데 왜 뒤가 아니라 앞이나 옆으로 왔지?'

물론 갑자기 거리를 확 좁혀오는 것도 위협적이지만, 등 뒤에서 공격하는 편이 훨씬 치명적이었을 것이다.

랜드로서는 뒤를 흘낏 보고 그 이유를 깨달았다. 뒤에는 빽빽한 나무숲이 늘어서 있었다. 저만한 덩치가 차지할 만한 빈 공간은 앞쪽밖에 없었다.

늑대가 커헝! 짖었다. 그리고 이쪽으로 뛰어오기 시작했다.

랜드로서는 한 발 물러서 나무 사이에 섰다. 이렇게 하면 늑대는 앞으로 올 수밖에 없을 것이다.

그는 검을 앞으로 겨눈 채 매서운 눈으로 늑대를 보았다. 아직은 거리가 있지만 저놈은 언제 거리를 확 좁혀올지 모른다.

그리고 늑대의 모습이 사라졌다. 랜드로서는 갑자기 앞으로 뛰어들며 허공에 검을 내찔렀다.

"이야아앗!"

랜드로서의 바로 앞에 늑대의 모습이 나타났다. 랜드로서의 검은 그대로 늑대의 심장을 꿰뚫었다.

푸욱!

이번 감촉은 깊었다. 늑대의 부드러운 살이 검날을 손잡이 앞까지 삼켜들었다.

"넘치는 힘이여!"

랜드로서는 검을 단숨에 뽑아냈다. 늑대의 피가 검의 잔상처럼 허공에 둥근 호선을 그렸다. 연이어 그는 허리를 틀며 검을 가로로 휘둘러 늑대의 목을 베었다.

늑대는 무너져 내렸다. 랜드로서는 가볍게 한 발 물러나 쓰러지는 늑대를 피했다.

쿠쿠쿵!

묵직한 소리가 나며 땅이 울렸다. 그리고 고요해졌다.

'이걸로 끝인가?'

랜드로서는 검을 꽂아 넣으며 쓰러진 늑대를 내려다보았다.

늑대는 정말 거대했다. 달빛에 은빛으로 빛나는 털이 아름다웠다.

'저건?'

늑대의 몸 옆에 리본으로 묶인 두루마리가 하나 있었다. 마법의 주문이 적혀 있는 아이템인 '스크롤'이다. 새로운 마법이나 기술을 익히는 데 사용하는 아이템이었다.

스크롤을 집어든 랜드로서는 눈살을 찌푸렸다. 스크롤이 푸른 리본으로 묶여 있는 걸 보아 이 안에 쓰여 있는 마법은 고급 마법일 것이다. 그는 검사 클래스라 익힐 수 있는 마법이 제한되어 있었다.

'쳇, 팔아치워야겠군.'

그는 소지품 창을 열어 스크롤을 그 안에 넣었다. 그때 발밑의 늑대가 꿈틀 하는 느낌이 났다.

'설마! 아직 안 죽었나?'

랜드로서는 급히 뒤로 물러났다. 검을 뽑아 든 채 몸을 낮추고 늑대를 노려보았다.

파하핫!

늑대의 온몸에서 붉은 빛이 확 뿜어져 나왔다 사라졌다.

그리고 늑대의 온몸이 점점 작아지기 시작했다.

랜드로서는 긴장했다. 강력한 마물 중에는 간혹 한 번 물리치면 더욱 강한 모습으로 변신해 다시 덤벼오는 놈들이 있었다. 아까의 늑대를 생각하면 뭔가 또 다른 특수 능력을 가지고 있을지도 모른다.

그러나 변화를 마친 늑대의 모습은 긴 금발을 늘어뜨린 아름다운 여성의 모습이었다.

'설마, 저게 강력한 마물?'

랜드로서는 침을 꿀꺽 삼키며 그녀를 내려다보았다. 그녀는 귀가 길고 뾰족해 엘프 같아 보이기도 했다. 허벅지까지 길게 트인 좁은 치마를 입고 있었는데, 바닥에 쓰러져 있는 탓에 희고 늘씬한 다리가 치마 옆으로 드러나 있었다.

도무지 사악한 존재로 보이지는 않았다. 어쩌면 저주에 걸린 공주 같은 것인지도 모른다.

'사람을 홀리는 종류의 마물일지도 모르고.'

랜드로서는 경계를 풀지 않기로 결정했다. 그때 그녀가 눈을 번쩍 떴다.

랜드로서는 한순간 숨 쉬는 것을 잊었다. 그녀의 눈은 유리 같은 푸른색이었다. 그녀는 그대로 멍하니 랜드로서를 보더니 엷은 미소를 지으며 고개를 숙였다.

"구해주셔서 감사합니다."

그녀는 옷깃을 추스르며 일어나 섰다. 고양이처럼 부드러운 동작이었다. 랜드로서를 다시 반듯이 보며 자신을 소개했다.

"저는 거울의 수호자 잉그리타라고 합니다."

“잉그… 리타?”

랜드로서가 그녀의 이름을 씹듯이 되새겼다. 그녀는 가볍게 고개를 끄덕이며 말을 이었다.

“이곳은 실상과 허상의 경계, 암혹의 대륙 펠로서스로 통하는 입구입니다. 저는 오랫동안 이곳을 지키고 있었습니다.”

“펠로서스의 문? 여기가 맞습니까?”

랜드로서가 확인하는 질문을 던졌다. 그녀가 나직이 대답했다.

“예.”

‘역시! 이런 곳에 숨겨져 있었군!’

랜드로서는 기쁨을 숨기며 반짝이는 호수 표면을 보았다. 그녀의 말이 이어졌다.

“최근 이 지역에서 뿜어져 나오는 사악한 기운이 심상치 않습니다. 저는 그 기운을 조사하려다 오히려 그 기운에 홀려 이성을 잃고 말았습니다. 강하신 분이여, 당신이 도와주시지 않았다면 저는 아마 저 너머의 사악한 것들과 같은 마물이 되고 말았을 것입니다.”

“저 너머의 사악한 것들이라면……?”

그녀는 눈살을 살짝 찌푸렸다.

“마족의 군대와 마황 베르가못입니다.”

‘베르가못? 그거 허브 이름 아니었나?’

랜드로서는 개발자의 센스에 심한 회의를 느꼈다. 물론 애니메이션과 게임의 마족 중에 ‘베르’로 시작하는 이름이 많왔던 것 같지만, 향기로운 마왕이라니 상상이 잘 되지 않았다.

차분한 어투로 그녀의 말은 이어졌다.

"오랫동안 이 문은 봉인되어 있었습니다. 그러나 이미 한계입니다. 암흑의 대륙에서부터 뿜어져 나오는 어둠의 기운은 주변의 것들을 물들일 정도로 강해져 버렸습니다. 이대로는 봉인이 깨지고 암흑이 쏟아져 나오는 것은 시간문제일 것입니다. 그 후 쏟아져 나올 어둠의 군대는, 약하고 선량한 제로테인의 생물들이 감당할 수 없는 수준일 것입니다."

그녀는 눈을 들어 랜드로서를 보았다.

"강하신 분이시여, 이 땅에 살아 숨 쉬는 모든 약하고 선량한 생물을 대신해 부탁드립니다. 이 호수 너머에는 암흑의 대륙 펠로서스로 향하는 문이 있습니다. 부디 펠로서스로 넘어가 모든 암흑과 절망의 근원인 마황 베르가못을 물리쳐 주시기 바랍니다."

그녀는 완전히 일어나 섰다. 랜드로서를 정면으로 바라보며 말을 맺었다.

"저는 힘을 거의 소모했습니다. 큰 도움을 드릴 수는 없지만, 안내를 해 드릴까 합니다."

띠링!

경쾌한 알람음과 함께 랜드로서의 눈앞에 반투명한 창이 떠올랐다.

[메인 퀘스트:거울의 문]
 거울의 문을 지켜왔던 수호자 잉그리타는 이제 수호자로서의 힘을 상
실했습니다. 강한 힘을 가진 당신에게 펠로서스의 정벌을 부탁합니다.

 [펠로러스로의 이동]
 세부 퀘스트(1/10):
 거울의 호수 바닥에 게이트가 있습니다. 게이트를 통과한 뒤 문지기를
제거하십시오.

 주의!
 이 퀘스트는 계속 연계되며, 사망 시 퀘스트 전체를 실패한 것으로 간주
됩니다. 유니크 퀘스트이므로 실패하거나 거절 시 재생성되지 않습니다.

 승락하시겠습니까?(Y/N)

*   *   *

　그곳은 유리로 만들어진 듯한 12면체의 공간이었다. 투명한
벽과 바닥 너머로 파르스름하게 빛나는 제로월드의 대지가 보
였다. 위쪽으로 보이는 풍경은 새카맣게 검은 하늘과, 얼음처
럼 빛을 발하고 있는 복수자의 달 리메디였다.
　제로월드 내의 관리실이라 할 수 있는 '엔타디셀' 이다. 항
상 제로월드의 하늘에 떠 있지만, 일반 유저들의 눈에는 보이
지 않는다.

제로월드는 '다이버 헬멧'이라는 장비를 통해 접속하는 가상현실 게임이다. 게임에 접속한 유저들은 자리에 앉아서도 실제 제로월드의 세계에 살아 숨 쉬는 것처럼 실감나는 게임을 즐길 수가 있다.

말하자면, 인공적으로 만들어낸 꿈 같은 것이다.

제로월드를 운영하는 팀 '로터스'는 물론 현실에도 사무실을 가지고 있지만, 게임 내에도 관리실이 필요했다.

게임과 현실의 시간 흐름이 다르기 때문이다.

제로월드의 시간은 현실보다 네 배 빠르게 흐른다. 현실의 여섯 시간이 제로월드에서는 24시간이 되는 셈이다.

지금 '엔타디셀'은 거울의 호수 상공을 지나고 있었다. 뾰족한 나무로 이뤄진 숲 가운데 얼어붙은 호수와 그 앞에 서 있는 검사의 모습이 투명한 바닥을 통해 바로 내려다보였다.

또한 그의 모습은 엔타디셀의 열한 개 정오각형 형태의 벽 중 하나에도 크게 확대되어 상영되고 있었다. 관리실인만큼, 엔타디셀의 모든 벽면은 제로월드의 곳곳의 영상을 비춰낼 수 있게 되어 있었다.

엔타디셀 내에는 한가운데가 둥글게 뚫려 있는 커다란 원탁이 놓여 있었다. 그 원탁을 중심으로 여러 개의 의자가 놓여 있었는데, 지금은 그중에 세 개의 의자만 차 있었다.

의자에 앉은 세 사람. 그들은 전부 로터스 팀의 마크가 가슴에 새겨진 긴 외투를 걸친 차림이었다. 검은색 바탕에 칼라와 커프스 등의 자잘한 장식이 은색으로 처리된 제복 같은 디자

인의 외투다. 운영자 전용 복장으로 일반 유저에게는 허용되지 않는 다양한 기능을 가지고 있었다.

이 옷을 입고 있어야만 엔타디셀로 이동할 수 있기 때문에 정영진 대리는 이 옷을 '날개옷'이라고 불렀다.

운영자의 위엄을 살린다는 취지로 멋지게 만들어진 옷이지만, 긴 옷이다 보니 거추장스러워 엔타디셀 안에서는 벗어서 소지품 창에 넣어두는 게 보통이었다.

그러나 오늘은 세 사람 모두 '날개옷'의 단추까지 전부 잠근 채 한 방향에 몰려 앉아 오각형 벽면에 상영되는 영상에 집중하고 있었다.

"이거, 느낌이 좋지 않아요? 멋지게 성공해 줄 것 같은 예감이 팍팍 드는데 말이죠."

정영진 대리가 옆을 돌아보며 말했다. 잠이 덜 깬 얼굴의 임진수 차장이 잠꼬대하듯 대꾸했다.

"음, 잘해줘야 할 텐데."

"무슨 일 있어요? 왜 이렇게 피곤해 보여요?"

임진수 차장은 부르르 몸부림치듯 고개를 털었다. 졸음을 쫓으려고 안간힘을 쓰고 있지만 별 효과가 없어 보였다. 이한결 대리가 대꾸했다.

"어제 아침부터 지금까지 주욱 깨어 있는 중이거든."

정영진 대리는 작은 창을 떠워 현실 시간을 확인했다. 이미 자정이 다 되어가는 밤이었다. 40시간이 넘게 깨어 있다는 소리다. 정영진 대리가 의아한 표정을 지었다.

“요즘은 좀 덜 바쁘지 않았습니까?”

“거울의 숲 주변의 맵에서 마물이 나무를 뚫고 지나가는 버그가 연달아 생겨서 말이야. 그거 수정하는 일이 어제 아침부터 시작해서 두 시간 전에 끝났지, 아마.”

“하필……..”

“요즘 이상하게 자잘한 버그가 많아. 펠로서스 때문인가.”

정영진 대리는 딱하던 얼굴로 임진수 차장을 돌아보았다. 그의 눈은 다시 퀭한 빛으로 돌아가 있었다.

“이제 좀 주무시죠? 필요한 일 있으면 깨워드릴게요.”

“너라면 이런 순간에 자고 싶겠냐!”

거의 가라앉던 임진수 차장이 벌떡 일어나 정 대리의 목을 졸랐다. 그리고 죽이기도 귀찮다는 듯 팔을 휘적거리며 도로 자리에 앉았다.

그들은 지금 제로월드의 진행 방향을 바꿀 퀘스트의 진행을 지켜보는 중이었다.

암흑 대륙 펠로서스의 공개.

제로월드는 곧 격변이라고 해도 좋을 만한 변화를 겪을 것이다.

암흑 대륙 펠로서스가 열리고, 유저들도 다양한 마족 캐릭터들을 생성할 수 있게 된다.

그러자면 새로운 역사의 도입이 필요한데, 이것은 새로운 시도였다. 그 새 역사를 유저가 만들어내도록 유도한 것이다.

“너무 길었어요, 1년이라니.”

같이 졸리는 듯 정 대리가 턱을 괴며 중얼거렸다. 사실 이 메인 퀘스트가 도입된 건 1년 전이었다. 빨리 펠로서스가 열려야 할 텐데, 아무도 도전조차 하지 않아서 골머리를 앓는 중이었다. 각 도시 주점의 NPC를 통해 이곳에 뭔가 있다는 사실을 흘려보냈지만, 대부분의 유저들은 리메디의 밤에 이곳에 접근조차 하질 못했다.

퀘스트의 도입을 이렇게 어렵게 만들어둔 것은 이 팀을 총괄하는 김소영 팀장의 고집이었다. 그녀는 눈살을 찌푸린 채 되물었던 것이다.

"세상을 뒤흔들 영웅이 약해서야 곤란하잖아요?"

그랬던 그녀도 슬슬 1년째 아무도 접근을 못하자 타협안을 내놓았다. 이번 달 말까지 접근자가 없으면 퀘스트 난이도를 하향하기로 결정한 것이다.

모두들 '1년째 없었는데 한 달 내에 나타날까' 하는 반응이었다. 그러나 오늘 메인 퀘스트가 시작되었다. 김소영 팀장의 기분은 모처럼 좋을 것이다.

그때 그들의 눈앞에 반투명한 안내창이 떴다.

김소영님이 입장하셨습니다.
이재형님이 입장하셨습니다.

원탁 앞의 의자 두 개가 옅게 빛나더니 역시 '날개옷' 차림의 두 사람이 나타났다. 호랑이도 제 말 하면 나타난다고, 김소영 팀장과 이재형 실장이었다.

"아, 팀장님. 그라인더, 랜드로서가 펠로서스에 막 진입했습니다."

그러나 그녀의 표정은 험악했다. 그녀의 옆에 앉은 이재형 실장의 표정에도 웃음기가 없었다. 팀원들은 본능적인 불안감을 느꼈다. 김소영 팀장이 날카롭게 물었다.

"중계 1채널에 지금 뭐가 나오고 있죠?"

"'수은중독' 길드와 '인생뭐있나' 길드의 공성전 재방송입니다."

정영진 대리가 대답했다. 김소영 팀장의 눈꼬리가 더 올라갔다.

"게시판 확인은 해봤어요?"

임진수 차장은 '또 왜 저래' 하는 기분으로 자신의 앞에 투명한 창을 띄웠다. 화면을 조작해 공식 홈페이지가 나오게 했다.

중계 채널 게시판에 들어간 순간, 그는 등줄기를 쫙 훑어 내리는 섬뜩함을 느꼈다.

게시판 글 수는 미친 듯이 늘어나고 있었다. 무슨 일이 일어나고 있는지 제목만 봐도 알 수 있었다.

—펠로서스가 드디어! 기대되네요.

—우씨, 자러 가야 되는데…….

—늑대 소녀 각선미 죽이네염. ㅋ

"으악! 이거 왜 이래!"

저편에서 정영진 대리의 비명이 들렸다. 그는 자신의 앞에 중계 1채널 창을 띄워놓은 채 허둥거리고 있었다.

중계 채널은 제로월드 내의 TV 같은 것으로, 유저들은 언제든 중계 채널을 눈앞에 띄워 각종 동영상을 감상할 수 있었다.

"사무실 쪽 확인하고 오겠습니다!"

정영진 대리가 외쳤다. 그리고 곧 그의 모습이 엔타디셀에서 사라졌다.

정영진 대리는 다이버 헬멧을 벗고는 황망한 얼굴로 앞을 보았다.

그의 책상 위 모니터에서 나오는 영상은 수은중독 길드와 인생뭐있나 길드의 공성전 재방송이었다. 현실에선 4배속으로 돌아가기에 화면이 휙휙 변화하고는 있었지만, 확실했다.

하지만 실제로 제로월드 내의 중계 1채널에서 방송되고 있는 영상은 저것이 아니었다.

정영진 대리는 사무실 중앙의 대형 모니터를 돌아보았다. 화면에는 새파란 물속으로 뛰어드는 랜드로서의 모습이 빠르게 흐르고 있었다.

제로월드 내의 중계 1채널에서 흘러나오는 동영상은 바로 저것이었다.

랜드로서의 모습을 지금 전 세계의 유저들이 실시간으로 지켜보고 있다는 뜻이다.

"일단 저거 꺼! 저쪽 영상 나오는 매체는 전부 꺼!"

어느새 현실로 돌아온 김소영 팀장이 외쳤다. 대형 모니터를 비롯한 여러 개의 화면이 새카맣게 변했다.

그러나 중계 1채널에서 진행되는 영상은 멈추지 않았다.

다이버 헬멧을 다시 쓴 정영진 대리의 중계 채널에서는 랜드로서가 호수 바닥으로 헤엄쳐 내려가는 모습이 계속 진행되고 있었다.

정영진 대리는 눈앞에 가득히 시스템 창을 띄워 올렸지만 모든 것이 정상이었다. 뭘 해야 하나 허둥거리고 있을 때, 갑자기 약한 어지러움이 느껴지며 눈앞이 새카맣게 변했다.

다이버 헬멧의 강제 종료다. 이 접속 장치는 비상시를 위해 외부에서 버튼을 누르면 강제 종료할 수 있게 만들어져 있었다.

온몸의 감각이 현실로 돌아오며 그는 자신이 사무실 의자에 앉아 있음을 새삼 인식했다. 현실의 김소영 팀장이 그의 헬멧 앞쪽에 있는 빨간 버튼을 누르고 있었다.

"원인은, 찾았어요?"

정영진 대리는 다이버 헬멧을 약간만 들어 올려 김소영 팀장을 보았다.

"아직 모르겠습니다. 좀 더 조사를 해봐야……."

"단순히 잘못 연결된 건 아니란 소리군요."

그녀는 뒤쪽을 향해 지시했다.

"모니터, 다시 켜요!"

김소영 팀장은 바퀴 달린 의자를 확 끌어오더니 대형 모니터 앞에 앉았다. 그 앞에 놓인 다이버 헬멧을 집어들며 외쳤다.

"최대한 빨리 원인을 찾아요! 난 잉그리타로 접속해 랜드로서를 도울 테니까!"

모두들 자기 모니터에 코를 박을 듯이 바짝 붙어서 맹렬히 키보드를 두드려 대기 시작했다.

제로월드는 관리자 메뉴도 가상현실화가 잘되어 있어서 보통은 제로월드 내에서 음성 명령을 내리거나 하면 되지만, 문제가 생겼을 때에는 결국 프로그램을 일일이 파헤쳐야 했다.

가상현실의 데이터 양은 어마어마하다. 풀잎 한 장만 해도 상단부 직경, 하단부 직경, 길이, 유연도, 색깔, 촉감, 수분 함유도 등등 수백 가지의 항목으로 이루어져 있는 것이다. 뭐가 어떤 데이터인지 알아보기도 힘든 속에서 버그를 금방 찾아내기란 사실 불가능했다.

김소영 팀장은 입술을 깨물었다. 랜드로서가 이번 퀘스트에서 멋진 장면을 연출해 주면 적절히 편집해서 홍보 영상으로 풀 생각이었다.

어떤 결과가 나올지 모르는 지금, 이 영상을 여과없이 전 세계에 생중계하는 것은 위험하다. '잘해주겠지' 라고 무작정 마음을 놓는 것은 그녀의 방식이 아니었다.

"잘해줘야 할 텐데, 으음, 정말 잘해줘야 할 텐데……."

임진수 차장의 중얼거림이 들렸다.

"잘해줘야 할 텐데……."

김소영 팀장은 자신도 모르게 그 말을 따라 하며 다이버 헬멧을 썼다.

*　　　*　　　*

풍덩!

호수는 차고 깊었다. 수백 개의 기포가 별처럼 랜드로서의 얼굴을 훑고 올라갔다.

랜드로서는 뒤를 돌아보았다. 얼음의 벽 같아 보이는 수면이 점점 멀어져 가고 있었다.

> [물속 활동]
> 남은 호흡 3:00

랜드로서는 손을 놀려 호수 깊숙이 잠수해 갔다. 호수 바닥에는 투명한 크리스털이 자갈처럼 깔려 있었다.

잉그리타가 랜드로서의 어깨에 가냘픈 손을 올리더니 입술을 그의 귓가에 바짝 대었다.

─호수 바닥에 양손을 가져다 대세요.

귓속말은 소리가 아니라 투명한 창으로 랜드로서의 눈앞에 떴다.

랜드로서는 고개를 한 번 끄덕해 보이고는 크리스털 위에 양손을 대었다.

번쩍!

크리스털 밑바닥에서 눈부신 빛이 터져 나왔다. 그리고 랜드로서의 양손이 닿은 자리에서부터 크리스털이 산산조각 부서져 나가기 시작했다.

샤샤샤샤샤샷!

수천 개의 크리스털 조각이 물속 가득 번져 나간다. 랜드로서는 어지러운 반사광에 잠시 시선을 빼앗겼다. 작은 파편들이 피부를 찢고 지나갔는지 손등에서 붉은 피가 연기처럼 피어올랐다.

수천 개의 크리스털 조각들이 흩어진 호수 안은 별 조각이 가득 찬 것처럼 찬란히 반짝거렸다. 그리고 크리스털이 없어져 깨끗이 드러난 호수 바닥은 수영장 바닥처럼 아무것도 없이 흰 바닥이었다.

'이동원이 없어? 어째서?

잉그리타는 당황해 호수 밑바닥에 손을 대었다. 본래는 이 바닥에 금색 빛의 고리로 이동원이 있어야 했다.

이대로라면 전 세계 유저들은 익사해 퀘스트에 실패하는 랜드로서를 지켜봐야 한다.

'안 돼! 이 인간은 죽어도 멋지게 죽어야 한다고!'

잉그리타는 절박함을 숨기려 애쓰며 차분히 말했다.

―지금, 문을 열겠습니다.

잉그리타는 두 손을 모으고 눈을 감았다. 입 안으로 긴 주문을 중얼거리기 시작했다.

―빨리 게이트 열어요, 호흡 시간 끝나기 전에!

잉그리타 상태의 김소영 팀장이 귓속말로 외쳤다. 화면 속의 잉그리타는 정말 자기 힘으로 게이트를 열 것처럼 긴 주문을 중얼거리고 있었다.

다다다다닥!

로터스 팀 사무실 내에는 키보드 치는 소리만이 공기를 때려대고 있었다. 키보드 소리도 격렬하게 합쳐지니 기관총을 쏟아붓는 것 같은 소음이었다.

그런 광경을 알 리 없는 랜드로서는 제법 긴 주문을 계속 중얼거리는 잉그리타를 보며, '게이트 하나 여는 데 뭐 이렇게 오래 걸려?' 라고 생각하고 있었다.

그리고 임진수 차장의 귓속말이 떴다.

―열었습니다!

띠링!

흔한 알람음이 울리며 호수 바닥에 나무문이 나타났다. 마을에서 흔히 볼 수 있는 문이었다. 아무 그래픽이나 급히 가져다 쓴 탓이다. 나무문 위에는 '상점 입구'라는 간판까지 붙어 있었다.

그리고 랜드로서의 호흡 게이지가 빨간색으로 변했다.

> **익사까지 1만초 남았습니다.**

'이런!'

랜드로서는 급히 돌아서 호수 위로 올라갔다. 파랗게 빛나는 수면이 눈앞으로 다가왔다.

꿍!

그러나 그는 단단한 것에 머리를 부딪쳤다.

'아차!'

호수 수면은 얼어붙어 있었다. 랜드로서는 자신이 호수 표면의 얼음을 깨고 들어왔었다는 사실을 기억해 냈다. 깨놓은 자리로 찾아가기엔 시간이 부족하다.

그때 무언가가 그의 어깨를 확 잡아당겼다.

부드러운 금발의 물결이 뺨을 스친다.

잉그리타의 입술이 랜드로서의 입술에 와 닿았다. 닿은 입술 사이로 따뜻한 액체가 흘러들어 왔다.

[약물 섭취]
수중 호흡 비약(특급)
삼키시겠습니까?(Y/N)

익사까지 1초 남았습니다.

두 개의 창이 동시에 떴다. 랜드로서는 급히 Y를 눌렀다.
그러자 갑자기 호흡이 편안해졌다.

[수중 호흡 비약(특급) 효과]
수중 호흡 시간에 제약을 받지 않습니다.
지속 시간:무한대

'역시 메인 퀘스트! 이런 좋은 아이템을 주다니!'
랜드로서는 기쁨을 느끼며 앞을 보았다.
잉그리타는 금발을 흩날리며 걱정스런 얼굴로 랜드로서를
보고 있었다. 랜드로서가 고맙다는 의미로 고개를 끄덕이자
그녀는 살풋 웃었다. 그 소녀 같은 표정에 랜드로서는 괜히 마
음이 두근거렸다.
'잘 만들었네, 인공지능.'
상대가 진짜 사람이라는 사실을 전혀 알 수 없는 랜드로서
였다.

‘상점 입구?’

돌아온 호수 바닥의 문 위에는 상점 입구라는 간판이 달려 있었다. 잉그리타가 신경 쓰지 말라는 듯 문을 열었다.

문을 열자 문 너머의 어둠이 검은 물감처럼 호수 안에 번져 나왔다. 문 너머는 그저 새카맸다. 저 너머에 무엇이 있는지 알 수 없었다.

“으아아아악!”

문을 통과한 순간, 발밑이 쑥 꺼져 내려갔다. 정신없이 몸이 아래로 빨려들어 갔다.

“으아아아아아악!”

옆에서 무언가가 랜드로서를 꽉 끌어안았다. 랜드로서는 더욱 크게 비명을 지르다가 그것의 감촉이 매우 부드러운 것을 깨닫고 의아해졌다.

“으아아아아아아?”

그리고 익숙한 목소리의 비명이 귓가를 찢었다.

“꺄아아아악!”

잉그리타였다.

‘뭐야, 이 인공지능.’

랜드로서는 황당함을 느끼느라 이성을 좀 찾았다. 떨어지고는 있었지만 바닥이 있었다.

비스듬해서 사람을 밑으로 미끄러지게 만드는 바닥, 즉 미끄럼틀이었다.

그들은 계속 빠른 속도로 아래로 미끄러져 내리고 있었다. 굉장히 긴 미끄럼틀인 것 같다.

'수영장용 미끄럼틀?'

사방은 새카맣게 어두웠다. 저 까마득한 위에만 네모난 빛이 보였다. 그들이 열고 들어온 '상점 입구' 너머의 빛이다.

이성을 찾고 나자 랜드로서는 즐거운 기분이 들었다. 길고 긴 미끄럼틀은 재미있었다.

옆에서 귀를 먹먹하게 만드는 비명성이 있다는 것만 빼면.

"꺄아아악! 누가 여기 맵핑한 거야! 꺄악!"

잉그리타는 알 수 없는 비명을 지르며 랜드로서에게 들러붙었다. 풍만한 가슴이 랜드로서의 팔에 눌렸다. 랜드로서는 진땀을 흘렸다.

"미끄럼틀이에요. 무서울 거 없습니다."

"알아요! 꺄악! 그래서 싫다고요!"

김소영 팀장은 고소공포증이 있었다.

덕분에 엉뚱한 희생자가 된 랜드로서는 그녀를 달래느라 진땀을 빼다가, 결국 같이 소리 지르기 시작했다.

"조용히 좀 해요! 귀가 먹먹하잖아요!"

"꺄아아아악!"

"제발! 소리질러도 좋으니까 내 귀에 대고는 하지 말아요!"

"꺄아아아아아아아아아아악!"

그 혼란 속에 미끄럼틀이 끝났다.

풍덩!

랜드로서와 잉그리타는 물속에 빠졌다.

수십 개의 물거품이 랜드로서의 몸을 훑어 올렸다.

랜드로서는 곧바로 수면 위로 헤엄쳐 올라갔다.

이곳은 동굴 같은 장소였다. 그들이 빠진 곳은 좁고 깊은 웅덩이였다. 저편에 안쪽 통로로 이어지는 바닥이 보였다.

그는 헤엄쳐 물 밖으로 나갔다. 단단한 땅을 딛자 안심이 되었다.

길고 어두운 통로가 앞쪽으로 쭈욱 이어져 있었다.

그는 성큼 나아가려다 아차 하고 뒤돌아보았다.

"잉그리타?"

잉그리타는 시체처럼 물 위에 둥둥 떠 있었다.

"이봐요!"

랜드로서는 잉그리타를 건져 물 밖으로 나왔다.

그녀는 정신을 잃은 건 아니었다. 단단한 바닥을 딛자 고개를 털며 정신을 수습하더니 휘청거리며 일어났다.

"가, 가죠."

제대로 걸어나가려는 마음이었겠지 몸이 말을 안 듣는지 그녀는 뒤로 크게 기울었다. 랜드로서가 급히 그녀를 붙잡아야 했다.

"괜찮아요?"

잉그리타는 지친 얼굴로 웃었다.

"괘, 괜찮습니다. 더 이상 미끄럼틀은 없을 거라고 하니까."

"누가 그래요?"

"가죠! 저 너머에 문지가 있어요!"

그녀는 휘청거리며 랜드로서를 잡아끌었다.

동굴 인은 습하고 어둑했다. 울퉁불퉁한 돌 벽의 낮은 부분마다 어둠이 고여 있었다. 그래서 동굴 전체가 복잡한 무늬를 두르고 있는 것 같아 보이기도 했다.

뚜벅. 뚜벅. 뚜벅. 뚜벅.

두 사람의 발소리만이 동굴 안에 울려 퍼졌다.

통로는 일직선이었다. 끝에는 커다란 얼음으로 만든 듯한 문이 있었다.

투명한 문 너머로 반대편의 빛이 흘러나오고 있었다. 문은 투명했지만 매끈하지는 않아서 울퉁불퉁한 표면으로 일그러진 모양새밖에는 보이지 않았다. 랜드로서로서는, 그저 '저쪽은 밝고, 뭔가가 있다' 라는 정도만 알아볼 수 있었다.

"이 너머에는 문지기가 있습니다."

잉그리타가 문을 힐끗 보며 말했다.

"문지기의 약점은 양쪽 눈 사이의 붉은 점입니다. 팔과 다리는 잘려 나가도 금방 다시 돋아나니 굳이 공격하지 마세요. 얼굴과 몸통도 타격이 들어가지만 생명력을 많이 줄이지는 못합니다. 팔을 뒤로 당기고 힘을 모을 때는 최대한 멀리 피하세요. 공격해 봐야 듣지도 않고, 힘을 모은 직후 맵의 절반을 후려치는 광역 공격을 시행합니다. 그 공격이 끝난 후 3초간 무방비 상태가 되니까 그때를 노려 공격하면 효과적이고요."

'뭔가 대단히 자세한 조언이군.'

랜드로서는 눈을 가늘게 뜨고 잉그리타를 쳐다보았다. 잉그리타는 조용히 고개를 숙였다.

"부디, 승리하시기를."

문 너머는 환하게 밝았다. 랜드로서는 한순간 이 빛에 적응하느라 눈살을 찌푸렸다.

그곳은 검정색과 흰색 타일이 체스 판처럼 번갈아 깔려 있는 장소였다. 이 네모난 바닥만이 허공에 떠 있는 것처럼 벽은 없었고 주변은 그저 새하얗다.

아무것도 없는 방 한가운데, 검은 갑옷의 기사 한 명이 서 있었다.

기사는 바닥에 짚은 검 위에 두 손을 얹은 채 꼿꼿한 자세였다. 전혀 움직임이 없어서 장식품처럼 보이기도 했다.

'저게… 문지기?'

랜드로서는 눈살을 찌푸렸다.

기사의 갑옷은 온몸을 덮는 형태였다. 투구로 얼굴까지 전부 덮고 있었는데, 눈 있는 부분만이 가로로 길게 뚫려 있었다.

'눈 사이의 붉은 점? 그게 어딨는데?'

기사의 몸 중 유일하게 갑옷 밖으로 드러난 부위인 양쪽 눈은 그저 평범했다. 눈 사이의 붉은 점 같은 것 또한 없었다. 보통의 인간이 시커먼 갑옷 두르고 폼 잡고 있는 거 아닌가 싶은 기분이 들 정도였다.

'그 아가씨, 뭔가 이상하더니 약점까지 잘못 가르쳐 준 모양이군.'

랜드로서는 어이가 없었으나 별로 상관없었다. 약점을 미리 알아보고 싸우는 건 재미없다고 생각하는 그였다.

기사는 눈을 감고 있었다. 랜드로서가 이 안에 들어온 것조차 모르는 듯한 모습이다.

그러나 랜드로서가 한 발 내딛자 그는 자연스레 눈을 떴다.

랜드로서는 자신도 모르게 그 자리에 멈춰 섰다.

기사의 눈동자는 섬뜩한 기분이 들 정도의 핏빛이었다. 그 눈으로 랜드로서를 지그시 바라보더니 질문해 왔다.

"너도, 이곳을 통과하고 싶은 거냐?"

그의 목소리는 신경 쓰지 않으면 놓칠 듯이 나직한 어조였다. 덕분에 신경이 더욱 곤두서는 것을 느끼며 랜드로서가 질문했다.

"너도? 나 이전에도 이곳에 온 사람이 있었나?"

기사는 흐, 웃었다.

"있었지. 이제는 없지만."

"쓸쓸한 과거 따윈 관심없고."

펄럭!

랜드로서는 망토를 젖혀 검 손잡이가 드러나게 했다. 몸을 낮추며 물었다.

"널 쓰러뜨리면 펠로서스에 갈 수 있는 거냐?"

"아예 통째로 주지, 펠로서스 정도라면."

"문지기 주제에 통도 크셔라."

"그런가."

그는 검을 들어 올렸다. 랜드로서도 검 손잡이를 쥐었다.

크지도 않은 숨소리가 한순간 이 공간을 가득 채웠다. 랜드로서가 갑자기 바닥을 박차고 튀어나갔다.

그때였다.

"피해요!"

뒤에서 잉그리타의 목소리가 들렸다. 랜드로서는 자신도 모르게 몸을 옆으로 틀었다.

쉬익!

칼날 같은 바람이 왼팔을 찢으며 지나갔다. 돌아보니 너덜너덜한 소매 안으로 쓸린 듯 피투성이가 된 왼팔이 보였다. 피하지 않았다면 정통으로 맞았을 것이다.

'뭐지? 뭔가 하는 걸 보지도 못했는데!'

기사는 그 자리에 변함없이 서 있었다. 랜드로서는 섬뜩한 기분을 느꼈으나 곧바로 자신의 기술을 완성했다.

"소드 슬래쉬!"

그의 몸이 앞으로 확 전진하며 검을 가로로 그었다.

기사의 어깨가 움찔 움직인 듯했다. 순간,

펴엉!

랜드로서는 한순간 무슨 일이 일어났는지 깨닫지 못했다.

정신을 차렸을 때, 그는 이미 이마에서 피를 흘리며 뒤로 고꾸라지고 있었다.

그리고 바닥에 부딪치는 충격이 온몸을 때렸다.

쿠당탕!

'무슨……!'

랜드로서는 이성을 되찾자마자 튕기듯 일어났다. 기사의 모습을 급히 찾았으나 그것은 랜드로서가 당황하고 있다는 증거밖에 되지 않았다.

기사는 처음부터 전혀 움직이지 않았다는 듯이 그 자리에서 있었으니까.

"그만둬요!"

잉그리타가 죽어라 달려와 랜드로서를 붙들었다. 가쁜 숨을 섞어 외쳤다.

"싸우면 안 됩니다! 도망쳐요!"

랜드로서는 그녀를 뿌리치려 했다. 그러나 퍼뜩 드는 생각이 있었다.

"특별한 아이템이라도 필요합니까?"

특별한 마물 중에는 어떤 조건을 채우지 않으면 공격이 전혀 먹히지 않는 부류가 있었다.

그러나 잉그리타의 대답은 완전히 예상 밖의 것이었다.

"문지기가 아니에요! 저자는 마황 베르가못이라고요!"

"…예?"

랜드로서는 한순간 멍해졌다.

"무슨 최종 보스가 시작하자마자 나옵니까?"

"그게… 세계의 법칙이 흐트러져서 ……!"

'뭔가 복잡한 스토리인 모양이군.'

잉그리타가 급히 뱉은 변명을 랜드로서는 나름대로 이해했다.

랜드로서는 고개를 들었다. 검은 갑옷의 기사는 말없이, 그러나 한순간도 끊임없는 시선을 랜드로서에게 던지고 있었다.

기사의 핏빛 눈이 웃음을 머금듯 가늘어졌다.

"도망칠 건가?"

랜드로서는 잉그리타의 손을 뿌리치며 일어났다. 따라 웃었다.

"아니."

"랜… 용사님!"

"결국은 이놈 잡는 퀘스트잖습니까?"

"마음에 들었다."

기사가 부드러운 음성으로 말했다. 랜드로서는 큭, 입술을 일그러뜨렸다.

"사내놈은 필요없어!"

랜드로서는 주문을 외우며 앞으로 뛰어나갔다.

기사의 어깨가 움찔 움직인 듯했다. 이 다음 순간 공격이 온다는 걸 랜드로서는 읽고 있었다. 그는 갑자기 몸을 확 낮추며 검을 가로로 휘둘렀다.

“칼틱 블레이드!”

기사의 기술이 랜드로서의 머리 위를 스치고 지나감과 동시에, 랜드로서가 검을 휘두른 자리에서부터 생성된 새파란 기운이 기사를 향해 날아갔다.

쉬이잉!

기사는 새파란 기운이 바로 앞에 날아올 때까지도 움직이지 않고 가만히 있었다. 막 새파란 기운이 자신을 덮치기 직전, 그는 갑자기 입을 크게 벌리고 고함을 질렀다.

“하아앗—!”

순간 맹렬한 바람이 그의 온몸에서 뿜어져 나온 듯했다. 칼날 같던 새파란 기운이 그의 눈앞에서 산산이 깨어져 흩어졌다.

그러나 바로 다음 순간, 이미 기사의 앞에 도달한 랜드로서가 기사를 향해 검을 내려치고 있었다.

캉!

기사는 여유롭게 검을 들어 막았다. 막을 것을 예상하고 있었다. 검이 되튕겨 나오는 반동을 이용해 검을 뒤로 당기며 랜드로서는 기합성을 올렸다.

“하아앗—!”

순간 그의 검이 십여 개로 늘어난 듯 보였다. 잔상이 남을 정도의 어마어마한 속도로 그는 단숨에 기사를 향해 검을 십여 차례 휘둘렀다. 본 드래곤을 조각냈던 그 기술이다.

너무나 빨라진 검날에 바람이 윙윙거리는 소리를 사방에 흩뿌렸다. 그러나 기사는 그 자리에 선 채 그 모든 공격을 여유롭게 막아냈다.

이것마저 다 막아낼 줄 몰랐던 랜드로서는 내심 당황했다. 그러나 마지막 공격을 크게 올려치며 시동어를 외쳤다.

"익스플로전!"

콰콰콰콰쾅!

기사의 온몸을 때리는 폭발이 일어났다. 맹렬히 피어난 연기에 한순간 기사의 모습이 완전히 뒤덮였다.

랜드로서는 틈을 주지 않고 폭발 한가운데를 베었다.

쉭!

그러나 랜드로서의 검은 허공을 벤 듯 아무 저항 없이 폭발의 연기를 뚫고 나왔다.

'설마?'

랜드로서는 본능적으로 한 발 물러났다.

퍼억!

그가 서 있던 자리의 타일이 산산이 깨져 날아올랐다. 그리고 은백색 칼날이 폭발의 연기를 뚫고 랜드로서를 향해 튀어나왔다.

피할 수 없다.

랜드로서는 바늘 같은 공포감이 쫙 퍼져 나가는 것을 느꼈다. 그러나 눈을 부릅뜨며 오히려 앞으로 튀어나갔다.

"으아아아아아앗—!"

비명인지 기합인지 모를 소리를 지르며 그는 검을 앞으로 찔러 넣었다.

푸욱!

검날이 랜드로서를 꿰뚫은 순간, 그의 검 또한 뭔가를 꿰뚫었다.

폭발의 연기가 흩어지며 서서히 눈앞의 기사가 보였다.

랜드로서는 자신의 검이 기사의 들어 올린 왼손을 꿰뚫었다는 것을 알았다. 기사의 목을 향해 찔러 들어간 랜드로서의 검을 기사가 왼손으로 막아낸 것이다.

기사의 오른손에 들린 검은 랜드로서의 가슴을 꿰뚫고 있었다.

랜드로서의 눈앞에 안내창이 연달아 떴다.

[이상 상태:깊은 부상(중)]
 생명을 위협하는 깊은 부상을 입었습니다. 생명력이 초당 30씩 감소합니다.

[이상 상태:출혈(강)]
 피가 심하게 나고 있습니다. 생명력이 초당 5씩 감소합니다.
 20초가 지날 때마다 시야가 한 단계씩 어두워집니다.
 다음 단계까지 남은 시간 20:00

기사가 고개를 숙여 랜드로서의 귓가에 나직이 말했다.

"나는, 네가 아주 마음에 들었다."

랜드로서는 흠칫 고개를 들어 기사를 보았다. 기사의 눈은 웃고 있었다.

"펠로서스로 와라."

"갈 거다. 널 깨부수러!"

랜드로서는 비명을 뽑듯 외쳤다. 기사가 흐뭇한 듯 대꾸했다.

"기다리겠다."

그리고 기사는 랜드로서의 가슴에서 검을 뽑아냈다.

콰당!

랜드로서는 뒤로 나동그라졌다.

"용사님!"

잉그리타가 달려와 랜드로서의 앞에 무릎을 꿇었다. 그리고 시동어를 외쳤다.

"치유의 손길!"

그녀의 양손에서 흰 빛이 뿜어져 나왔다. 그녀는 그 손을 랜드로서의 가슴에 얹었다.

그러나 그 빛은 잉그리타의 손 위에 머물러 있을 뿐, 전혀 상처에 스며들지 않았다. 잉그리타는 당황했다.

"어째서?"

기사는 처음 서 있던 자세로 돌아갔다. 그리고 다시는 움직이지 않았다.

잉그리타는 계속해서 치유 마법을 쏟아부었다. 그러나 빛만 번쩍거릴 뿐 랜드로서에게 아무 영향을 미치지 못했다.

마침내 랜드로서의 생명력이 0이 되었다. 그리고 시야가 새카맣게 물들었다.

어둠.

감각이 전부 사라졌다. 소리도 감촉도, 몸을 디뎠던 땅조차 더 이상 느껴지지 않았다.

랜드로서는 눈을 깜박였다. 눈을 뜨나 감으나 구별이 되지 않았다.

거리감조차 없는 시야 위에 안내창이 떠올랐다.

당신은 깊이 잠들었습니다.
잠에서 깰 때까지 당신의 육체는 활동할 수 없습니다.
남은 시간:12:00:00

정상적으로 접속 종료되었습니다.

세령은 다이버 헬멧을 벗었다. 왠지 숨이 찼다.

방 안은 언제나처럼 평화로웠다. 죽음 직전의 격렬함이 가슴에 남은 채로 이 고요한 현실로 돌아오면 항상 먹먹한 느낌이 들었다.

'지금 몇 시쯤 됐지?

책상 위의 시계는 새벽 1시를 가리키고 있었다.

그는 등받이에 등을 깊숙이 기대며 책상 위의 모니터를 보았다.

[당신은 깊이 잠들었습니다.]

새카만 배경 위에 그 글자들만이 또렷이 떠올라 있었다.

생명력이 0이 되면 묘지를 배경으로 '당신은 죽었습니다'
와 부활 안내가 떠야 했다. 이런 상태창은 한 번도 본 적이 없
었다.

세령은 눌렸던 머리를 사납게 흩었다.

"뭐야, 이거?"

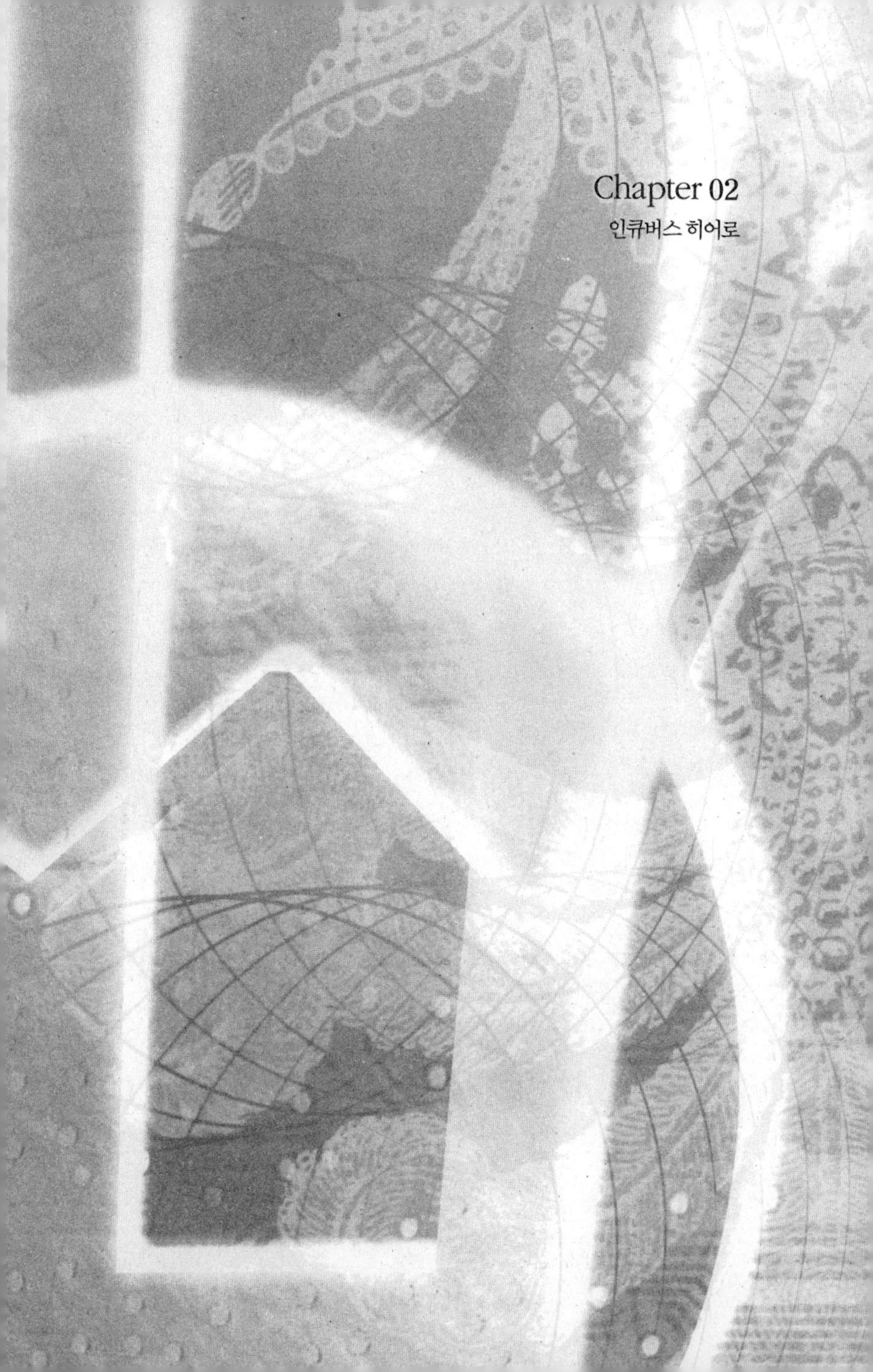

Chapter 02
인큐버스 히어로

드드득! 드드득!

세령은 눈을 떴다. 막 핸드폰이 식탁 가장자리에서 뛰어내리는 모습이 보였다.

"야! 안 돼!"

벌떡 일어나며 핸드폰을 불렀지만 핸드폰이 알아들어 줄 리가 없었다. 어깨를 움츠린 세령의 눈앞에서 핸드폰은 바닥에 떨어졌다.

와자작!

투명 케이스 두 쪽이 부엌으로 튕겨 나갔다. 세령은 성질을 내며 침대 밖으로 나왔다.

"아이 씨, 누가 일요일 새벽부터 전화질이야?"

그리고 옆을 봤더니 창밖이 훤했다. 적어도 정오는 넘은 듯했다.

그는 머쓱함에 머리를 긁으며 핸드폰을 집어들었다. 생전 처음 보는 화면이 떠 있었다.

부재중 전화 110통

"……."

그는 조용히 핸드폰을 내려놓았다. 그리고 다시 침대로 들어갔다.

'좀 더 자자.'

눈을 감고 나서야 그는 퍼뜩 어제의 생각이 났다.

"맞다! 랜드로서!"

그는 광속으로 튀어나오려다 발이 이불에 걸렸다. 그는 허공을 길게 유영하다 바닥에 세차게 부딪쳤다.

"으캬!"

공중회전해서 여유롭게 착지하는 건 게임 내에서만 가능한 일이었다.

턱을 부딪쳐 평행감각이 엉망이 된 가운데, 그는 허덕허덕 의자를 찾아 앉았다.

컴퓨터 옆의 시계는 2시를 가리키고 있었다. 오후 2시. 열두 시간을 넘게 잤다는 뜻이다.

'오라지게도 많이 잤네!'

원래 잠이 적은 그는 아무리 피곤할 때도 일곱 시간 이상 자는 날이 드물었다.

'한숨만 자고 일어나 제로월드 게시판들을 뒤져 볼 생각이었는데!'

그는 다이버 헬멧을 쓰고 구동시켰다. 동기화 안내문이 눈앞에 파라라락 지나갔다.

넘어질 때 찢긴 듯 입 안에 비릿한 피 맛이 흘러들어 왔다. 그리고 약한 어지러움과 함께 현실의 감각들이 사라졌다.

*   *   *

한낮의 호숫가는 조용했다.

'풀 냄새……'

삐로로롱~

멀리 새 울음소리를 들으며 랜드로서는 눈을 떴다.

이슬을 머금은 풀잎이 눈앞에 가득 있었다. 그는 천천히 몸을 일으켰다.

'정말 안 죽었네?'

이곳은 거울의 호수 바로 앞이었다. 사방을 둘러싼 나무들과 촉촉한 풀잎들, 그리고 머리 위의 하늘을 거울처럼 비추고 있는 호수가 있었다.

구름이 물결처럼 호수 위에 번졌다. 그리고 호수를 들여다보는 낯선 청년이 있었다.

"어?"

랜드로서는 뒤돌아보았다. 뒤에는 아무도 없었다.

'뭐지? 호수 안에 뭐가 있나?'

랜드로서는 호수를 다시 들여다보았다. 호수 물에 또다시 그 낯선 청년이 비쳤다. 청년의 뒤로 비죽하게 검은 것이 한 쌍 돋아나 있었다.

'날개? 마물인가?'

랜드로서는 한 손을 검 손잡이에 댄 채 호수에 손을 뻗었다. 호수물이 물결치며 청년의 모습이 사라졌다.

'환상?'

랜드로서는 아예 머리를 통째로 물속에 집어넣었다.

물속은 파르스름했다. 햇볕이 금빛으로 너울거리고 있었다.

다 깨졌던 크리스털은 밤새 다시 복구된 듯 조약돌처럼 바닥에 가득 쌓여 반짝이고 있었다. 크리스털 바닥 틈에 긴 해초가 너울거리는 모습은 인공적으로 만든 수족관 같아 보이기도 했다.

물고기는 없었다. 그리고 그 낯선 청년의 모습도 보이지 않았다.

'대체 뭐야?'

랜드로서는 물 밖으로 나왔다. 그리고 잔잔해져 가는 호수 표면에 그 낯선 청년이, 이번엔 흠뻑 젖은 얼굴로 자신을 바라보고 있는 것을 발견했다.

"어어?"

그는 자신의 얼굴에 손을 가져다 대었다. 그러자 호수에 비친 청년도 똑같이 행동했다.

"설마!"

그는 뒤를 돌아보았다. 피막으로 이루어진 검은 날개 끄트머리가 약간 보인 듯했다. 그는 몸을 더 돌려 자세히 보려 했다. 그럴수록 날개는 달아났다.

그는 더 돌아서 제대로 보려고 안간힘 쓰나가 자신이 자기 꼬리를 물려고 애쓰는 강아지처럼 빙글빙글 돌고 있다는 사실을 깨달았다.

"으아아악!"

일단 한 번 고함을 질러놓고는, 그는 긴 숨을 내쉬었다.

'진정하자. 일단 상황을 파악하고…….'

그는 능력치 창을 띄웠다. 그리고 이번에는 진심으로 비명을 질렀다.

"이게 뭐야아아아아앗―!"

랜드로서(tpfud2)
성별:남
종족:인큐버스 로드(마 속성)
직업:마술사(마 속성)
나이:1세(00시간 30분 경과)
노예:0명

Lv 1 (0.0%)
생명력(HP):30/30

마법력(MP):100/100
체력:2
근력:2
민첩:2
·
·
·

　종족이 괴상하게 바뀐데다가 모든 능력치가 레벨 1 수준으로 떨어져 있었다.

　랜드로서는 '자기 외모 확인'을 눌렀다. 그러자 허공에 투명한 막이 뜨더니 은빛 불투명한 액체가 흘러내려 거울로 변했다.

　거울에 비친 것은 검은 연미복을 입은 청년이었다. 마황 베르가못과 같은 핏빛의 눈동자가 당황한 기색을 담은 채 거울 너머에서 흔들리고 있었다. 연미복 안의 셔츠는 은빛이었고 넥타이 대신 짙붉은 리본이 길게 매어져 있었다.

　묘한 분위기를 담은 걸 빼면 기본적으로 인간의 외모였지만, 등 위에 비죽 솟은 한 쌍의 피막 날개가 마물임을 확인해주었다. 눈썹을 살짝 덮은 짧은 머리카락만이 예전과 같은 흑색이었다.

　"이 재수없는 놈은 대체 누구야!"

　그때 뒤에서 바삭! 하고 발소리가 났다. 그는 휙 뒤돌아보았다.

“이제야 접속했군요, 랜드로서님.”

잉그리타였다.

햇볕 속에서 처음 본 그녀의 금발은 꿈결 같은 금빛으로 반짝이고 있었다. 그 빛이 희뿌얀 얼굴과 어우러져 그녀의 주변만 환해지는 느낌이었다.

그녀는 나무 사이에서 나와 랜드로서를 향해 똑바로 걸어왔다. 랜드로서는 생각했다.

‘퀘스트가 아직 안 끝난 건가?’

어쩌면 이 상태는 퀘스트 중에 잠시 거쳐 가야 하는 상태인지도 모른다. 랜드로서는 마음을 가라앉혔다. 몇몇 조건만 수행하고 나면 예전으로 돌아갈 수 있을 것이다.

그런 계산을 하고 영문을 물으려는데, 잉그리타가 표정없는 얼굴로 말했다.

“팀 로터스의 이재형 실장입니다.”

“예?”

잉그리타는 눈살을 살짝 찌푸리며 말했다.

“전화 좀 받아주시죠.”

그리고 시야가 새카맣게 물들었다.

*　　　*　　　*

세령은 한동안 어둠 속에 멍하니 있었다. 몇 초가 지난 후에야 정신을 차렸다.

'가, 강제 종료?'

그는 다이버 헬멧을 벗었다. 평화로운 한낮의 집 안 풍경이 보였다.

그는 멍하니 부엌 식탁에 놓인 핸드폰을 집어들었다. 핸드폰의 숫자는 늘어나 있었다.

부재중 전화 112통

통화 버튼을 눌러 전화 온 목록을 확인했다. 대부분의 전화는 길드원들이었다.

'무슨 일이라도 있었나?'

세령은 게임 내에서도 이중생활을 하고 있었다.

제로월드 정도의 게임이라면 혼자서는 할 수 없는 일이 많다. 세 명 이상이어야 입장할 수 있는 지역이라던가, 혼자서는 도저히 맞서 싸울 수 없는 마물이라던가 하는 것들이 잔뜩 존재하는 것이다.

'그라인더'는 길드 활동을 않고 홀로 다니는 검사로 알려져 있지만, 실제 랜드로서는 길드 활동도 하는 보통의 유저였다.

다만 다른 사람과 어울릴 때에는 능력치 감소 옵션이 붙은 장비를 여럿 둘러 능력치가 드러나는 일을 피했고, 홀로 다닐 때에는 검은 천을 눈 밑까지 둘러 얼굴이 드러나는 일을 피했다.

뛰기도 힘든 두터운 갑옷을 입고 마법사의 후방 지원을 받아가면서 생명력이 절반으로 떨어지기도 전에 힐러의 회복을 받는 안전한 파티 플레이를 반복하는 건 싫었다. 랭크 유저라는 사실을 알리고 길드장이네 성주네 정치적인 지위를 꿰차고 사람 관리에만 매달리는 건 더욱 싫었다.

그가 사랑하는 것은 찬바람이 부는 벌판, 귓가에 스치는 파공음, 떼 지어 달려들어 오는 마물 같은 것들이었다.

그는 직장생활 때문에 자주 못 늘어온다는 핑계로 길드 활동은 최소로 하면서 얇은 장비만 갖추고 위험한 지역을 홀로 헤매고 다녔다. 만신창이가 되어 풀밭에 뻗은 것도 수십 번이었다. 활을 겨눈 수백 마리의 마물에 둘러싸여 있을 때면, 낭패감과 동시에 이제야 좀 해볼 만하다는 객기가 동시에 떠올라 가슴이 뛰었다.

그런 랜드로서의 성향을 같은 길드의 힐러인 '티라미슈'는 설핏 눈치채고 있는 것 같았다.

세령은 통화 목록에 '티라미슈'의 번호도 세 번 찍혀 있는 것을 발견했다. 문자도 한 개 있었다.

문자를 확인하려다 세령은 눈살을 찌푸렸다. 길드원들 이름 중간중간에 모르는 집 전화번호 하나가 반복해 찍혀 있는 것이 보였기 때문이다.

'누가 집 전화로 전화했나?

그때 핸드폰이 손 안에서 몸을 바르르 떨었다.

전화 왔습니다.

화면에는 그 낯선 집 전화번호가 찍혀 있었다.

"윤세령입니다."

전화를 받자 상대는 의외라는 듯 '음?' 소리를 냈다. 여자 목소리였다.

"로터스의 김소영 팀장입니다. 그라인더, 랜드로서님 맞지요?"

다음 역은 용산, 용산입니다. 내리실 문은 왼쪽입니다.

시야가 확 트이며 검푸른 한강이 보였다. 강 너머에는 번쩍이는 대형 빌딩들이 늘어서 있었다.

엔타이어 빌딩은 거울 같은 은색이었다. 100층의 까마득한 높이가 눈부셨다.

빌딩의 입구에선 넓은 홀이 바로 이어졌다. 바닥에는 번들거리는 대리석이 깔려 있었는데, 바닥의 한가운데 둥그렇게 제로월드의 인장이 박혀 있었다.

안내데스크도 대리석이었다. 스튜어디스 같은 차림의 여성이 미소로 물었다.

"어떻게 오셨습니까?"

"윤세령입니다."

김소영 팀장은 입구에 이름만 말하면 안내해 줄 거라고 했다. 안내원의 눈이 호기심으로 동그래졌다.

"신분증을 보여주시겠어요?"

세령은 지갑에서 운전면허증을 뽑아 보였다. 안내원이 확인했다는 뜻으로 고개를 가볍게 숙였다.

"안내해 드리겠습니다."

그녀는 가슴 주머니에서 카드키를 뽑아 들고 앞장섰다. 지하철 입구 같은 바를 지나 엘리베이터에서도 카드키가 필요했다. 그녀는 91층 버튼을 누르고는 자신은 엘리베이터 밖으로 나갔다.

"91층으로 가시면 됩니다."

세령은 고개를 끄덕이고는 문이 닫히길 기다렸다. 문득 닫힘 버튼에 시선이 갔다.

"저, 그런데 로터스엔 무슨 일로……."

세령이 닫힘 버튼을 누른 순간, 그녀가 물었다. 대답해 줄 겨를도 없이 문은 닫히고 고속 엘리베이터의 상승감이 온몸을 가볍게 눌렀다.

91층입니다.

땅!

금속음 같은 안내와 함께 문이 열렸다.

엘리베이터 너머에는 무기질의 복도가 이어져 있었다.

복도 벽에 지루한 얼굴로 기대 있던 남자가 몸을 바로 세우는 것이 보였다.

"팀 로터스의 이재형 실장입니다."

그는 막 엘리베이터에서 내린 세령에게 명함을 건넸다. 잉그리타를 떠올려 버린 세령은 눈살을 찌푸리며 그를 보았다.

"설마, 미끄럼틀 탈 때 나한테 엉겨 붙었던 것도……."

"일단 들어오시죠. 모두들 잠 못 자고 기다리고 있습니다."

그는 휙 돌아서 앞서 걷기 시작했다. 복도 왼편의 벽은 투명한 유리였고, 그 너머로 사무실 풍경이 보였다.

랜드로서는 무심코 왼편을 돌아보았다가 움찔했다.

유리벽 너머는 눈에 한 번에 다 들어오지 않을 정도로 넓은 사무실이었다. 색을 알 수 없는 바닥에 베이지색의 책상이 절도있게 배치되어 있고, 책상마다 여러 개의 모니터 및 가상현실을 위한 여러 장비들이 영화의 한 장면처럼 놓여 있었다.

이재형 실장은 유리벽 중간의 문을 조작하기 시작했다. 카드키에, 지문 인식에, 비밀번호 입력 등 어지간히도 보안에 철저한 기분을 느끼며 세령은 다시 한 번 유리벽 너머의 사무실을 빤히 쳐다보았다.

그곳은 돈 들여 만든 쓰레기장이었다.

바닥이 무슨 색인지 알 수 없었던 것은, 드러난 바닥이 없기 때문이었다. 지진 일어난 직후의 사무실처럼 온갖 물건과 종이가 바닥에 무질서하게 퍼져 있었다.

"여기… 청소 안 합니까?"

세령이 떨떠름한 표정으로 물었다. 이재형 실장은 신경도 안 쓰는 얼굴로 대꾸했다.

"청소는 매일 해주는 분이 있습니다. 정리를 안 할 뿐이지."

'그런 수준이 아닌 것 같은데……'

눈앞의 책상 위에는 담배꽁초의 산이 있었다. 어떻게 저 높이까지 쌓았지 싶은 수북한 재떨이가 십여 개 줄맞춰 놓여 있고, 그 앞에는 빈 컵라면 그릇이 탑을 이루고 있었는데, 저것만 봐도 한국에서 시판되는 컵라면의 모든 종류를 다 알 수 있겠다 싶었다.

그 옆 책상에는 조그마한 인형이 가득 놓여 있었다. 자세히 보니 그것들이 전부 제로 온라인에 나오는 마물들이었다.

인형 중에 가장 크기가 큰 것은 흰색의 뼈 모형 같은 본 드래곤의 인형이었는데, 그 머리 위에 검은 옷을 입은 사람 모양 인형이 놓여 있었다.

무심코 보던 세령은 그 검은 옷의 인형이 랜드로서라는 사실을 깨달았다. 관절이 움직이는 인형인 듯 그는 무릎 꿇은 자세로 본 드래곤의 머리 위에 검을 꽂아놓고 있었다.

그리고 그 옆의 책상에는 한 여성이 타블렛 위에 맹렬히 뭔가를 휘갈기며 모니터를 향해 헤죽헤죽헤죽 웃음을 흘리고 있었다. 세령은 식은땀이 흐르는 것을 느꼈다.

'대체 뭘 보면서 저렇게 웃는 거야?'

갑자기 그 여성이 벌떡 일어나더니 이쪽으로 다가왔다.

세령은 자신도 모르게 움찔했다. 그러나 그녀는 사무실 밖으로 나오는 게 아니었다. 옆 책상에 있는 인형들에게 다가가더니 본 드래곤 위에 앉아 있는 랜드로서의 인형을 덥석 집었다.

‘엥?’

그리고 그녀는 매우 행복하다는 듯이 랜드로서의 인형을 뺨에 비볐다. 쪽쪽거리며 인형의 머리에 뽀뽀 세례를 하기도 했다.

세령은 완전히 굳었다. 그래서 이재형 실장이 부르는 소리도 듣지 못했다.

“윤세령 씨? 들어오시죠.”

그 목소리에 랜드로서의 인형을 든 그녀가 의아한 표정으로 이쪽을 바라보는 게 보였다. 순간 세령의 머릿속에 든 생각은 이거였다.

‘조심하자! 정체를 들키면 안 돼!’

그러나 그녀는 이미 세령의 존재를 눈치챈 듯 양손을 앞으로 내민 채 사뿐사뿐 이쪽으로 다가오기 시작했다. 세령은 한순간 맹렬한 고뇌를 느꼈다.

‘정말… 저 안으로 들어가도 안전한 걸까?’

“괜찮습니다. 저래 봬도 다들 소심해서 사람한테 덤비진 못하니까.”

이재형 실장이 말했다. 세령은 ‘저 말을 믿어야 하나?’ 하는 생각을 하다가 퍼뜩 말했다.

“난 아무 말도 안 했습니다.”

“저런 광경을 보면서 인간이 하는 생각이란 대체로 비슷하거든요.”

그리고 그는 돌아서서 성큼성큼 걸어 들어가기 시작했다.

세령을 기다려 줄 생각이 털끝만큼도 없다는 듯한 태도였다.

세령은 급히 그를 따라잡았다. 지금 저 사람을 놓치면 이 이해할 수 없는 소굴에 혼자 던져질 것만 같았기 때문이다.

'정말 이상한 곳에 와버렸잖아!'

이제 그녀는 랜드로서의 인형을 한 손에 꼭 쥔 채 책상 앞에까지 나와서 붉어진 얼굴로 세령을 바라보기 시작했다. 그, 매우 용기 내어 앞으로 나왔다는 듯한 모습이 세령은 더욱 두려웠다.

이재형 실장은 그 안쪽을 향해 성큼성큼 걸어나갔다. 세령 또한 그를 따라 빠르게 걸었다.

그러나 랜드로서의 인형을 쥔 여성은 그 순간 평생의 용기를 짜냈다.

"이햐앗!"

필살기라도 쏘아낼 듯한 기합을 내뱉으며 그녀는 다다닥 뛰어 이재형 실장과 세령의 앞을 가로막았다.

'안 문다며!'

세령은 이재형 실장을 노려보았다. 이재형 실장이 그녀를 향해 말했다.

"왜 그러시죠, 안현연 대리님?"

세령에게 했던 무심한 어투와는 달리 부드러운 목소리였다. 안현연 대리라고 불린 그녀는 세령을 눈짓하며 물었다.

"저, 저분이 랜드인더인가요?"

랜드로서와 그라인더가 섞였다. 이재형 실장은 그런 건 아무 상관없다는 듯 태연히 대꾸했다.

"맞습니다. 랜드로서 윤세령 씨, 27세이니 대리님과 동갑이
군요."

'개인정보를 팔지 마!'

세령은 이제 이재형 실장도 한편이 아니라는 의심에 휩싸였
다. 눈앞의 그녀가 조심스레 입을 열었다.

"저……."

세령은 할 수 없이 그녀를 보았다.

그녀는 의외로 제법 귀여운 얼굴이었다. 살짝 파마가 남은
포니테일이 뒤통수에서 살랑살랑 흔들리고 있었다. 연노랑색
카디건에 진자주색 플레어 원피스 차림이 여성스러운 느낌을
물씬 풍긴다. 밖에서 만났다면 '흠, 귀엽네' 하는 평을 했을지
도 모를 일이다.

그러니까, 밖에서 서로를 전혀 모르는 채로 만났으면 말이
다.

지금 그녀는 동그란 눈에 눈물까지 그렁거리며 세령에게 건
넬 한마디를 꺼내려고 입을 뻐끔거리고 있었다. 그 긴장감이
손아귀 힘을 증가시켰는지 그녀의 손에 쥐어진 랜드로서 인형
이 빠직 소리를 냈다.

'내가 부서지고 있다?'

세령은 랜드로서의 머리가 부러져 땅에 떨어지는 광경을 참
담한 기분으로 바라보았다. 그리고 그녀도 세령의 시선이 인
형에 가 있다는 사실을 깨닫고, 랜드로서의 머리가 막 땅에 떨

어졌다는 사실 또한 깨닫고 비명을 질렀다.

"꺄아아아악! 어떡해! 꺄아악! 아악!"

"진정하세요!"

세령이 외쳤으나 그녀는 세령의 말에 더욱 혼란을 일으킬 뿐이었다.

"죄송해요! 랜드로서를 죽여서! 정말 죄송해요!"

그때 이재형 실장이 허리를 굽혀 떨어진 랜드로서를 집어 들었다. 그리고 그것을 안현연 대리의 눈앞으로 들어 올렸다.

혼란을 일으키던 안현연 대리는 랜드로서가 눈앞으로 오자 놀란 눈으로 그곳에 집중했다. 이재형 실장이 말했다.

"괜찮습니다. 떨어진 머리는 끼우면 돼요."

그가 랜드로서의 머리를 제자리에 맞추고 꾹 누르자 인형은 원래의 형태를 되찾았다.

안현연 대리는 감동한 눈으로 이재형 실장을 보았다. 이재형 실장은 안현연 대리에게 인형을 돌려주었다. 그리고 말했다.

"인사, 하셔야죠? 모처럼 예쁘게 차려입었는데."

그 말에 그녀는 용기를 내는 얼굴로 세령을 돌아보았다. 그녀의 두 손에는 랜드로서 인형이 꼭 쥐어져 있었다.

세령은 불안한 기색을 드러내지 않으려 애쓰며 그녀의 시선을 받았다. 그녀는 양볼이 새빨개져서 고개를 꾸벅 숙였다.

"아, 안녕하세요! 랜드로서의 플레이는 정말 잘 보고 있어요!"

그리고 그녀는 후다닥 도망쳐 자기 자리로 돌아갔다. 세령은 황당해졌다.

'정말… 인사뿐?'

자리로 돌아간 그녀는 새빨개진 양 뺨을 누른 채 '아후후후~' 소리를 냈다가 헤죽헤죽헤죽 웃다가를 반복했다. 세령의 황당함을 눈치챈 이재형 실장이 말했다.

"우리 일러스트레이터입니다. 정말 멋진 그림을 그리죠."

그는 그녀의 자리로 다가가더니 여러 개의 모니터 중 하나를 획 돌렸다. 그러자 모니터 가득 떠 있는 그림이 세령의 시야에 들어왔다.

그것은 눈 감은 잉그리타의 손 위로 하늘에서 내려온 수많은 요정들이 내려앉는 그림이었다. 요정들의 날개는 오색으로 빛났고, 눈을 살짝 내리깐 잉그리타의 얼굴에는 편안하고 부드러운 미소가 있었다. 배경이 되는 곳은 끝없이 풀잎이 물결치는 영원의 평원. 하늘은 붉은색과 보라색이 뒤섞인 노을빛이었고 세상 어디에도 없을 법한 신비로운 분위기를 풍겼다.

"저, 저, 저, 저, 저……."

얼굴이 더 새빨개진 안현연 대리가 새끼 빼앗긴 어미처럼 어쩔 줄을 몰라 하며 주변을 맴돌았다. 세령은 순수하게 감탄했다.

"정말 멋진데요."

"저, 정말이요? 여기 색감이 이상하지 않아요? 이 옷 질감은요? 여기 이 다리 모양은 너무 휘어지지 않았고요?"

"아뇨. 전혀 이상하지 않은데요. 멋집니다."

안현연 대리는 기뻐서 어쩔 줄 모르는 표정을 지었다.

"저, 사실은 랜드로서도 작업하고 있어요!"

그녀는 다른 모니터를 휙 돌려 작업하고 있던 그림을 보여주었다.

그것은 조금 전 인형들이 놓여 있던 상태 그대로 본 드래곤의 머리 위에 무릎 꿇은 채 검을 꽂아 넣고 있는 그라인더의 모습이었다. 하늘은 별이 쏟아지는 어둠이었고, 본 드래곤의 몸체만이 희미한 흰 빛을 발하고 있었다. 그라인더의 눈빛은 날카로웠고, 그의 검은 망토는 길게 펄럭이며 점점 깊은 어둠 속에 묻혀가고 있었다.

세령은 이 그림에도 감탄했으나 자기 모습에 칭찬을 하기가 좀 부끄러웠다. 그때 이재형 실장이 말했다.

"일단 들어갑시다. 팀장님이 기다리고 있습니다."

그리고 그는 성큼 안으로 다시 걷기 시작했다. 세령도 따라가려다가 안현연 대리를 돌아보며 말했다.

"그림 잘 봤습니다."

"예, 예!"

무슨 말을 할지 몰라 대답을 두 번 하는 안현연 대리였다.

말소리가 들리지 않을 정도로 나아가자 이재형 실장이 낮게 말했다.

"적당히 해두는 게 좋습니다. 말 들어주기 시작하면 끝이 없으니까."

이제 그들은 사무실 중앙의 대형 모니터 근처까지 왔다. 그리고 세령은 사람들이 잔뜩 모여서 보고 있는 이 모니터에 흘러가고 있는 동영상이 랜드로서의 모습이라는 사실을 깨달았다.

'이건, 제2 관문이냐?'

모니터에는 어제 거울의 호수 속에 들어간 랜드로서의 모습이 흘러가고 있었다. 잉그리타가 막 호수 바닥에 게이트를 연 참이었고, 호흡 시간이 부족해진 랜드로서가 호수 위로 헤엄쳐 올랐다. 그러자 주변의 의자들에서 응원의 말들이 쏟아져 나왔다.

"어서 올라가!"

"더 빨리!"

"죽으면 안 돼!"

'내가 스포츠냐?'

세령은 황당한 기분으로 그들을 보았다. 잠시 후, 화면 속에서 잉그리타가 랜드로서를 잡아당겼다. 그리고 랜드로서의 입에 입을 맞췄다.

"히야!"

"와아아!"

"아아!"

"그래! 잘했어!"

"덮쳐! 더 진행해!"

사방에서 온갖 탄성이 튀어나왔다.

그제야 세령은 어제 이런 장면이 있었다는 사실을 기억해

냈다. 그리고 뒤늦게야 깨달은 진실에 새파래졌다.

'어쩐지 잉그리타가 너무 인간답다 했어! 이 인간이었냐!'

분명 오늘 점심때, 거울의 호수 앞으로 랜드로서를 데리러 온 잉그리타가 말했었다.

팀 로터스의 이재형 실장입니다, 라고.

이재형 실장은 아무렇지도 않은 얼굴로 모니터 앞에 모인 사람들을 지나쳐 설어 들어가고 있었다. 모니터 앞의 사람들은 몸을 비비 꼬며 100부작 대하드라마의 남녀 주인공이 마지막 회에 임박하여 첫 키스를 나눈 장면이라도 본 듯이 감동에 차 있었다.

하지만 이재형 실장이 입을 열자 그 분위기가 한순간에 싸늘하게 식었다.

"김소영 팀장님!"

순간 모니터 앞에 앉아 있던 10여 명의 사람들이 순식간에 흩어졌다. 그들은 의자까지 끌고 각자의 자리에 돌아가 아무 일도 없었다는 듯이 모니터를 들여다보기 시작했다.

그리고 사무실 안쪽 문이 열리며 한 사람이 걸어나왔다.

"아, 왔어요?"

걸어나온 사람은 검은 정장 차림의 여성이었다. 이 사무실과 어울리지 않는다는 느낌이 들 정도로 완벽하게 화장한 얼굴에 이지적인 느낌의 미인이었다.

"아까 통화했죠? 팀 로터스의 김소영 팀장입니다."

세령은 의외라고 생각했다. 그녀가 예상보다 젊었기 때문이다. 화장한 여자 나이란 잘 모르겠지만, 세령 자신과 거의 비슷한 나이대일 것 같았다.

그녀는 생긋 웃으며 세령에게 악수를 청했다.

"랜드로서, 윤세령 씨 맞지요?"

"복구가 안 된다고요?"

회의실 내에 세령의 외침이 울려 퍼졌다.

빈 책상 너머에는 김소영 팀장이 혼자 앉아 있었다. 다 식은 커피 위에는 우유 단백질이 흰 조각으로 떠 있었다.

김소영 팀장은 차분한 얼굴로 대답했다.

"안 된다고는 하지 않았어요."

"그게 안 된다는 소리하고 다를 게 뭡니까?"

"그러니까 왜 도망치란 말 안 듣고 베르가못에게 끝까지 덤볐어요?"

김소영 팀장은 팔짱을 끼며 되물었다. 적반하장의 반응에 세령은 기가 막혔다.

"게임에서 내가 죽든 말든 무슨 상관입니까?"

"뭐, 그런 무대뽀 정신은 좋아하지만."

도저히 칭찬으로 들리지 않는 말을 날려놓고는 김소영 팀장은 서류 가방을 열었다.

"똑같은 외모와 똑같은 능력치로 랜드로서라는 캐릭터를 재생성하는 건 가능해요. 그라인더가 워낙 유명하다 보니 당신 능력치는 실시간으로 체크하고 있었거든요. 퀘스트 진행이

매끄럽지 않았던 것에 대한 사과 표시로 '흑사자의 무구 세트'를 선물로 드리죠. 그것이 첫 번째 선택."

"두 번째는?"

김소영 팀장은 가방 너머로 생긋 웃었다.

"두 번째를 궁금해할 줄 알았어요."

'뭐지, 이 찝찝한 기분은?'

눈살을 찌푸리는 세령의 앞에 스테이플러로 철해진 송이 넷 장이 밀려왔다.

김소영 팀장이 말했다.

"두 번째는, 아까 말했던 대로 마황 베르가못을 물리치고 저주를 푸는 것."

"말도 안 되는 걸 알면서 그런 말을 자꾸 하는 이유가 뭡니까?"

김소영 팀장은 책상에 엎드리듯 바짝 다가왔다. 세령의 눈을 보며 낮게 말했다.

"말이 안 되는 일일수록 현실이 되었을 때의 감동은 크겠죠."

"지금 짜고 치는 고스톱을 하자, 그 말입니까?"

김소영 팀장은 몸을 바로 세웠다. 흠, 숨을 뱉으며 대답했다.

"맘에는 안 들지만 정확한 표현이네요. 랜드로서, 당신은 유저 중에 최고 인기 캐릭터라 할 수 있어요. 능력있고 정치적이지 않고, 정체가 불분명하죠. 그런 당신이 마황 베르가못과

1대 1로 맞서 싸운 뒤 실종됐어요. 그리고 평화롭던 제로월드의 이테리아, 다수스 두 대륙에 새로운 마물들이 침입해 오기 시작할 거예요. 어때요, 제법 전설의 앞머리 같지 않아요?"

세령은 눈살을 찌푸렸다.

"영웅이 되어 귀환하라, 그 소립니까?"

김소영 팀장은 의외라는 표정을 지으며 턱을 만지작거렸다.

"그 표현은 조금 마음에 드네요."

세령은 자리에서 일어났다.

"그냥 첫 번째로 하죠. 내일까지 복구시켜 주세요."

"베르가못을 도저히 쓰러뜨릴 수 없다고 인정하는 건가요?"

"그래요, 지금은."

무슨 말인가를 더 하려는 김소영 팀장을 막으며 세령은 말을 이었다.

"그리고 운영진 도움 받아서 그놈 잡는 건 더 싫습니다. 내 캐릭터 복구시키고 그놈 그 자리에 그냥 두세요. 언젠간 잡으러 갈 테니."

세령은 홱 돌아서 나가려 했다. 김소영 팀장이 그의 등에 말했다.

"그래서 세령 씨를 선택한 거예요."

세령은 우뚝 멈춰 서 뒤돌아보았다.

"무슨 뜻이죠?"

"우리야말로 쉽게 뭔가를 얻으려는 유저는 집어던지고 싶네요. 뭐, 어중이떠중이 다 받아야지만 머릿수가 채워지고 그래야 돈이 되니까 자비로운 척 다 웃어넘기고는 있지만."

김소영 팀장은 웃고 있었지만 눈가가 파르르 떨리고 있었다. 세령이 움찔한 동안 그녀가 질문했다.

"열심히 하는 만큼 강해지는 게 당연한 것 아닌가요? 어떻게 생각해요?"

"그거야 당연히……."

"봐요. 생각이 일치하잖아요?"

"아직 아무 말도 안 했습니다!"

세령이 버럭 외쳤지만 그녀는 자신의 말을 계속했다.

"우리에게는 전설이 필요해요. 제로월드를 이야기할 때 가장 먼저 떠오르고, 신규 유저들이 '나도 이렇게 되었으면 좋겠다'라고 동경하며 들어올 수 있는 그런 존재."

김소영 팀장이 세령을 가리키며 물었다.

"세령 씨는 나이가 어떻게 되죠? 게임이 가상현실을 적용하기 전부터 온라인 게임을 플레이하지 않았어요?"

"그렇긴 했죠."

세령은 긍정하다가 지금 뭘 하고 있나 싶었다.

"무슨 말이 하고 싶은 겁니까?"

"그때의 온라인 게임에는 좀 더 전설적인 이야기가 많지 않았어요? 공식 스토리 말고 유저들의 다양한 이야기가."

세령은 잠시 생각했다. 그러고 보면 예전에는 참 이야깃거리가 많았던 것 같다. 김소영 팀장은 팔짱을 끼며 말을 이었다.

"가상현실은 사람들에게 좀 더 게임을 진짜같이 느끼게 만들었어요. 좋은 일이라고 생각하지만."

김소영 팀장은 쓴웃음을 머금었다.

"그러면서 유저들의 시야는 좀 더 자신 중심으로 좁아지게 되었어요. 전설이라 할 만한 사건들이 잘 나와주질 않아요. 반복 행동은 과거 컴퓨터 게임일 때보다 지루해졌고, 과감한 공격은 좀 더 두려워졌고, 손해 보는 일을 점점 덜하게 되었죠. 실감나니까, 정말 내 인생같이 느껴지니까 그런 변화는 당연한 거예요. 그리고 그게 당연한 만큼 씁쓸한 생각이 들었어요."

김소영 팀장은 생각에 잠긴 얼굴로 말을 이었다.

"게임은 앞으로 더욱 현실과 비슷해지겠죠. 그것은 한편으로는 현실의 나쁜 부분들을 닮아간다는 의미이기도 해요. 나는 그 세상이 계속해서 모험심과 꿈으로 가득 차 있기를 바라요. 현실에서의 생활을 배경만 바꿔서 놀려고 게임을 하는 게 아니잖아요?"

김소영 팀장은 시선을 내렸다. 책상 위를 보며 말했다.

"나는 그래서 펠로서스의 공개를 미루면서 그런 역할을 해줄 사람을 찾았어요. 이곳에는 아직 꿈꿀 만한 것들이 가득하다는 사실을 일깨워 줄 사람. 그런 우리 앞에 랜드로서라는 의문의 검사가 나타났고, 의도하진 않았지만 큰 시련에 부딪쳤군요. 걱정 말아요. 빠져나갈 길은 만들어줄 테니까."

김소영 팀장은 책상 위의 종이를 집어들며 세령의 앞으로 걸어나왔다. 생긋 웃으며 말했다.

"그리고 또, 걱정 말아요. 미치도록 어려울 테니까. 영웅담이 시시해서야 재미없겠죠. 세령 씨 입맛에 결코 심심하게 느껴지진 않을 거예요."

그녀는 세령의 앞에 종이를 내밀었다. 처음으로 제대로 본 종이 맨 위의 글자는 '계약서' 였다.

"우리의 영웅이 되어주시겠어요, 랜드로서 윤세령 씨?"

제로월드의 외모 규정은 다른 가상현실 게임과 똑같았다.

'자신의 외모를 기본으로 하되, 공식 툴을 이용해 마음대로 변형할 수 있다.'

제로월드의 외모 수정 툴이 다른 게임에 비해 편리하다고 알려져 있긴 하지만, 일반인들이 툴을 이용해 생각대로의 얼굴을 만들어내는 건 쉬운 일이 아니었다.

그래서 뒤돌아보게 되는 미인을 만날 때면 둘 중의 하나였다. 원래 미인이었거나, 캐릭터 생성 화면에서 며칠을 보내며 코를 쌓아올리고 턱 선을 만들어내는 수고를 감당한 사람이거나.

똑같은 미인들이 거리를 배회할 거란 우려와는 달리, 제로월도의 거리는 가지각색의 사람으로 넘쳐 났다. 현실보다 '물이 좋네' 수준이라고 세령은 생각했다.

어쨌거나 사람 얼굴이란 어디 한 군데만 살짝 손봐도 크게 달라 보이는 것이다. 랜드로서의 얼굴은 그다지 오랜 시간을

들여 만든 것이 아니었지만, 대부분의 사람은 세령을 알아보
지 못했다.

　세령은 의자에 구겨 앉은 채 핸드폰의 문자를 확인했다.

　길드장 형 화났어요. 별로 화낼 일은 아닌데……. 접속 전에 연락
줘요.

　티라미슈의 문자였다.

　그제야 세령은 길드원들이 이렇게 맹렬히 전화세례를 한 이
유를 아직 모른다는 사실을 깨달았다. 덜 마른 머리를 털며 컴
퓨터로 제로월드 공식 사이트에 접속했다.

　"끄악! 이게 뭐야!"

　무심히 게시물을 클릭하던 세령은 한 유저가 올린 동영상을
발견하고 뒤로 넘어갈 뻔했다. 어젯밤 베르가못과 싸우던 랜
드로서의 모습이 고스란히 담겨 있었기 때문이다.

　세령 자신은 인식하지 못했지만 동영상 후반부, 베르가못에
게 당해 쓰러졌을 때 얼굴을 가리던 천까지 찢어져 온전한 얼
굴이 동영상에 담겨 있었다.

　저런 걸 봤으니 길드원들이 맹렬히 전화한 건 당연하다.

　세령은 옆에 따라놓은 찬물을 단숨에 마셨다. 그리고 게시
판을 맹렬히 검색하기 시작했다.

　1분도 지나지 않아 그는 자신의 동영상이 중계 1채널을 통
해 전 세계에 실시간으로 뿌려졌다는 사실을 알았다.

김소영 팀장의 말이 떠올랐다.

불의의 사고로 랜드로서가 좀 유명해졌지만, 피곤할 일은 없을 거예요. 게임 내에서의 얼굴도 달라졌고, 현실에서도 윤세령 씨를 알아보는 사람은 없을 테니까요. 캐릭터보다 현실 얼굴이 나은 경운 드물거든요. 인상이 꽤 다르기도 하고… 의외로 그래픽에 소질이 있으신가 봐요?

"불의의 사고라고?"

핸드폰을 쥔 세령의 손에 힘이 들어갔다.

"멋대로 남의 얼굴을 전 세계에 뿌려놓고 뭐가 어쩌고 어째?"

세령의 핸드폰에는 '김 팀장' 이라는 이름이 추가되어 있었다. 문제가 생기면 연락하라며 알려준 번호다.

핸드폰 커서가 '김 팀장' 에서 몇 칸 올라가 '길드장' 에서 잠시 멈췄다. 그리고 다시 쭈욱 내려가 '티슈' 에 잠시 멈췄다. 통화 버튼을 누를까 하다가 세령은 핸드폰을 닫아버렸다.

다이버 헬멧을 썼다.

"윤세령, 다이브."

구동어를 말하자 본인 확인 완료라는 음성과 함께 동기화 안내문이 눈앞에 파라락 지나갔다. 약한 어지러움과 함께 현실이 세상에서 사라졌다.

         *   *   *

　　랜드로서는 풀밭 위에 서 있었다.
　　눈을 뜨자 풀냄새 가득한 거울의 호수가 보였다.
　　검은 하늘엔 별이 가득했다.
　　바람이 불자 호수 표면의 별들은 잔물결에 밀려 흩어졌다.

　　일단은 인큐버스 종족에 익숙해지도록 해요. 설명 다 갖춰놨으니까 잘 읽어보고요. 이해 안 가는 부분만 질문해요.

　　김 팀장이 보낸 듯한 쪽지가 떴다. 괜한 짜증에 눈살을 찌푸린 랜드로서는 문득, 길드원들의 쪽지가 하나도 와 있지 않다는 사실을 깨달았다.
　　친구 리스트를 열어보니 아무도 없었다.
　　'뭐야, 단체로 차단이라도 했나?
　　랜드로서는 문득 친구 목록 밑에 회색 글씨로 된 리스트를 발견했다.
　　그 리스트의 제목은 이랬다.

　　[다른 길을 가는 친구들]

　　'뭐냐, 이 괴악한 센스는?
　　랜드로서는 제목 옆에 있는 '?' 버튼을 눌러보았다. 안내창이 떴다.

"……"

랜드로서는 잠시 생각했다.

'뭐, 귀찮지 않아서 좋긴 하지만.'

"접속했군요."

뒤에서 잉그리타의 목소리가 들렸다.

'쟨 왜 항상 뒤에서 나타나?'

랜드로서는 귀찮은 표정으로 돌아보았다.

보통의 달빛 아래에서 잉그리타는 부드러워 보이는 미인이었다. 걸음을 디딜 때마다 늘씬하게 드러나는 허벅지에 랜드로서는 속지 않았다.

"이 늦은 시간까지 야근하나 보죠, 이재형 실장님?"

잉그리타는 눈썹을 들어 올렸다.

사실 지금 잉그리타로 접속해 들어온 것은 김소영 팀장이었다. 하지만 굳이 설명하기 번거롭다는 생각이 든 그녀는 팔짱을 끼며 그저 자기 할 말을 하기 시작했다.

"덩그러니 내버려 뒀다가는 어이없이 또 죽을 것 같으니 기본 설명 좀 해주러 왔어요. 새로운 종족 인큐버스에 대해선 잘 모를 테니."

"생색낼 거면 관두시죠. 알아서 굴러서 익힐 테니."

잉그리타는 한쪽 눈썹을 들어 올렸다.

"구르고 싶어요?"

"부탁 하나만 들어줄래요?"

"듣고 결정하죠."

"그 여자 말투 좀 관둬요. 닭살 돋아서. 으휴."

잉그리타는 눈살을 찌푸렸다.

"베르가못의 저주는 베르가못을 죽이거나 당신이 죽으면 풀리게 되어 있어요. 당장이라도 그라인더로 돌아가고 싶으면 유저들 있는 자리로 뛰어들면 된단 소리죠."

"그거야……. 어, 잠깐. 잠깐! 나 마물입니까?"

"필드 마물 중에도 인큐버스는 있어요. 알죠?"

인큐버스란 여성의 꿈속에 들어가 유혹하는 악령이다. 게임에서야 여성의 꿈속에 들어가거나 하지는 않고, 그저 인간과 닮은 형태의 마물로 존재했다.

회색 성당 지하에 떼거지로 나타나는 인간형 마물이 인큐버스다. 길드의 마법사가 화염 마법으로 인큐버스 수십 마리를 한 번에 죽였던 기억을 떠올리자 기분이 더러워졌다.

"설마, 내가 지금 그 싸구려 마물이란 소린 아니겠죠?"

"그보다 못하죠."

잉그리타는 턱을 들어 올린 채 가차없이 대꾸했다. 랜드로서의 얼굴이 일그러지는 것을 즐기기라도 하는 듯 한 박자 간격을 두더니 설명을 이었다.

"필드 마물인 인큐버스는 최하 레벨이 30이에요. '잃어버린 성지', '토굴 성당'의 보스인 인큐버스 로드 '테메시드'는 레벨 150이고요. 내 앞의 신규 인큐버스 로드 '랜드로서'는 레벨 1이군요. 비교하자면 '인타셀 평원'의 '녹색 푸딩' 정도?"

'인타셀 평원'은 막 캐릭터를 새로 생성한 초보자들이 게임을 시작하는 필드다. 그곳에서 나오는 마물은 레벨 3의 '일개미', 레벨 2의 '빨간 푸딩', 레벨 1의 '녹색 푸딩'이 있는데 초보자들조차 녹색 푸딩은 너무 약하다며 잘 잡지 않았다.

랜드로서도 처음 캐릭터를 만들었을 때 녹색 푸딩 한 마리를 잡아본 뒤 손에 끈적끈적 들러붙는 감촉에 몸서리치고는 약간 무리해서 일개미를 잡으러 갔던 기억이 있다. 그마저도 3년 전의 일이었다.

"녹색 푸딩의 입장은 생각해 봤어요?"

"내가 푸딩 입장을 왜 생각합니까!"

"무서운 유저들이 주변에 가득한데 레벨 1의 약한 몸으로 풀려 나온 녹색 푸딩의 심정을 이제는 이해해야 할걸요."

"그깟 레벨, 올리면 될 거 아닙니까?"

"그건 맞는 말이죠. 하지만 여기서 레벨 올릴 수 있을 만한 장소로 이동하다가 죽게 될 거예요."

순간 랜드로서는 섬뜩한 기분을 느꼈다.

잊고 있었다. 이곳은 상급자용 필드인 '거울의 호수' 다.

아차 하면 흰 늑대들이 한꺼번에 달려드는 장소.

레벨 1의 몸으로는 한 놈도 이기지 못할 것이다.

그때 뒤에서 사악 소리가 났다.

랜드로서는 급히 검을 뽑으며 뒤돌아보았다.

뽑혀 나온 검은 날이 얇은 세검류의 검이었다. 랜드로서는 모처럼 어깨가 오그라들 듯한 긴장감을 느꼈다.

'이걸로 흰 늑대랑 싸우라고?'

사악.

또다시 소리가 났다. 나무 사이를 스쳐 가는 흰 털이 얼핏 보였다.

'선공이다!'

랜드로서는 반사적으로 튀어나갔다. 막 나타난 흰 늑대를 향해 검을 찔러 넣었다.

흰 늑대는 여유롭게 훌쩍 뛰어올랐다. 아차 하는 순간 흰 늑대는 검을 피해 랜드로서에게 달려들었다.

쿠당탕!

랜드로서는 뒤로 나자빠졌다. 가슴을 짓누르는 흰 늑대의 무게에 숨이 턱 막혔다.

흰 늑대가 랜드로서의 목을 향해 고개를 낮췄다. 랜드로서는 흰 늑대를 밀어내려 했지만 도저히 저 무게를 이겨낼 수가 없었다.

'여기서 죽을 수는 없어!'

"넘치는 힘이여!"

시동어를 외쳤지만 마법이 발동되지 않았다. 뻗어 나가려던 랜드로서의 팔을 오히려 접어버리며, 흰 늑대가 벌린 입을 랜드로서의 목에 대었다.

까칠한 혀가 목을 긁듯이 훑는다. 그 괴상한 감촉에 랜드로서는 비명을 질렀다.

"크히힉!"

"뭐 해요?"

잉그리타가 팔짱을 낀 채 물었다. 랜드로서는 비명을 질렀다.

"좀 도와줘요!"

"혼자서 뭐든 다 할 것처럼 굴더니만."

잉그리타는 할 수 없다는 듯 다가와 흰 늑대를 덥석 안았다. 버둥거리는 흰 늑대를 안아 옆으로 치워놓았다.

랜드로서는 떨떠름해져서 일어나 앉았다.

흰 늑대는 네 다리를 모은 채 헥헥거리고 있었다. '놀자, 놀자!'를 외치는 듯 등 뒤의 꼬리가 부산하게 흔들린다.

"야……?"

랜드로서가 입을 뗀 순간, 흰 늑대가 앞발로 바닥을 박차 올랐다. 랜드로서는 혼신의 힘으로 흰 늑대의 양 앞발을 붙잡았다.

막 랜드로서를 덮치려던 늑대는 달려들던 자세 그대로 양

앞발을 잡힌 채 가련한 눈으로 랜드로서를 내려다보았다. 랜드로서는 단호히 외쳤다.

"덤비지 마! 무거워!"

말을 알아들었는지 흰 늑대는 풀죽은 얼굴로 랜드로서를 보았다.

끄응~

"당신은 이제 마물이에요. 이 녀석들은 적이 아니죠."

잉그리타는 흥미롭다는 얼굴로 흰 늑대를 보며 덧붙였다.

"레벨 1이라도 당신이 상위 종족이라 잘 따르는군요."

랜드로서는 조심히 손을 뻗어 흰 늑대의 머리를 쓰다듬었다. 흰 늑대의 털은 생각 이상으로 부드러웠다.

'오오.'

적이 아니라는 걸 확인하기 위한 손짓이었는데, 그 좋은 감촉에 자신도 모르게 늑대의 털을 계속 쓰다듬게 되었다. 흰 늑대도 기분 좋은 듯 랜드로서의 손에 고개를 비볐다.

"언제까지 그러고 있을 건데요?"

잉그리타가 한심하다는 듯 물었다. 랜드로서의 집중력이 흐트러진 순간, 흰 늑대가 꿈틀 움직인 것을 그는 놓치지 않았다. 덮쳐 오는 앞발을 재빠르게 막아내며 랜드로서가 매섭게 외쳤다.

"달려들지 마!"

끄응~

흰 늑대는 다시 풀죽은 얼굴로 랜드로서를 올려다보았다.

그러나 그 빛나는 눈빛에는 언제든 다시 기회를 봐서 달려들겠다는 의지가 담겨 있었다.

'틈을 주면 안 되겠다!'

랜드로서는 이곳이 엉뚱한 의미로 바짝 긴장해야 할 장소란 사실을 깨달았다. 힐끗 주변을 보니 거울의 숲 나무 사이사이마다 불붙은 듯 빛나는 눈빛들이 보였다.

과거의 그는 저런 장면을 보면 솟아오르는 긴장감과 동시에 강렬한 호승심을 느끼곤 했다. 그러나 지금은 오로지 생존 본능이 치솟아오를 뿐이었다.

'저놈들이 다 달려들어 오면 난 깔려 죽을 거야!'

민첩성도 힘도 바닥까지 떨어져 랜드로서는 이제 옛날과 같은 동작을 전혀 할 수가 없었다. 아침에 침대에서 속수무책으로 떨어진 자신이 떠올랐다. 이젠 게임 속이라고 해서 별반 다를 것 없을 것 같았다.

"이놈들은 운영자 자격으로 조종 못합니까?"

"나보고 개가 되란 소린가요?"

바로 눈치챈 잉그리타가 쏘아붙였다.

"어차피 거대 흰 늑대였잖습니까?"

"우리가 직접 접속할 수 있는 NPC는 극히 일부예요. 자잘한 마물이나 NPC한테 전부 일일이 이런 기능을 넣었다간 용량도 감당 못하고, 무엇보다도 제로월드의 자생력을 해칠 가능성이 있어요. 온라인 게임이 자잘한 사고와 함께 이어져 가는 것은 당연한 일이죠. NPC가 뜻대로 움직여 주지 않는다고

해서 일일이 조종할 생각은 없어요. 다만 이 잉그리타는 유니크 퀘스트에 직접 관여하는 특별한 NPC라서 만약을 대비해 이런 기능을 넣어뒀던 거예요. 정말로 쓰게 될 줄은 몰랐지만……."

잉그리타는 쓴 표정을 지으며 말을 이었다.

"저번에는 뜻하지 않은 사고로 퀘스트가 제대로 진행되지 않아서 왔던 거고, 오늘은 영문 모르는 채 죽지 않게 하기 위해 기본 설명만을 하러 온 거예요. 앞으로는 온전한 인공지능 잉그리타와 함께하게 될 테니 알아서 잘 지내보시죠."

잉그리타는 손뼉을 짝 치더니 화제를 바꿨다.

"일단 할 일부터 하죠."

그리고 잉그리타는 랜드로서에게 다가왔다. 의아해하던 랜드로서는 잉그리타의 얼굴이 바짝 다가오자 급히 뒤로 물러섰다.

"뭐 하는 겁니까!"

"별거 아니에요. 잠깐 입 맞출 뿐이니까."

랜드로서의 머릿속에 호수 안에서의 입맞춤이 떠올랐다. 동시에 이재형 실장의 얼굴도 떠올라 소름이 돋았다.

"대체 왜 그래야 하는데요!"

"싫으면 관두고요."

잉그리타는 낮게 덧붙였다.

"이곳을 무사히 나가려면 토끼를 잡는 수밖에 없어요. 레벨 15까지 가려면 토끼로… 15,434마리를 잡아야겠군요. 2분에 한 마리 잡는다 쳐도 소수점 떼고 514시간, 세령 씨의 1일 평균 접속 시간이 게임 시간으로 25.2시간이었으니까… 20일쯤 걸리겠네요. 한 달 내로 끝내야 할 퀘스트인데 20일 만에 첫 번째 마을에 도착해서야 퀘스트 진행 참 잘 되겠네요."

랜드로서는 버럭 반응하려다가 불길함을 느꼈다.

"왜 토끼로만 계산하는 겁니까?"

"시금 흰 늑대 반응 못 봤어요? 낭신, 마물이라서 마물 사냥 못해요. 잡을 수 있는 건 사슴, 개, 토끼 같은 일반 짐승뿐인데 이 숲에는 토끼밖에 없거든요."

"잠깐, 그럼……."

"하지만 레벨 1의 모습으로 이 숲 밖에 나갔다간 유저들의 단칼에 죽겠죠. 초보 유저의 나무막대기에 맞아 죽어봐요. 기분 제대로 더러울 걸요."

"그러니까 레벨을 올린다고 하지 않았습니까!"

"어떻게요?"

"그게……."

랜드로서는 혼란에 빠졌다. 레벨을 올리는 가장 간단한 방법은 사냥이다. 그러나 사냥을 못한단다.

'그럼, 생산직으로 레벨을 올려야 하나? 여기 앉아서 목공 조각이라도 해? 약초라도 캘까?'

스킬 창을 열어보았지만 텅 비어 있었다. 스킬도 없이 아무거나 만들어서는 경험치를 얻지 못한다. 그런 스킬들을 얻으려면 마을에 가서 스킬 북을 구입해야 하는데……

“지금 마을에 가면 경비병한테 맞아 죽는단 소립니까?”

경비병은 마을을 지키는 강력한 NPC로, 마을 안에 범죄자나 마물들이 들어오지 못하게 막는 역할을 한다. 레벨 200에 ‘악의 기운 감지’ 스킬을 가지고 있어서 랜드로서가 들어가는 순간 경비병에게 살해당할 것이다.

“그렇죠. 마을에 도달하기도 전에 유저한테 잡혀 죽을 거라 생각하지만요.”

“레벨을 올리면 마을에 들어갈 수는 있다는 뜻입니까?”

“그럼요. 이제 입 맞출 생각이 들었어요?”

“그거랑 레벨 업이 무슨 관곈데요?”

그때 잉그리타가 갑자기 랜드로서의 어깨를 붙잡았다. 뿌리칠 틈도 없이 그녀의 입술이 순간적으로 그의 입술에 닿았다 떨어졌다.

“으악!”

랜드로서는 비명을 지르며 물러났다. 잉그리타는 기가 찬다는 얼굴로 랜드로서를 보고 있었다.

“그렇게 싫어요?”

랜드로서는 그런 잉그리타를 더 이해할 수가 없었다. 잉그리타를 가리키며 외쳤다.

“당신, 변태야?”

잉그리타가 할 수 없다는 표정으로 말했다.

“그렇게까지 싫어할 필요 없어요. 난……”

그때 띠링! 소리와 함께 반투명한 안내창이 떴다.

"응?"

잉그리타의 금발이 검게 물들어갔다. 머리카락이 검은 레이스에 저절로 휘감기며 틀어 올려진다. 목 위까지 잠겨 있던 단추가 사라지고 가슴골이 살짝 보이도록 윗옷이 파이더니 옷 전체가 광택 나는 검정색으로 물들며 낮은 풀색 신발이 은색 하이힐로 변했다. 등에서 검은 피막 날개가 돋아나고 입술은 선명한 붉은색으로, 눈동자는 금적색으로 물들었다.

랜드로서의 앞에 반투명한 창이 떴다.

"응?"

랜드로서가 황당해하는 사이 눈앞에 레벨 업 안내문과 능력치 변화 알림 목록이 촤르르륵 지나갔다.

[새로운 기술]
 의태(1단계)를 얻었습니다.
 유혹의 향기(패시브:1단계)를 얻었습니다.
 가벼운 날갯짓(1단계)을 얻었습니다.
 호버링(1단계)을 얻었습니다.

잉그리타가 붉은 입술을 움직여 물었다.

"레벨 14, 경험치 21.52%. 의태, 유혹의 향기, 가벼운 날갯짓, 호버링 떴어요?"

"저기… 왜 레벨 업이 되는 겁니까?"

"당신은, 인큐버스잖아요?"

랜드로서는 능력치 창을 띄웠다. 문득 지금껏 신경 쓰지 않던 항목에 눈이 갔다.

노예 1명

"설마."

랜드로서가 막 그 옆의 '?' 버튼을 누르려는데 잉그리타가 말했다.

"설명은 나중에 보고요, 일단 '의태' 사용하시죠, 주.인. 님."

"그렇게 부르지 마요!"

랜드로서는 몸서리쳤다. 잉그리타의 저 외모는 굉장히 취향이었지만, 내용물이 사내놈이잖아!

"진짜 여자 유저는 앞으로 질리도록 모으게 될 테니 투정 부리지 말아요."

잉그리타가 지겹다는 듯 덧붙였다. 랜드로서는 그 말이 더욱 두려웠다.

"난 전투를 하고 싶다고요!"

"그 능력치로 말이죠?"

잉그리타는 피식 웃었다. 여자 얼굴로 비아냥거리니 더욱 기분이 더러웠다.

"애초에 당신들 탓이잖아!"

"그러니까 베르가못한테 덤비지 말랬잖아요?"

"죽어도 그냥 퀘스트 실패하고 부활하면 될 줄 알았죠! 이렇게 개판으로 게임을 운영할 어떻게 알았겠습니까!"

"의태나 사용하시죠!"

랜드로서는 의태를 사용했다. 그러자 왠지 등이 가벼워지는 느낌이 들었다.

"아무 일도 안 일어나는데요?"

"거울 보세요."

랜드로서는 '자기 외모 확인'을 눌렀다. 눈앞에 나타난 거울에는 검은 셔츠와 붉은 타이, 블랙 진을 입은 핏빛 눈의 청년이 비춰져 있었다.

"복장 약간 바뀌고, 날개 없어졌죠? 1단계에서는 외모만 바뀝니다. 지속시간은 5분. 재사용 대기 시간 10분입니다."

“제법 NPC답군요.”

숫자를 척척 뱉어내는 잉그리타에게 랜드로서가 비아냥거렸다. 잉그리타는 전혀 신경 쓰지 않고 할 말을 계속했다.

“마을에 들어가려면 적어도 의태 3단계까지는 올려야 하는데, 필요 레벨이 15예요. 조금 모자라네요. 토끼를…… 1,121마리 잡아야겠군요.”

“엑?”

“원래 15,434마리를 잡아야 했지만 이젠 그 7.26% 정도만 잡으면 된다는 뜻이죠. 고맙게 생각해요.”

“정말 고마워서 미치겠군요.”

“레벨 올리면서 의태 숙련치도 올려야 하니까 재사용 대기 시간 끝나면 바로바로 의태 사용해 주시고요. 실수로라도 죽으면 안 되는 건 알죠?”

“정말 토끼만 잡는 겁니까?”

“참, 혹시라도 유저를 만나면 죽어라고 도망치세요. 1단계 의태로는 성직자 눈에 띄면 바로 들켜요.”

랜드로서는 큭 소리를 냈다. 어려운 퀘스트라면 참아줄 수 있었다. 그런데 토끼를 수천 마리 잡고 있으라고?

“의태 3단계 이상이면 일반 유저처럼 활동할 수 있어요. 앞으로의 퀘스트가 절대 심심하진 않을 거예요. 그리고 이것.”

잉그리타는 한결 부드러운 표정이 되어서 작은 주머니를 건넸다.

“이건?”

주머니를 풀자 손바닥만 한 거울이 나왔다.

"원래 거울의 문 문지기를 잡으면 보상으로 주려던 아이템이에요. 그때의 랜드로서라면 문지기를 쓰러뜨렸을 거라 치고, 주는 거예요."

"소환의 거울?"

아이템 명을 랜드로서가 낮게 읽었다. 잉그리타가 말했다.

"서비스는 여기까지. 이제부터는 스스로 헤쳐 나가세요. 운영진이 이끌어줘서 영웅 됐단 소린 그쪽도 듣기 싫겠죠? 설명 다 갖춰놨으니까 잘 읽어보고요, 이해 안 가는 점 있으면 전화해요. 그럴 리야 없겠지만 징징거리는 소리 하면 바로 끊어버릴 테니 명심하고요."

'이거… 혹시……'

랜드로서는 눈살을 찌푸렸다. 잉그리타는 생긋 웃었다.

"그럼 난 퇴근할게요. 행운을 빌죠, 마이 로드."

*　　　*　　　*

정상적으로 접속 종료되었습니다.

세령은 다이버 헬멧을 벗고 긴 숨을 뱉었다.

책상 위에는 '계약서'가 놓여 있었다. 김소영 팀장이 내밀었던 그 문서다.

계약서의 내용은 대충 이런 것이었다.

＊베르가못을 쓰러뜨리고 인간으로 돌아오는 퀘스트, '거울의 문
(두 번째 길)'을 한 달(현실 시간) 내로 완료한다.
＊계약 내용에 대해 외부에 발설하지 않는다.
＊로터스 팀에서는 최소한의 초기 가이드만을 제공한다. 모든 행
동은 게임 내의 규칙을 따를 것.
＊착수금 천만 원, 퀘스트 성공 시 3천만 원 지급.
＊착수금은 퀘스트를 실패할 시에도 돌려받지 않으나, 이 계약을
중도 포기할 경우에는 두 배로 배상해야 한다.
＊퀘스트 진행 중 발생하는 동영상에 대한 저작권은 로터스 팀이
가진다.
＊퀘스트 종료 후, 동영상 다운로드 비용의 10%를 따로 지급한
다.

솔직히 세령으로서는 손해 볼 거 없는 조건이었다. 그동안
쌓아왔던 것들을 아예 날려 버리는 것도 아니고, 최대 한 달 동
안 인큐버스로 퀘스트를 수행할 뿐이다.
퀘스트를 실패해도 착수금 천만 원을 챙긴 채 랜드로서로
돌아가면 된다니 너무나 자비로워서 불안해질 지경이었다.
'그 돈이 아깝지 않을 만큼 굴리겠다는 뜻인 것 같기도 하지
만……'
찜찜하긴 했지만 세령으로서는 단 한 사람만 할 수 있다는
이 메인 퀘스트를 놓치고 싶지도 않았다.

어딘가에 펠로서스로 통하는 문이 있을 거란 짐작만 가지고
도 온갖 위험한 지역들을 쑤시고 다녔던 그다. 이제야 간신히
그 문이 열리기 시작했는데 단지 찜찜하다는 이유만으로 내던
져 버리기엔 피가 끓었다.

어쩌면 이것은 행운일지도 모른다. 어쩌면.

'어쩌면………'

세령은 의자가 끼긱거리도록 등을 뒤로 기댔다. 아무리 좋
게 생각하려 해도 일말의 불안감이 깨끗이 씻겨 나가지가 않
았다.

'에이! 어차피 할 걸 뭘 고민하고 있냐!'

그는 자기 머리를 사납게 흩어놓고는 모니터 모드로 제로월
드에 접속했다.

모니터 모드로는 캐릭터를 움직일 수 없지만, 능력치 창을
살펴보거나 도움말을 읽어볼 때에는 편리했다.

'일단 상황 파악을 좀 하자.'

그는 일단 전투에 관계된 도움말들을 싹 훑어보았다. 대충
이런 내용이었다.

*인큐버스를 포함한 마족 유저는 마물을 죽여도 경험치를 얻을
수 없다.

단, 자신을 적으로 인식하는 마물을 사냥했을 경우에는 정상적인
경험치를 얻는다.

예) 특정 장소나 유물을 지키는 마물의 경우, 특별한 명령을 받은

마물의 경우.

　* 일반 짐승을 사냥하면 경험치를 얻는다.

　* 마족 외의 유저를 사냥해도 경험치를 얻는다.

　* 마족 외의 유저 중 성직자 계열의 유저를 사냥하면 추가 경험
치 50%를 더 얻는다.

　'유적지 같은 곳을 돌아다니거나 사람을 사냥해야 하나? 아
예 성직자들의 도시를 덮쳐 버려?'

　세령은 어디가 좋을까 고민하다가 지금은 이런 고민할 때가
아니라는 걸 깨달았다. 이제 그는 그라인더가 아닌 것이다.

　'단체로 두들겨 맞지나 않으면 다행이지!'

　그는 머리를 한 번 감싸 쥐고는 능력치 창을 열었다. 그러자
눈앞에 하찮은 능력치들이 가득 펼쳐졌다.

　'지금이라도 관두자고 할까?

　그는 눈살을 찌푸렸으나 지금 관둘 생각은 털끝만큼도 들지
않았다. 그저 이 상황을 어떻게 빨리 빠져나갈지가 고민스러
울 뿐이었다.

　'레벨이야 올리면 되지! 빨리 키워서 성직자들을 다 죽여 버
리자!'

　마황 퇴치하려다 스스로 마황으로 등극할 기세로, 그는 눈
빛을 불태우며 능력치 창을 바라보았다. 그리고 점점 눈에서
힘이 빠지는 것을 느꼈다.

　'…어떻게?'

그에게는 한 달이라는 시간 제한이 있었다. 그동안 이놈을 제대로 키워 옛날에도 못 잡았던 마황을 잡아야 한다니, 골똘히 생각할수록 막막한 기분이었다.

그때 그의 눈에 신경 쓰이는 부분이 들어왔다.

노예 1명.

잉그리타를 서큐버스로 만든 뒤 변화된 부분이다.

세령은 '노예' 옆의 '?' 버튼을 클릭했다. 그러자 노예에 대한 설명이 반투명한 새 창으로 눈앞에 떴다.

여성(모든 종족, NPC 가능)에게 입맞춤을 받으면 그 여성은 당신의 노예가 됩니다. 수하의 서큐버스로 등록. 노예를 얻음으로써 획득하는 경험치는 노예의 레벨에 비례합니다. 유지 기간은 120일. 계속 유지하려면 쌍방 합의하에 갱신해야 합니다(갱신 가능 횟수 무제한).

* 기존 노예와 계약 갱신 시:
최초 계약 시 얻었던 경험치의 150%를 얻습니다.
* 동시에 노예 다섯 명 이상 거느릴 경우:
노예 추가 및 갱신 시 보너스 경험치 50%가 추가됩니다.
* 동시에 노예 열 명 이상 거느릴 경우:
노예 추가 및 갱신 시 보너스 경험치 100%가 추가됩니다.

'뭐냐, 이 설정은!'

순간 떠오르는 것은 쫙 붙은 정장 차림의 김 팀장이었다. 이

설정을 김 팀장이 직접 짜지 않았더라도 적어도 결제는 받았을 것이다.

'그 여자, 제대로 변태잖아!'

랜드로서가 이 메인 퀘스트를 제대로 깨고 나면 일반 유저들도 마족을 선택해서 플레이할 수 있다고 들었다.

'어떤 놈들이 인큐버스를 택할지 빤히 보이는구만.'

그 아랫줄은 더욱 가관이었다.

남성 노예의 경우 수하의 인큐버스로 등록됩니다.

세령은 본능적으로 외쳤다.

"싫어!"

*   *   *

"크헉!"

다이버 헬멧으로 재접속한 랜드로서의 가슴에 묵직한 하중이 느껴졌다.

위를 보니 흰 늑대가 헥헥거리며 꼬리를 흔들고 있었다. 랜드로서가 접속하자마자 그를 덮친 것이다.

"저리 비켜!"

버럭 소리치자 흰 늑대는 끄응거리며 내려와 주었다. 그러나 '놀아줄 거지?' 라고 묻는 듯한 반짝이는 눈빛은 거두지 않왔다.

잉그리타는 팔짱을 낀 채 무심한 얼굴로 랜드로서를 내려다 보고 있었다.

"이재형 실장님?"

말을 걸어봤지만 잉그리타의 대답은 없었다. 정말 퇴근해 버린 모양이다.

랜드로서는 한숨을 쉬며 주변을 돌아보았다.

문득 저편 나무 밑에 회색 쫑긋한 귀가 보였다.

'토끼다!'

랜드로서는 검을 빼들고 조심히 다가가기 시작했다.

바삭!

실수로 나무줄기를 밟았다. 토끼가 맹렬히 도망치기 시작했 다.

"거기 서!"

랜드로서는 힘껏 달렸다. 그리고 토끼가 굉장히 빠르다는 사실을 깨달았다.

'뭐가 저렇게 빨라!'

그는 기억을 되새겼다.

'토끼 사냥을 어떻게 하더라?'

'토끼는 앞다리가 짧고 뒷다리가 길기 때문에……'. 백과사 전에서 본 듯한 설명이 머릿속을 지나갔다.

'내리막으로 몰아서 잡는다고 했지……. 여기 내리막이 어 딨어!'

스태미나도 턱없이 작아져 랜드로서는 헉헉거리며 멈춰 섰다. 발밑의 돌을 집어 힘껏 던졌다.

딱!

돌은 빗나가 나무줄기를 맞혔다. '젠장!' 하는데 튕겨 나온 돌이 토끼 머리를 때렸다.

"됐다!"

토끼는 기절했는지 움직임이 없었다. 막 잡으러 뛰어가는데 흰 그림자가 불쑥 튀어나가 랜드로서를 앞질렀다.

"응?"

흰 늑대였다. 녀석이 토끼를 덥석 물었다. 순간 토끼의 생명력이 0이 되었다.

"야!"

흰 늑대는 그대로 토끼 시체를 물고 랜드로서에게 왔다. 랜드로서의 발 앞에 토끼를 내려놓고 칭찬해 달라는 듯 앉아서 헥헥거렸다.

"네가 죽이면 안 돼!"

랜드로서는 버럭 소리쳤지만 흰 늑대는 그걸 칭찬으로 알아들었는지 더욱 뿌듯한 얼굴로 고개를 치켜들 뿐이었다.

랜드로서는 기운이 다 빠져서 투명해져 가는 토끼 시체에 손을 대었다. 아이템이 소지품 창으로 들어왔다.

> 1원을 획득했습니다.
> 토끼 고기 한 개 획득했습니다.

'1원…….'

새삼 자신의 비참함이 느껴지는 액수였다.

'이런 놈을 1,121마리 잡으라고?'

뭔가 대책이 필요했다. 랜드로서는 고민에 빠졌다.

이런저런 창을 띄워보았다.

예전에 가지고 있던 스킬과 마법은 다 없어져 있었다.

소지품은 그대로였다. 랜드로서는 일단 검을 집어들었다.

쿵!

들자마자 묵직한 무게에 팔이 쑥 내려갔다. 경고창이 떴다.

'젠장!'

방어구도 근력이 부족해 제대로 착용할 수 있는 게 없었다.

액세서리들은 사용 가능 레벨이 안 되었다.

딱 하나, 행운을 대폭 올려주는 '은자의 반지' 만이 제한 레벨이 없어 착용 가능했다.

이 정도 행운이면 아이템이 나올 확률이 꽤 높아질 것이다. 토끼에게서 종종 몇 배의 돈이 나올 수도 있다.

'그래 봤자 3원일걸……'

100원 이하는 귀찮아서 줍지도 않던 과거가 이제는 아득해 보였다.

문득 소지품 창 한쪽에 푸른 리본으로 묶인 스크롤이 보였다.

거대 흰 늑대였던 잉그리타를 잡았을 때 얻었던 아이템이다.

펴보자 고급스런 양피지에 검은 잉크로 쓴 고풍스런 글씨들이 눈에 들어왔다.

[단거리 순간이동(전투 중 사용 가능)]
시야 안의 원하는 곳으로 순간이동 할 수 있습니다.
무속성 마법
사용 가능 최소 레벨:5

"호오."

거대 늑대가 사용했던 마법이다.

'비싸게 팔아먹을 수 있겠는걸.'

어차피 검사 계열인 랜드로서는 보조 계열 마법밖에는 익힐 수 없었다. 성기사나 레인저 계열같이 마법을 좀 더 익힐 수 있는 직업이라면 군침을 흘리며 달려들 것이다.

'마을에 들어가게 되면 장비를 좀 사자. 내가 쓸 수 있는 걸로.'

랜드로서가 가지고 있는 장비는 다 검사용이라 도저히 이 몸으로 쓸 수가 없었다. 그런 생각을 하던 랜드로서는 문득 '응?' 하는 기분이 들었다.

'나… 시금 직업이 뭐시?'

능력치 창을 다시 띄우자 여태껏 무심코 넘어갔던 한 줄이 눈에 들어왔다.

직업 마술사(마 속성)

랜드로서는 다른 직업에 대해서 잘 모르지만, 마술사가 마법사 계열의 최하위 직업이라는 건 알고 있었다.

"호오."

머릿속에 계획이 쫙 세워지기 시작했다. 갑자기 머리가 좋아졌는지 새로운 사실 또한 떠올랐다.

"잉그리타!"

"예, 주인님."

잉그리타가 가볍게 고개를 숙이며 대답했다. NPC 상태의 그녀는 순종적인 미소를 띠고 있었다.

"앉아!"

"예, 주인님."

잉그리타는 바닥에 앉았다. 랜드로서는 회심의 미소를 지었다.

"역시 방법이 있었어."

그는 고개를 홱 돌려 숲을 바라보았다. 숲의 무성한 수풀 사이사이에는 저 괘씸한 토끼들이 몸을 낮춘 채 그를 기다리고 있을 것이다. 그는 날카로운 눈으로 검을 빼어 들며 외쳤다.

"다 잡아주마, 토끼들!"

사사사삭!

토끼가 빠른 속도로 풀밭을 가로질렀다.

토끼의 뒤를 쫓는 것은 잉그리타였다.

번쩍하며 토끼의 바로 앞에 랜드로서가 나타났다.

당황해 멈춰 선 토끼를 잉그리타가 덥석 안아 들었다.

"3000."

랜드로서가 토끼의 이마를 콩 때렸다. 토끼가 투명해지며 사라져 갔다.

> 더 이상 경험치를 얻을 수 없습니다.
> 더 강한 생물을 사냥하십시오.
> 1원을 획득했습니다.
> 토끼 발을 한 개 획득했습니다.
> 후추 한 개 획득했습니다.

게임이다 보니 굳이 목을 따지 않아도 일정한 타격만 주면 토끼를 퇴치할 수 있었다.

스태미나 바가 밥 달라고 깜박거렸다. 랜드로서는 자리에 앉아 불을 피웠다. 불 위에 토끼고기를 올리고, 후추를 솔솔 뿌린다. 곧 고기가 갈색으로 익어가며 군침 도는 향기가 번져 나오기 시작했다.

'대체 왜 토끼들이 후추를 가지고 다니는 거야?

후추는 돈 없어 음식을 사 먹을 수 없는 지 레벨 유저들의 중요한 향신료였다. 저 레벨 유저들을 위한 운영진의 배려라는 건 알지만 후추가 토끼에서 나온다니 좀 웃겼다.

'우습지 않아.'

랜드로서는 새삼 좌절했다. 지금 그 자신이 그 저 레벨 유저였다.

원래 랜드로서는 스태미나의 최대치가 워낙 높은 덕에 스태미나를 많이 채워주는 음식 약간만을 들고 다녀도 별 불편함이 없었다.

그러나 레벨이 갑자기 바닥으로 떨어지자 이야기가 달라졌다. 스태미나를 가득 채워봤자 최대치가 워낙 작은 탓에 금방 밥 달라는 소리가 나왔다. 갖고 있던 음식은 순식간에 떨어지고 토끼고기를 수시로 먹어 간신히 채우는 중이었다.

후추 향이 나는 토끼고기를 씹으며 그는 간소한 소망을 중얼거렸다.

"후추를 줄 거면 소금도 좀 주라고……."

후추 덕분에 고기 냄새는 나지 않았지만 싱거운 고기를 계속 씹는 것도 고역이었다.

토끼고기를 꿀걱 삼킨 랜드로서는 기지개를 켰다.

"이제 숲 밖으로 좀 나가볼까?"

네 시간 만에 토끼 3,000마리를 잡았다. 이제 토끼보다 강한 짐승을 잡아야 경험치를 얻을 수 있을 것이다.

랜드로서는 스킬창을 다시 점검했다.

[고유 스킬]
의태(2단계)
유혹의 향기(패시브:1단계)
꿈 조종술(1단계)
가벼운 날갯짓(1단계)
호버링(1단계)

[마법]
단거리 순간이동(2단계) (전투 중 사용 가능)

레벨은 15까지 올렸지만 너무 빨리 올려 버린 탓에 '의태'의 수련치가 충분히 오르지 않았다. 앞으로 의태를 10회가량 더 사용해야 의태 3단계까지 올릴 수 있었다.

의태가 3단계 이상 되어야 경비병과 성직자를 속일 수 있다. 아직 마을까진 못 가겠지만 '거울의 숲' 근처의 필드를 돌아다니며 사슴을 좀 잡아도 좋을 것이다. 게시판을 뒤져 본 결과 사슴은 '소금'을 주는 짐승이었다.

'이젠 좀 맛있는 고기를 먹고 싶다고!'

'노예'라는 건 말 그대로 노예였다. 잉그리타는 길들여진 생물처럼 랜드로서의 명령에 따라 움직였다. 이재형 실장이 접속해 있었을 때의 상태를 볼 때, 유저는 그렇게 일방적으로 말을 듣는 것 같지 않지만 NPC들을 여럿 노예로 만들어두면 쓸 만할 것 같았다.

'열심히 모아야겠군. 물론 사내놈은 빼고!'

다시는 남자와 입 맞추지 않겠다고 랜드로서는 결심을 새로이 했다.

거울의 숲 밖은 넓은 풀밭이었다. 저 멀리 도시의 성벽이 보였다.

풀밭 가운데 좁은 길이 나 있었다. 바싹 마른 흙을 밟으며 랜드로서는 걸음을 내디뎠다.

세 걸음쯤 딛었을 때, 왼편에서 아득한 고함이 들렸다.

"이봐요! 거기!"

돌아보니 저편에서 한 무리의 사람들이 달려오고 있었다. 무심히 바라보던 그는 그들의 얼굴이 낯익다는 사실을 깨달았다.

'이런! 길드원들이잖아!'

다가오는 사람들은 랜드로서가 몸담았던 '그대안의불곰' 길드의 길드원들이었다.

'그대안의불곰' 길드는 이테리아 대륙 북부의 작은 성 하나를 차지하고 있는 중급 길드다. 아주 엉터리는 아니지만 그렇다고 세력을 확장할 만한 힘이 있는 것도 아니었다.

현 길드장인 ‘스타버그’는 길드를 더 키우고 싶어했다. 게시판에 수시로 홍보 글을 올리는 것은 물론, 강해 보이는 유저만 보이면 영입하려고 온갖 애를 썼다.

그러다 보니 일반 유저와 자기가 영입해 온 상위권의 유저를 차별하는 경향이 강했다.

물론 상위권의 유저가 일반 유저들보다 훨씬 많은 것을 가져다주는 건 사실이지만, 애초에 ‘그대안의불곰’에 모인 유저들은 ‘그럭저럭 재미나게 게임을 즐기자’라는 성향의 사람들이었다. 좋은 아이템을 얻거나 강해지는 것에 크게 목매달지 않았다.

랜드로서가 이 길드를 택한 것도 그런 이유였다. 길드원들과 1주일에 한두 시간만 어울려도 큰 원성을 사지 않았던 것이다.

그게 전 길드장인 ‘파이어베어’의 성향이었다. 길드장이 ‘스타버그’로 바뀌면서 길드의 성격도 바뀌기 시작했다. 그는 길드를 키워 나가기를 원했고 적당히 하는 사람들을 싫어했다.

어떻게 보면 랜드로서는 현 길드장인 스타버그와 성향이 맞았다. 이왕 할 거 미적지근하게 지내는 건 싫다.

하지만 그런 기분을 다른 사람에게 강요하고 싶진 않았다. 게임이 인생에 차지하는 자리는 사람마다 다른 것이다.

맹렬히 강해지고 싶으면 맹렬히 순위 경쟁을 하는 길드에 가면 된다. 그런 곳에 가면 좋은 자리 차지하기 어려우니까 길드장을 차지한 이 자리에서 사람들을 끌고 가겠다는 스타버그의 속셈이 랜드로서는 맘에 들지 않았다.

사람들은 빠르게 랜드로서에게 다가왔다.

랜드로서는 도망갈까 하다가 자신의 민첩성으론 오히려 의심스럽게 여겨져 잡힐 거란 생각이 들었다.

'그래, 어차피 얼굴도 완전히 달라졌는데.'

별 생각 없는 척 그들을 기다렸다.

제로월드는 외모 바꾸기가 허용되지 않는 게임이다. 눈앞의 존재가 랜드로서일 거라고는 생각지 못할 것이다. 2단계 '의태' 의 시간은 8분가량 남아 있었다.

사람들은 랜드로서를 둘러쌌다. 가지각색의 열 명이었다. 저 뒤쪽에 흰 사제복을 입은 '티라미슈' 의 얼굴도 보였다.

"방금 거울의 숲에서 나온 겁니까?"

맨 앞에 선 은빛 갑옷의 성기사가 랜드로서에게 물었다. 길드장인 '스타버그' 다.

"그런데요."

"혹시 검은 머리 검사 한 명 못 봤습니까?"

"글쎄요. 그런 사람이 한두 명이어야……."

랜드로서는 딴청을 피웠다. 스타버그는 망설이더니 말했다.

"그라인더 말입니다. 동영상 봤죠?"

"보긴 했지만… 실제 만난 적은 없는데요."

스타버그는 복잡한 표정을 지었다. 랜드로서의 기분도 복잡해졌다.

'설마, 내가 나오면 붙잡으려고 내내 이 앞에서 죽치고 있었던 거냐?'

스타버그는 팔짱을 끼며 물었다.

"언제부터 거울의 숲에 있었죠?"

"글쎄요. 언제부터였던가?"

스타버그는 랜드로서를 위아래로 훑어보았다.

"실례지만 레벨이?"

"실례라고 생각하면 묻지 마시죠."

"이런 차림으로 거울의 숲을 무사히 빠져나왔다고요?"

"숲 안에선 아무도 못 봤습니다. 더 물을 거 없으면 갑니다."

랜드로서는 스타버그를 제치고 지나가려 했다. 그때 스타버그가 랜드로서의 팔을 덥석 잡았다.

'뭐야, 알아볼 수 있을 리가 없는데!'

랜드로서는 덜컹했으나 스타버그는 열정적인 얼굴로 랜드로서를 보고 있었다.

"혹시 길드 활동 하세요?"

"관심없습니다!"

"그러지 말고 설명이라도 좀 들어보시죠. 우리 길드는 '그대안의불곰' 이라는 길드인데, 레벨 50 이상과 여성 분들한테는 특별 우대를 해주거든요?"

스타버그의 시선이 힐끔 잉그리타에게 향했다.

"여자 친구 분인가요? 되게 미인이시네. 우리 길드가 여성

비율도 높아서 같이 활동하기 좋아요."

"여자 친구가 아니라 주⋯⋯."

"저 녀석은 남자예요!"

주인님이라는 단어가 나올까 봐 랜드로서가 급히 말을 막았다. 스타버그의 눈이 휘둥그레졌다.

"남자 분이라고요? 저 몸매가?"

이 질문에 아차 싶었으나 랜드로서는 최선을 다해 변명을 만들어냈다.

"헤어진 여자 친구하고 똑같은 캐릭터를 만든다고 삼 일 밤낮을 캐릭터 생성 화면에서 보낸 결과물이죠. 병신 같은 새끼."

"아, 뭐, 그런 분들 은근히 있으시더라고요. 헤어진 여자 친구 게임에서라도 다시 보려고. 아무튼 능력 좋으시네요. 저렇게 예쁘게 만들기는 참 힘든데⋯⋯. 그래픽 전공이라도 하셨나 봐요?"

당황한 기색을 감추지 못한 채 스타버그가 어떻게든 칭찬을 했다. 랜드로서는 문득 궁금해져 질문했다.

"그라인더는 왜 찾는 겁니까?"

"아, 우리 길드원이거든요. 그라인더가 길드 활동 안 한다는 거, 다 헛소문이에요. 얼마 전에도 철갑개미 잡다가 죽을 뻔한 걸 내가 구해줬는걸요?"

사실이지만 거들먹거리는 어조에 랜드로서는 조금 울컥했다.

'그땐 '무거움의 장갑'을 끼고 있었다고!'

무거움의 장갑은 몸을 무겁게 해서 민첩성을 대폭으로 떨어뜨린다. 무의식중에라도 너무 빠른 동작을 하지 않기 위해 착용했던 것인데, 그걸 깜박 잊고 움직인 바람에 철갑개미의 앞다리를 정통으로 맞은 것이다.

하지만 스타버그가 착각하고 있는 점이, 강한 일격을 맞았다 뿐이지 죽을 뻔할 정도로 생명력이 깎이지는 않았다는 것이다. 랜드로서의 방어력과 최대 생명력은 스타버그가 예상하고 있는 것보다 훨씬 높았다. 높았었다.

'지금은 그 예상치보다도 못한 처지지.'

랜드로서가 새삼 현실을 되새기고 있는 동안, 스타버그가 말을 이었다.

"의외로 그라인더가 그렇게 세지 않아요. 컨트롤도 영 못하고. 베르가못한테 한 방에 가는 거 봤죠? 그러니까 그런 퀘스트는 우리한테 알려서 다 같이 하자고 말했는데……. 폐가 되는 것 같다며 꼭 혼자 가서 고생하더라니까요."

"길드원이면 길드 채팅으로 이리 오라고 하면 되잖아요? 진짜 길드원 맞아요?"

스타버그는 당황했다.

"아, 뭐, 사소한 말다툼이 있어서……."

"그래서 나오면 뒤통수라도 치려고 사람 모아 기다리고 있었다?"

"무슨 말을 그렇게 합니까?"

스타버그는 버럭 대응하려다 말끝을 낮췄다.

"만나기로 했어요. 이쪽으로 나오기로 했는데 하도 안 나와서 물어본 겁니다. 진짜 사람 거짓말쟁이 취급 하는데, 그라인더, 우리 길드원 맞습니다. 캐릭터 네임은 '랜드로서'고, 유저는 27세 회사원이라고 했어요. 진짜 못 믿겠으면 나중에 오프라인으로 길드원 목록 보여줄 수도 있어요."

"그런 걸 내가 왜 봐야 하는데요?"

"자꾸 거짓말쟁이 취급 하니까 그런 거 아닙니까. 우리 길드가 별로 안 알려져서 그렇지, 은근히 고 레벨 유저가 꽤 있어요. 그라인더가 우리 길드에선 별로 대단한 수준이 아니라니까요? 속는 셈 치고 가입해 봐도 후회는 안 할 겁니다."

"글쎄요. 그라인더가 그 길드원이라는 거 믿기지도 않지만, 진짜라 쳐도 그렇게 이름 팔고 다니다간 열받아서 길드 나가겠다 싶긴 하군요."

"누가 팔고 다닌다는 겁니까! 있는 길드원 있다고 말하는데!"

"그런 사람들 꼭 있죠. 한두 번 얼굴 본 사람을 엄청 친하다고 팔아먹으면서 자기 이득 챙기는 사람."

"알지도 못하면서 멋대로 추측하지 마세요!"

"그럼 움직일 수 없는 증거를 대던가요. 당장 여기 불러오세요. 쪽지 확인 안 하면 전화라도 하면 될 거 아닙니까? 본인이 눈앞에 나타나서 직접 말하면 누가 뭐라고 하겠습니까?"

"불러옵니다! 불러온다고요!"

스타버그는 씩씩거렸다. 허공에 대고 손가락질을 하는 게, 분노의 쪽지를 보내고 있는 듯했다. 랜드로서는 고개를 저었다.

"그럼 갑니다. 즐겜하세요."

"부른다니까요!"

스타버그가 랜드로서의 팔을 잡았다. 랜드로서는 짜증이 났다.

"놔주시죠. 그 길드에 전혀 관심없으니까."

"좋아요. 10분. 딱 10분만 기다려요. 대신, 그라인더가 눈앞에 나타나면 두 분 다 우리 길드 드는 겁니다?"

랜드로서는 그대로 10분을 기다려 망신 주고 싶었지만, 그럴 시간이 없었다. '의태'의 시간은 이제 3분도 안 남아 있었다.

스타버그의 손을 확 뿌리치려 했지만 힘이 부족해 실패했다. 어설픈 랜드로서의 시도에 스타버그가 의아한 표정을 짓는 게 보였다.

'젠장!'

랜드로서는 다시 한 번 온 힘을 다해 스타버그의 손을 뿌리쳤다. 간신히 스타버그의 손이 떨어져 나간 순간, 주문을 완성했다.

"바람의 숨결!"

번쩍!

랜드로서의 모습이 사라졌다가 스타버그의 뒤에 나타났다.

"수, 순간이동?"

사실은 단번에 멀리 가버리고 싶었지만 단거리 순간이동이 2단계밖에 되지 않아 2m가량 이동한 게 고작이었다.

랜드로서는 짐짓 여유로운 표정을 지으며 성큼성큼 걸어나갔다.

잉그리타가 뛰어 따라오는지 탁탁탁탁 소리가 났다. 스타버그가 버럭 외치는 소리도 들렸다.

"야, 티슈! 랜드한테 당장 전화해!"

"어제 수십 번을 전화해도 안 받던 사람이 오늘이라고 받겠어요?"

귀찮다는 어조로 티라미슈가 반문했다. 스타버그가 인상이라도 썼는지 할 수 없다는 듯 덧붙였다.

"애인이라도 그 정도 전화해 대면 질린다고요. 우리 좀 시간을 가져요."

"그럼 찾아가기라도 하던가!"

"집은 모른다고요."

티라미슈는 곤란한 듯 대답하다가 버럭 외쳤다.

"그만 좀 해요! 랜드 형이 질려서 뛰쳐나가게 만들려고 그래요?"

랜드로서는 티라미슈에게만은 약간의 미안함을 느꼈다. 무심코 뒤돌아보았는데, 우연히도 눈이 딱 마주쳤다. 티라미슈는 놀란 눈을 했다.

"어, 어?"

'설마? 아냐. 알아볼 수 없어!'

랜드로서는 덜컹했으나 태연한 척 다시 앞을 보았다. 티라미슈의 목소리가 등을 때렸다.

"저 사람들, 마물이에요!"

그제야 랜드로서는 아차 싶었다.

'성직자는 알아볼 수 있다고 했었지!'

랜드로서는 막 따라온 잉그리타에게 외쳤다.

"뛰어! 잉그리타!"

순간 잉그리타가 앞으로 확 튀어나갔다. 랜드로서는 그 속도를 도저히 따라갈 수 없었다. 잉그리타의 민첩성이 랜드로서보다 훨씬 높은 탓이다.

"주인님!"

잉그리타가 뒤돌아보며 발을 늦추려 했다. 랜드로서가 소리쳤다.

"상관 말고 빨리 뛰어! 나에겐 마법이 있으니까!"

그때 뒤에서 티라미슈의 시동어가 들렸다.

"진실의 눈!"

번쩍!

눈부신 빛이 랜드로서의 등을 때렸다. 랜드로서는 한순간 멈춘 듯한 순간을 느꼈다. 인큐버스의 연미복과 날개가 원래 연기로 이루어졌던 것처럼 검게 피어나 선명한 형태를 갖추어 간다.

그리고 다시 시간이 빨라졌다. 무리해 빨리 달리던 랜드로서는 균형을 잃었다.

그는 아예 그 힘을 이용해 몸을 앞으로 굴렸다. 한 바퀴 구르고 바로 중심을 잡아 앉으며 검을 뽑아 들었다.

쉬잉!

역시나 곧바로 마법이 날아들어 왔다. 바짝 날아온 머리만 한 불덩이를 랜드로서는 온 힘을 다해 베었다.

캉!

"큭!"

그러나 오히려 검이 부러지며 불덩이가 랜드로서의 어깨를 때렸다.

쾅!

눈알을 태울 듯한 폭발의 열기를 느끼며 그는 뒤로 나가떨어졌다. 바닥에 머리를 세차게 부딪쳐 정신이 다 바스러지는 느낌이었다. 전신마비의 안내창이 눈앞에 떴다.

그런 그의 가슴을 묵직한 발이 콱 밟았다.

"큭!"

랜드로서는 숨이 막히는 것을 느끼며 위를 보았다.

하늘 위의 햇볕을 후광처럼 뿜으며 스타버그가 이쪽을 내려다보고 있었다.

"진짜 마물이잖아? 인공지능이었어?"

스타버그의 얼굴에는 비틀린 흥미가 가득 차 있었다. 티라미슈가 외쳤다.

"조심하세요! 처음 보는 놈이에요!"

"한 방에 나가떨어질 정도면 대단한 놈은 아니지."

스타버그가 입가의 웃음을 싹 지우더니 나직한 어조로 물었다.

"이런 곳에 인큐버스라니, 넌 대체 뭐냐?"

"그 발 치우세요!"

되돌아 달려온 잉그리타가 소리쳤다. 스타버그는 발을 더욱 비틀며 말했다.

"야, 누구 길들이기 스킬 있냐? 저년 갖고 놀…… 컥!"

쩡!

잉그리타의 주먹이 스타버그의 배를 강타했다.

판금 갑옷이 우그러들며 스타버그는 나가떨어졌다. 랜드로서가 급히 외쳤다.

"피해! 잉그리타!"

콰직!

하늘에서 떨어진 번개가 잉그리타의 머리에 내리꽂혔다.

"컥!"

잉그리타는 주저앉았다. 연이어 레인저들의 은빛 화살이 날아들었다.

'저것까지 맞으면 죽어!'

"바람의 숨결!"

번쩍!

랜드로서는 잉그리타의 앞으로 이동했다.

퍼버벅!

은빛으로 빛나는 화살들이 랜드로서의 몸에 꽂혔다.

"주인님!"

랜드로서의 몸에 박힌 화살들은 연기처럼 녹아내리며 성 속성에 의한 추가 타격을 주었다. 거의 바닥난 생명력 막대가 깜박거리며 위험을 알렸다.

눈앞에선 검을 뽑아 든 스타버그가 기세등등하게 달려오고 있었다. 랜드로서로서는 그를 막아낼 방법이 없었다.

그러나 랜드로서는 번뜩 고개를 들어 올렸다.

'지금의 난 널 이길 수 없다.'

그는 달려들어 오는 스타버그를 날카롭게 노려보며 양팔을 교묘하게 교차시켰다.

'하지만 네가 어떤 놈인지는 알고 있어!'

그는 입 안으로 주문을 중얼거리며 교차시켰던 손을 앞으로 뻗었다. 순간 그 동작의 의미를 알아본 스타버그가 흠칫하며 외쳤다.

"광역 마법이다! 빨리 막아!"

마법사와 레인저가 외우던 마법을 취소하고 급히 짧은 마법 주문을 외우기 시작했다. 이럴 때 돌진해 와야 할 스타버그는 오히려 뒤로 물러났다.

'그게 네 패인(敗因)이다!'

랜드로서는 속으로 외치며 소지품 창을 열었다. 양손에 후추를 한가득 쥐어 집어던졌다.

"우왓, 벌써!"

마법으로 착각한 길드원들은 급히 방어 태세를 취했다. 순간 단거리 순간이동의 재사용 대기 시간이 끝났다.

랜드로서는 잉그리타를 붙잡으며 시동어를 외쳤다.

"바람의 숨결!"

번쩍!

두 사람의 모습이 사라졌다.

"젠장! 속았다!"

길드원들은 후추에 콜록거리며 눈앞을 헤쳤다. 사방을 둘러보았지만 랜드로서와 잉그리타의 모습은 보이지 않았다.

"멀리 못 갔을 거다! 어서 찾아!"

스타버그가 외쳤지만 길드원들의 호응은 별로 좋지 않았다. 애초에 이 근처는 거울의 숲을 제외하면 시야를 막는 것이 없었다. 둘러봐서 안 보이면 멀리 간 것이다.

툭.

문득 티라미슈의 뺨에 물기가 떨어졌다.

'비 오나?'

무심코 그 물기를 닦아본 티라미슈는 흠칫 놀랐다.

'피?'

위쪽을 올려다보자 잉그리타를 안고 하늘을 날고 있는 흑발의 인큐버스가 보였다.

눈이 마주쳤다. 한순간 말없이 티라미슈를 내려다보던 인큐버스는 곧 결심한 듯한 얼굴로 시선을 떼어 저 앞을 보았다. 그것은 마치 운명을 타리미슈의 판단에 맡긴다는 뜻처럼 보였다.

'뭔가…….'

"야! 티슈! 마물 탐지 마법 아직 멀었어?"

스타버그의 목소리에 티라미슈는 깜짝 놀랐다.

"예? 에……."

"뭘 보고……."

"앗! 저기!"

티라미슈가 갑자기 한 방향을 가리켰다. 모두의 시선이 그쪽에 쏠렸다. 그곳에는 바싹 마른 나무 한 그루가 서 있었다.

"나무가 있어요!"

"아, 그러네."

스타버그는 멍하니 대꾸했다가 버럭 외쳤다.

"그게 뭐!"

"어제까지만 해도 저 나무, 없었던 것 같은데요."

"그래?"

스타버그는 눈살을 찌푸리며 곰곰이 생각하는 듯했다. 얼마 지나지 않아 다시 버럭 외쳤다.

"그게 왜!"

이 세계는 가상현실이라 어제 없던 나무도 얼마든지 생겨날 수 있다.

티라미슈가 느긋한 어조로 반문했다.

"그냥요. 저런 거라도 없으면 진짜 현실 같다는 기분이 들잖아요?"

스타버그는 엄지와 중지로 고리를 만들더니 티라미슈의 이마에 딱밤을 놓았다.

딱!

"아얏! 왜요!"

"쉰 소리 작작 하고 마물 탐지 마법이나 써! 레몬한입, 넌 저 나무 조사해 봐!"

그래도 신경은 쓰였는지 다른 길드원에게 나무 조사를 시키는 스타버그였다.

티라미슈는 가만히 서서 마법 주문을 외우는 척했다. 적당한 시간이 지난 후엔 마법에 실패한 척할 생각이었다.

그동안 시야 아득한 곳에서 검은 날개의 인큐버스는 거울의 숲이 있는 방향으로 느리게 느리게 날아가고 있었다.

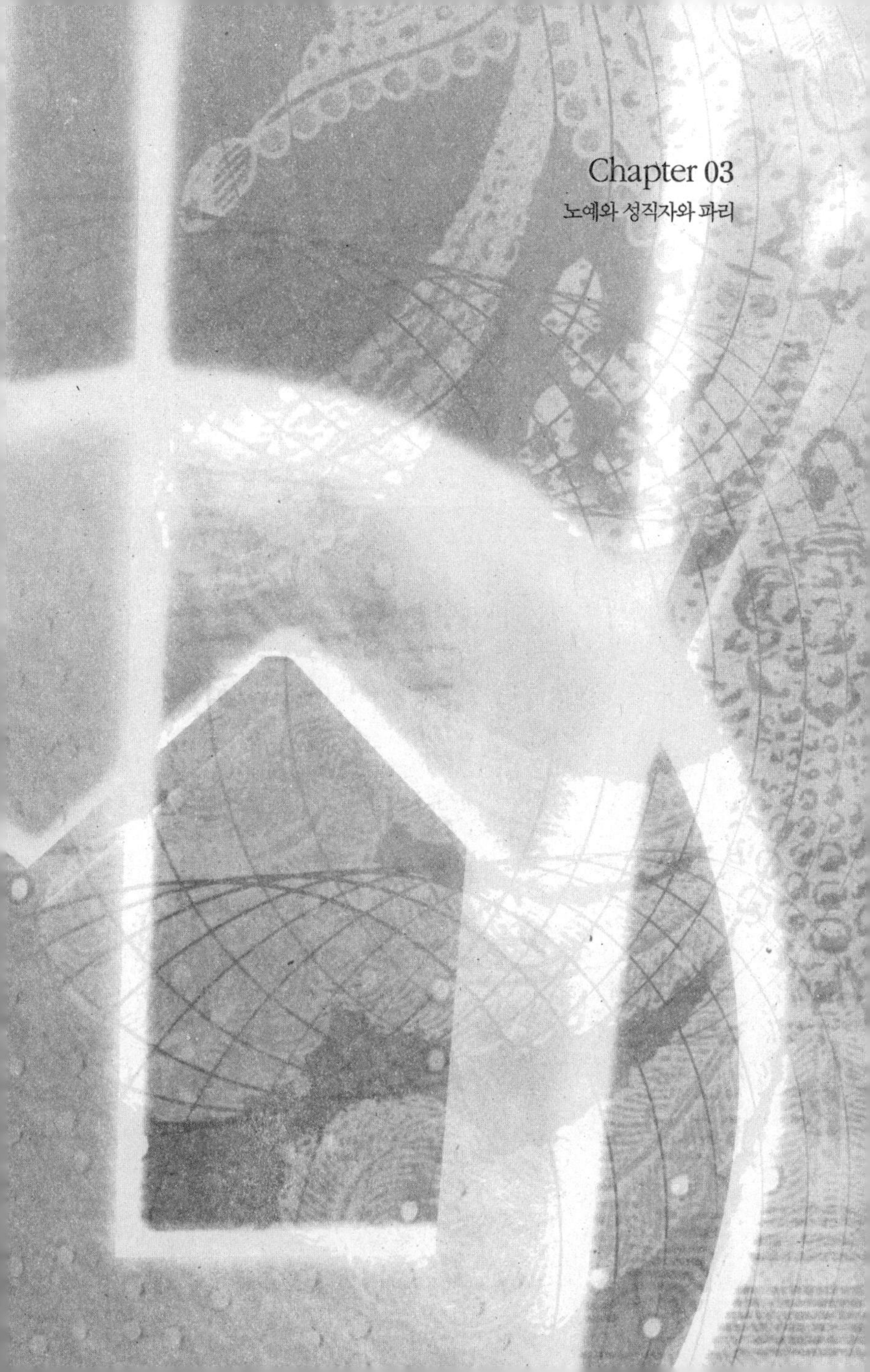
Chapter 03
노예와 성직자와 파리

"카모플라쥬!"

시동어를 외치자 랜드로서의 모습이 변했다. 날개는 사라지고 연미복은 평범한 셔츠와 블랙 진으로 변했다. 시선을 잡아끌던 핏빛 눈동자도 갈색에 가깝게 변화했다.

"멋져요, 주인님."

잉그리타가 가볍게 박수를 쳤다. 그녀의 외모 또한 다 드러났던 어깨를 카디건으로 덮고 선명하게 붉던 입술도 연해져 비교적 평범한 모습이 되어 있었다. 그래 봤자 눈에 띄는 미인이라 별 효과는 없지만.

"잉그리타도 의태 3단계지?"

"예. 열심히 수련했답니다, 주인님."

잉그리타는 생글 웃어 보였다. 랜드로서는 고개를 끄덕였다.

'역시 사내놈이 안에 들어 있을 때보다 훨씬 낫군.'

둘은 숲을 빠져나왔다.

"끄응~"

막 숲의 경계를 벗어나려는데 흰 늑대가 아쉬운 듯 울었다. 녀석은 숲 밖으로 나갈 수 없는 모양이었다. 문득 랜드로서는 한 가지 생각을 떠올렸다.

"잉그리타, 길들이기 스킬 있어요?"

"없습니다, 주인님."

"할 수 없지."

랜드로서는 몸을 굽혀 흰 늑대의 머리를 쓰다듬었다. 작별의 표시인지 아는지 흰 늑대는 더욱 끄응거렸다.

"잘 있어, 나비야."

"끄응~"

"나중에 여기 오게 되면 다시 들를게."

랜드로서는 마음에도 없는 말을 했다. 어차피 저 녀석은 인공지능이고, 그들의 기억은 1주일 단위로 리셋된다. 랜드로서가 다시 돌아왔을 때, 저 녀석은 이미 랜드로서를 모를 것이다.

그래도 랜드로서는 아쉽다고 생각했다. 그래서 걸어나가는 중에 뒤에서 끙끙거리는 소리가 들려도 뒤돌아보지 않았다.

랜드로서와 잉그리타는 영원의 숲을 지나 마을로 향했다.

거울의 숲에서 가장 가까운 마을은 '산타밸리'다. 작은 규

모의 도시지만, 근처에 좋은 사냥터가 많아서 항상 사람으로 북적거리는 장소였다.

산타밸리는 높은 성벽으로 둘러싸여 있었다. 동서남북에 있는 문으로 드나들 수 있는데, 문 옆에는 기다란 흰 기둥이 두 개씩 세워져 있었다. 마물의 침입을 막는다는 성스러운 기둥이다.

그리고 그 앞에는 붉은 제복을 입은 경비병이 창을 세운 채 서 있었다.

붉은 제복의 경비병 레벨은 200. 온갖 마법에 대한 저항력 또한 가졌다.

랜드로서는 예전에 경비병에게 도전해 본 적이 있었다.

하룻밤을 꼬박 싸워서 경비병을 쓰러뜨렸지만 랜드로서도 거의 죽을 뻔했다.

게다가 경비병을 죽였다는 이유로 평판이 뚝 떨어져서 평판치가 회복될 때까지 마을에 못 들어갔다.

덕분에 물약은 다 떨어지고, 장비도 수리를 제때 하지 못해 다 깨져 나갔다. 너덜너덜해진 채로 깊은 협곡들을 헤치고 다니며 '다시는 경비병 잡지 말아야지' 라는 결심을 했었다. 그러면서도 한편으로 떠오른 생각을 지울 수는 없었다.

'그래도 재미있었다' 고.

지금 랜드로서는 그때와는 완전히 반대의 이유로 두근두근하고 있었다. 시야의 가장자리로 보이는 경비병에게 신경 쓰지 않으려 애쓰며 그 앞을 통과했다.

그때였다.

옆에서 뭔가 휙 움직이는 게 보였다.

랜드로서는 반사적으로 검을 빼들었다.

경고창이 떴다.

랜드로서의 검이 겨눠진 자리에는 흰옷의 소년이 있었다.

곱슬곱슬한 금발에 흰 사제복. 티라미슈였다.

'젠장!'

랜드로서는 급히 잉그리타의 팔을 잡았다. 막 순간이동을 사용하려는 순간, 티라미슈가 외쳤다.

"해치지 않아요!"

랜드로서는 움찔했다. 그때 막 경고창의 숫자가 0이 되었다.

'이런!'

경비병이 창대로 바닥을 찍었다.

쿠웅!

창대가 닿은 자리에서부터 핏빛 문자들이 가지 뻗듯 피어났다. 문자들은 순식간에 땅을 타고 뻗어 나오더니 랜드로서와 잉그리타의 발등 위까지 올라오기 시작했다.

'피의 주박술!'

땅 위에서 특정한 몇 명만을 못 움직이게 묶는 마법이다. 랜드로서는 땅에서 발을 떼려 했지만 꼼짝도 하지 않았다.

"뭐야, 누가 경비병한테 덤볐어?"

지나가던 사람들이 둥글게 구경 오기 시작했다. 경비병은 천천히 랜드로서의 앞으로 다가왔다. 랜드로서는 단거리 순간이동을 시도했으나 그것마저 발동되지 않았다.

경비병의 창끝이 랜드로서를 겨눴다. 그때였다.

우지직!

옆에 선 잉그리타가 땅에서 발을 뜯어냈다. 끊어진 붉은 마법 문자들이 팅! 티딩! 금속성 소리를 내며 바닥에 쏟아졌다.

'쟨 무슨 힘이 저렇게 세!'

"하앗!"

잉그리타가 기합성을 넣으며 경비병에게 주먹을 내질렀다.

경비병은 가볍게 몸을 돌려 피했다. 거의 동시에 창대를 옆으로 휘둘러 잉그리타의 복부를 후려쳤다.

퍼억!

잉그리타의 발이 한순간 공중에 떴다. 그녀는 내팽개쳐지듯 바닥에 부딪쳤다. 곧바로 튀어 오르듯 일어나 앞으로 뛰어들려 했으나 이미 창끝을 앞으로 전환한 경비병이 그녀를 향해 창을 찔러들어 가고 있었다.

잉그리타의 눈이 날카로워졌다. 랜드로서는 순간 그녀가 찔릴 것을 각오했다는 사실을 알았다.

"달려들지 마! 피해!"

랜드로서의 명령을 무시한 채 그녀는 주먹을 내지르며 달려나갔다. 무표정한 경비병 또한 찔러들어 가는 자세를 한 치도 흐트러뜨리지 않았다.

그때였다.

"평화의 대지!"

쉬이잉―

상쾌한 바람이 눈앞을 확 훑고 지나갔다. 금빛의 번쩍이는 가루들이 바람을 타고 쏟아져 들어와 랜드로서는 한쪽 눈을 감아야 했다.

핏빛 문자로 꽉 조였던 발이 느슨해지는 것이 느껴졌다. 내려다보니 문자가 녹아내리듯 희미해져 가고 있었다.

'잉그리타는?'

랜드로서는 퍼뜩 앞을 보았다. 경비병의 멈춰 선 등이 보였다. 그 등 너머의 창끝이 이곳에선 보이지 않았다.

"잉그……!"

그는 급히 잉그리타 쪽으로 뛰어가려 했다. 그때 누군가가 랜드로서의 어깨를 붙잡았다.

"무기부터 집어넣어요! 이건 오래가지 않아요!"

티라미슈였다. 랜드로서는 한순간 망설였으나 바로 검을 집어넣었다. 순간 눈앞에 안내창이 떴다.

경비병이 창을 똑바로 세우며 뒤돌아보았다. 그의 옆모습 너머로 멀쩡히 서 있는 잉그리타의 모습이 보였다.

랜드로서는 앞으로 뛰어나갔다. 막 경비병의 옆을 스쳤을 때, 나직한 목소리가 들렸다.

"자제심 있는 행동을 바랍니다."

랜드로서는 퍼뜩 뒤돌아보았다. 경비병의 검은 눈빛은 무표정할 뿐이었다.

싸워 죽일 때에도 경비병은 한마디도 하지 않았는데.

그리고 경비병은 제자리로 돌아갔다. 석상이 된 듯 원래의 자리에 서서 다시는 움직이지 않았다.

"정말이지, 쓸데없이 일을 크게 만들고 말이죠."

티라미슈의 목소리가 들렸다. 그는 귀찮다는 얼굴로 랜드로서를 가리켰다.

"물어볼 거 있어서 기다렸으니까 도망가면 안 돼요?"

평화의 대지는 짧은 시간 주변을 전투 금지 지대로 만드는 마법이다. 너무 강한 마물을 실수로 건드렸을 때 성직자들이 도망칠 시간을 벌기 위해 쓰는 마법이라 들었는데, 경비병도

막을 수 있다는 걸 처음 알았다.

"난 인공지능이 아닙니다."

랜드로서는 눈살을 찌푸리며 말했다. 티라미슈는 심드렁한 어조로 대꾸했다.

"그럴 것 같았어요. 이제 유저도 마족을 선택할 수 있는 건가요?"

마족이란 말에 랜드로서는 뜨끔했다. 주변에는 꽤 많은 유저들이 있었다.

그런 시선을 의식했는지 티라미슈가 랜드로서를 잡아끌었다.

"일단 조용한 곳으로 옮겨서 이야기하죠."

티라미슈는 랜드로서의 팔을 잡고 산타밸리의 거리로 걸어 들어갔다. 랜드로서가 그 손을 뿌리치려 하자 티라미슈는 유연하게 잡고 늘어졌다.

"좀 놓고 걷죠?"

랜드로서가 말하자 티라미슈는 생글 웃는 얼굴로 그를 돌아보았다.

"놓으면 도망갈 거잖아요?"

"여기서 도망가 봤자 멀리 가겠… 습니까?"

무심코 반말을 쓸 뻔한 랜드로서는 주변을 돌아보는 척하며 말을 늘렸다. 거리의 양편으로 가지각색의 사람들이 흘러가고 있었다.

　"순간이동 스킬 있는 거 알고 있거든요? 이렇게 잡고 있어야 갑자기 눈앞에서 안 사라질 거 아녜요."

　랜드로서는 눈살을 찌푸렸다.

　지난번에 스타버그에게 쫓겼을 때에 티라미슈가 랜드로서를 못 본 척해 주었기 때문에 도망칠 수 있었던 건 사실이다.

　하지만 티라미슈가 이렇게 다시 그를 찾아온 이유는 짐작할 수가 없었다.

　티라미슈가 예전부터 랜드로서에게 신경을 써줬던 건 사실이다. 하지만 티라미슈는 누구에게나 그랬다. 전 길드장인 파이어베어와는 각별하다 싶을 정도로 친했고, 파이어베어가 게임을 그만둔 뒤 새 길드장이 된 스타버그와도 자연스레 친하게 지냈다.

　성격이 좋다고도 할 수 있지만, 랜드로서는 동시에 생각했다. 믿을 수 없는 녀석이라고.

　―조용한 곳에 가서 노예로 만들어 버리는 게 어떨까요.

　잉그리타의 귓속말이 랜드로서의 눈앞에 떴다. 랜드로서는 그래야 하나 생각하다가 구체적인 장면을 떠올려 버리고는 움찔했다.

　그야말로 으슥한 곳으로 저놈을 끌고 가서 반항하지 못하도록 잘 누른 뒤 입을 맞추라는 소리 아닌가. 상대가 여성이면 그건 범죄고, 상대가 남성이면 그건 자기 자신을 향한 범죄다.

게다가 저놈은 불특정다수도 아니고 전부터 알던 놈이 아닌가! 랜드로서는 정신적으로 머리를 감싸 쥐었다.

'로터스, 이 변태 놈들! 노예에 남녀 구별은 좀 해줬어야 하는 거 아니야!'

―조용한 곳으로 유도해 주시면 제가 제압하겠습니다.

'아니. 제발 돕지 말아줘!'
랜드로서는 머릿속으로 절규하며 귓속말을 보냈다.

―괜찮아. 내가 알아서 할게.
―알겠습니다. 부디… 조심하세요, 주인님.

랜드로서는 힐끗 잉그리타를 돌아보았다. 그녀는 약간의 걱정이 담긴 미소로 랜드로서의 시선을 받았다.

그사이에 티라미슈가 불쑥 끼어드는 바람에 랜드로서는 소스라치게 놀랐다. 놀란 기색을 안 들키려고 필사적으로 얼굴의 표정을 지우고 있는데 티라미슈가 생글생글 웃으며 물었다.

"무슨 귓속말들을 그렇게 하고 있는 거예요? 날 해치워 버리기라도 하려고요?"

"그런… 거 아닙니다."

어떤 방식으로 해치워 버릴 계획이었는지는 상상도 못할걸.

랜드로서는 시선을 피하며 다시 말했다.

"어차피 빚진 것도 하나 있고 하니 질문에 대한 대답 정도는 해드리지요. 하지만 나도 퀘스트가 바빠서 많은 시간은 낼 수가 없습니다."

"걱정 마요. 방해는 안 할 테니까. 어쩌면 도움이 될 수도?"

"무슨 뜻입니까?"

"자세한 이야기는 사람 없는 데서 하자고요."

사람 없는 데서라는 표현에서 랜드로서는 소름이 돋았다.

'티슈, 이놈아, 제발 널 덮치는 일이 없게 해다오!'

랜드로서는 속으로 거의 애원하며 질문했다.

"그래서, 어디로 갈 겁니까?"

"다 왔어요."

티라미슈는 왼쪽의 건물로 랜드로서를 잡아끌었다. 그곳은 여관이었다.

입구의 스윙 도어를 밀고 들어가자 거짓말 같은 소란스러움이 온몸에 쏟아졌다. 여관의 1층은 술집을 겸한 식당이었다. 가득 찬 테이블마다 가지각색의 떠들고 웃는 소리가 흘러나오고 있었다.

티라미슈가 카운터에 말해 방 하나를 빌렸다. 그는 방금 얻은 방 열쇠를 랜드로서의 눈앞에 달랑거리며 말했다.

"봤죠? 방금 새로 빌린 따끈따끈한 방이에요. 매복 같은 건 없어요."

랜드로서는 고개를 끄덕였다. 티라미슈가 미리 빌려둔 방으로 랜드로서를 데리고 가려고 했다면 따라가지 않을 생각이었다. 그 안에 누가 잠복해 있을지 알 수 없으니까.

계단을 오를 때까지도 1층의 왁자지껄한 소리는 등 뒤로 가득했다. 그러나 계단의 마지막 단을 오른 순간, 그 소리들은 거짓말처럼 사라졌다.

제로월드에는 이렇게 '완전 방음' 이라는 기능이 있었다. 1층의 시끄러운 소리가 결코 바깥이나 2층까지 전해지지 않는 것처럼, 2층에서 일어나는 소리 또한 결코 다른 곳으로 새어 나가지 않는다.

계단 너머에는 바로 긴 복도가 이어졌다. 벽에는 일정한 간격으로 객실 문이 달려 있었다.

티라미슈는 빌린 방으로 곧장 걸어갔다. 잉그리타의 귓속말이 눈앞에 떴다.

—지금이 기회군요.

'무슨 기회?' 하고 잠시 멍해져 있던 랜드로서는 잉그리타가 티라미슈의 어깨를 잡는 장면을 보아야 했다. 그녀는 곧바로 티라미슈를 붙들어 랜드로서에게 갖다 바칠 기세였으나, 그때 타이밍 좋게도 한 방의 문이 열렸다.

달칵.

작은 소리와 함께 피곤해 보이는 얼굴의 드워프 한 명이 나왔다. 그의 손에는 색색의 천 뭉치가 잔뜩 들려 있었다.

이 여관에 방을 얻어서 스킬 수련을 하고 있는 유저인 모양이었다. 그는 관심 없는 얼굴로 일행을 힐끗 보더니 느릿느릿한 걸음으로 그들을 지나쳐 걸어갔다.

"왜요, 잉그리타님?"

티라미슈가 자신의 어깨를 짚은 잉그리타에게 물었다.

잉그리타는 힐끗 드워프의 뒷모습을 보았다. 드워프는 1층으로 향하고 있는 듯했는데, 설음이 워낙 느려서 이 복도에서 사라지려면 한참이 걸릴 듯했다.

랜드로서가 그녀에게 귓속말했다.

─놔줘. 여관 방 안이 여기보다 더 안전해.
─그렇군요. 제 생각이 짧았습니다, 주인님.

아무리 생각해도 티라미슈를 덮치는 진행으로 가는 것 같다는 기분에 랜드로서는 맹렬한 회의감을 느꼈다. 잉그리타가 티라미슈에게 생긋 미소를 지으며 말했던 것이다.

"아무것도 아니에요. 갑자기 옆방 문이 열린 것에 좀 놀라서. 어서 방으로 들어가죠?"

티라미슈는 의아함을 느낀 듯했으나 그냥 넘어가는 것 같았다. 랜드로서는 복잡한 심경이었다.

'인마! 좀 의심해! 의심도 많은 놈이 왜 순순히 으슥한 곳으로 들어가는데!'

세 명이 방 안에 들어간 뒤 잉그리타가 문을 닫았다.

이로써 이 방은 완전히 바깥과 차단되었다. 여관의 방 안에서 무슨 소리가 나도 저 문이 닫혀 있는 한 절대 밖으로 새어 나가지 않는다.

잉그리타는 엷은 미소를 지으며 금방이라도 티라미슈를 덮쳐 쓰러뜨릴 것처럼 몸을 낮췄다. 이미 먹잇감이 되었다는 사실을 모르는 티라미슈는 순진한 얼굴로 랜드로서에게 질문했다.

"어떻게 마족을 선택했어요?"

—제발 가만히 있어, 잉그리타! 내가 처리할 테니까!

랜드로서는 급히 잉그리타에게 귓속말을 날려놓고는 티라미슈에게 대답했다.

"퀘스트 수행 중입니다. 이 퀘스트가 끝나면 인간으로 돌아갈 겁니다."

"헤에~"

티라미슈는 신기하다는 표정을 지었다.

"무슨 퀘스트인데요?"

"토굴 성당의 보스인 인큐버스 로드 테메시드를 만나 특별한 아이템을 얻어내는 퀘스트입니다. 싸워 빼앗는 게 아니라 말로 설득해야 하는 퀘스트라 이 꼴이군요."

랜드로서는 빠르게 거짓말을 지어냈다. 티라미슈는 고개를 갸웃하더니 물었다.

"그 능력치로 거기까지 갈 수나 있겠어요? 보니까 약해빠졌
던데."

"그래서 스킬 수련을 하려고 마을에 들어온 겁니다."

"흠."

티라미슈는 팔짱을 끼었다. 랜드로서가 물었다.

"날 왜 찾아온 겁니까?"

"아, 일난은 궁금해서요. 인큐버스 유저라니 신기하잖아
요?"

"그것뿐입니까?"

"아뇨."

티라미슈는 뜻 모를 표정으로 웃고 있었다. 랜드로서는 눈
살을 찌푸렸다.

"날 왜 찾아온 겁니까?"

"성직자 동료, 필요하지 않아요?"

"무슨……."

"그 약해빠진데다 죽기 쉬운 몸으로 단둘이서만 돌아다니
는 거 보니까 아무래도 믿을 만한 동료를 못 구하고 있는 것 같
은데. 여기 괜찮은 성직자 한 명이 천사같이 다가와서 아름다
운 말을 속삭여 주고 있다는 거죠. '도와줄까요?' 하고."

'이놈은 또 무슨 헛소리야?

랜드로서는 입가를 비틀었으나 새로운 고민에 빠지지 않을
수 없었다. 티라미슈의 제안이 확실히 솔깃하게 들렸기 때문
이다.

　성직자 동료는 필요하다. 죽어서는 안 되는 랜드로서에게
회복 마법을 써줄 수 있는 성직자 동료는 확실하게 목숨을 구
해줄 것이다.

　'하지만 이놈을 믿을 수 있을까? 이렇게 들러붙었다가 뒤통
수치는 게 아닐까?

　"동료를 구하는 방식이 좀 특이하군요. 나라면 약해빠진 인
큐버스에게 다가가서 같이 다니자고 하진 않을 텐데."

　랜드로서가 나직이 말했다. 티라미슈는 생글 웃으며 대답했
다.

　"지금 약해빠진 거야 사실이지만, 형이라면 금방 다시 강해
지지 않겠어요? 뭔가 재미있는 퀘스트를 하고 있는 것 같으니
까 그거 구경하고 싶기도 하고."

　"그건……."

　랜드로서는 대답하려다 퍼뜩 눈을 들어 티라미슈를 보았다.
티라미슈는 여전히 생글생글 웃고 있었다.

　"그렇죠, 랜드로서 형?"

　랜드로서는 눈썹을 들어 올렸다.

　티라미슈의 눈은 똑바로 랜드로서를 보고 있었다. 한 번 떠
보는 질문이 아니라 확신하고 있다는 의미다. 입가가 비틀리
는 것을 느끼며 랜드로서가 물었다.

　"어떻게 알았지?"

　"그 반지, 유니크 아이템이잖아요?"

　랜드로서는 티라미슈가 가리킨 곳을 봤다가 아차 했다.

랜드로서의 손에는 '은자의 반지'가 빛나고 있었다.

유니크 아이템이란 이 세상에 단 하나밖에 없는 물건이란 의미다.

티라미슈는 이 반지에 대해 알고 있었다. 그것을 랜드로서가 가지고 있다는 사실도.

"드루이드의 성지를 저주에서 해방시켜 주고 얻은 아이템이라고 했죠?"

그리고 티라미슈는 잉그리타를 가리키며 덧붙였다.

"그리고 이쪽 분, 형이 '잉그리타'라고 불렀었죠? 잉그리타라면 형이 베르가못을 잡으러 가던 동영상에서 늑대가 변한 엘프 아가씨의 이름이잖아요?"

"젠장……."

"형도 참, 옛날부터 그랬지만 대단한 건지 바보인 건지 모르겠다니까요. 거대 흰 늑대가 엘프 아가씨로 변하면서 '저는 잉그리타라고 합니다'라고 말했던 동영상이 전 세계에 뿌려진 게 언젠데, '잉그리타!'라고 확실히 불러놓고 사람들이 못 알아보길 바라요?"

"너 외엔 알아본 사람 없어!"

"그거야 스타버그 형도 바보라서 그렇죠. 그 외에는, 더 만난 사람 없죠?"

랜드로서는 더 항의할 말이 없었다. 머리를 감싸 쥐며 중얼거렸다.

"난 싸우고 싶다고……."

“그래서 내가 왔잖아요? 후방 지원 해줄 테니까 싸우러 가자고요.”

랜드로서는 눈살을 찌푸렸다. 티라미슈의 그 말이 더 복잡한 의미를 담고 있을 수도 있다고 생각했기 때문이다.

“길드 활동은 더 할 생각 없어. 퀘스트도 바쁘고, 기분도 나쁘고.”

“아, 나도 길드 탈퇴했어요. 그래서 지금은 완벽한 홀몸. 형 탓이기도 하니까 책임져야 해요?”

“그게 왜 내 탓이냐?”

“지금껏 스타버그 형 하는 게 맘에는 안 들었지만, ‘그래도 열심히 하니까’ 하면서 남아 있으려고 노력해 왔죠. 그런데 결정적으로 ‘더 이상은 안 되겠다’ 라고 결심하게 만든 계기를 형이 만들어준 거 아네요. 그러니까 형 책임. 그러니까 형은 앞으로 나와 놀아줘야 합니다. 이런 결론인데 맘에 안 들죠?”

“맘에 들 리가 있냐?”

“그 찌푸린 얼굴이 형의 매력이라니까요.”

“뭐야?”

“날 못 믿겠다고 생각하고 있죠?”

티라미슈가 뭔가를 던져 주었다. 랜드로서는 그것을 낚아챘다.

그것은 끈을 엮어 만든 듯한 갈색 팔찌였다. 랜드로서는 아이템 상태창을 열어보았다.

[이실레티리아의 부적(유니크)]
이실레티리아는 환마의 강을 앞에 두고 말했다.
"이곳에서 시간이 멈출 것이다."
마력 +200
방어력 +100
땅 계열 친화력 +200
레벨 제한:200 이상

"그거 내 전 재산. 형에게 잠시 맡길게요. 내가 배신하면 팔아도 좋아요. 그 정도면 날 믿을 수 있겠죠?"

티라미슈가 말했다. 랜드로서는 새삼 그의 나이를 떠올리며 눈살을 찌푸렸다.

'열다섯 살짜리가 이런 아이템을 가지고 있어?'

레벨 제한이 200 이상이라니 웬만한 사람들은 쓸 수 없는 물건이지만, 분명 좋은 아이템이었다. 현금으로 팔아도 오백만 원 이상은 받을 수 있을 것이다.

"이렇게까지 해서 날 따라다닐 이유가 뭔데?"

"형이 지금 하는 퀘스트, 마황 베르가못과 관련된 거 맞죠?"

"…그래."

"그거 제대로 해내면 제로월드에 뭔가 새로운 일이 일어날 거 아녜요. 마황군이 몰려오든 마황을 무찌르든! 역사적인 순간을 직접 누린다! 물론 나는 그런 일 할 능력이 없으니까 능력 있는 사람 옆에 묻어가자, 라는 거, 이유로 부족해요?"

티라미슈는 두 손을 모은 채 반짝이는 눈으로 랜드로서를 보았다. 랜드로서는 떨떠름해졌다.

"그거 좋은 거냐?"

"음, 이를테면 이런 거죠. 제로월드에서 대단한 일이 일어나서 게임 채널에서 소개되고, 동영상의 일부는 멋지게 편집되어 TV 광고에까지 나오게 되었어요. 그럼 그 다음날 교실에서는 애들이 신나서 떠들어대겠죠. '너 어제 방송 봤어?', '당근 봤지! 진짜 멋지더라!', 그렇게 떠들다가 그중 한 명이 나한테도 물어보는 거예요. '너도 어제 방송 봤지?'. 그럼 나는 '방송이 아니라 난 그때 그 광경을 직접 보고 있었는걸…' 이라는 말을 삼키면서 생긋 웃어주는 거지요. '응 나도 봤어. 진짜 멋지더라'. 괜찮죠?"

랜드로서는 게슴츠레한 눈으로 티라미슈를 쳐다볼 수밖에 없었다.

'이놈, 이런 캐릭터였나?'

어쨌거나 랜드로서에게는 가장 좋은 결과였다. 티라미슈와 입 맞추지 않아도 되고, 인질을 잡았으니 배신을 걱정하지 않아도 되고, 성직자 동료도 얻는다.

그는 할 수 없다는 어조로 입을 열었다.

"좋아, 하지만 두 가지 조건이 있어."

"뭔데요?"

"첫 번째, 퀘스트 진행 중에는 내 말을 따를 것."

"당연하죠. 난 줏대가 없어서 대장 노릇 못해요. 형이 지휘해 준다면 땡큐죠. 두 번째는요?"

"두 번째, 나에 대해서나 퀘스트에 대해서 다른 사람에게 말하지 말 것. 현실에서도 마찬가지야."

"그것도 당연하죠. 형이 마물이라는 거 알려지면 괜히 와서 한 대 때리고 싶어하는 사람들도 많을 텐데, 그걸 떠벌리고 다니겠어요? 난 머저리가 아니라고요."

"친구들에게 자랑하고 싶다며?"

"에이, 무슨 자랑씩이나 해요. 나는 단지 멋모르는 애들이 TV에서 본 것들 가지고 신나서 떠들어대고 있을 때 그냥 한쪽에서 '아무것도 모르는 녀석들, 귀엽군. 후후후후' 하면서 혼자 즐기는 걸로 만족한다고요."

티라미슈의 눈빛이 반짝반짝 빛날수록 랜드로서는 떨떠름한 표정이 되었다.

"그거 좀… 괴이하지 않냐?"

"괜찮아요. 멋있으니까요!"

"아, 그래… 네가 괜찮다면 뭐……."

어쨌거나 손해 볼 건 없는 랜드로서였다.

다음 할 일은 장비를 구하고 스킬을 익히는 것이었다. 일행은 상점가로 향했다.

장비를 둘러보는 랜드로서에게 티라미슈가 의외라는 듯 물었다.

"형, 마법사 됐어요?"

"그래."

“희한하네. 레벨도 리셋되고 직업도 바뀌다니……. 이건 거의 환생 같은데요?”

제로월드에는 없지만, 일부 온라인 게임에서는 ‘환생’을 해서 새로 태어나는 기능이 있었다. 레벨이 너무 높아지면 레벨 1을 올리는 것도 힘들어지니까 환생해서 저 레벨로 다시 시작하는 것이다.

“환생은 아니야. 있던 스킬도 다 날아갔거든.”

‘환생’이 의미가 있는 건 이미 익혔던 스킬은 유지한 채 레벨만 낮아지기 때문이다. 그렇기 때문에 환생을 반복하면 스킬이 점점 늘어나서 낮은 레벨에도 뛰어난 능력치를 보유할 수 있다.

하지만 랜드로서는 있던 스킬을 전부 잃은 채 레벨 1이 되었다. 이런 게 환생이라면 괜히 지금껏 키워왔던 캐릭터를 원점으로 되돌리는 ‘환생’을 할 미친놈은 없으리라.

“그럼, 진짜 레벨 15인 모양이네요. 어째 약하더라.”

“퀘스트 끝나면 회복돼!”

그러고 보니 베르가못과 싸울 때 잉그리타가 치유 마법을 썼던 기억이 났다. 하지만 지금의 잉그리타는 치유 마법이나 게이트를 여는 마법을 쓰지 못한다고 했다.

“잉그리타, 지금 직업이 뭐야?”

“격투가입니다, 주인님.”

‘대체 왜!’

랜드로서는 제로월드의 시스템에 심한 회의를 느꼈다.

인큐버스가 된 자신이 마 속성의 마법사 계열로 변화한 건 이해할 수 있다. 하지만 격투가와 서큐버스가 무슨 관계란 말인가?

티라미슈가 중얼거렸다.

"아무래도 자기 원래 직업하고는 반대로 가는 것 같은데요. 그럼, 나는 사령술사 계열이 될까요?"

"안 해!"

랜드로서가 버럭 외쳤다. 티라미슈가 눈을 멀뚱히 뜨고 물었다.

"뭘요?"

"사내자식하곤 키스 안 한다고!"

외치고 나서야 아차 싶었다. 티라미슈가 묘한 미소를 지으며 되물었기 때문이다.

"아하, 인큐버스는 남자도 노예로 거느릴 수 있는 모양이네요?"

"너라면 하고 싶겠냐?"

쓸데없이 눈치 빠른 놈!

랜드로서는 티라미슈를 째려보았다. 이미 저 화술에 휘발려 인큐버스는 입맞춤으로 노예를 늘리고, 잉그리타도 그렇게 서큐버스가 되었다는 사실을 털어놓은 상태였다.

"나라도 안 하죠. 하지만 남의 일이라서 그런지 참 재밌네요."

'남의 일이라니! 너도 위험했었다고!'

차마 머릿속의 말을 꺼내놓을 수 없는 랜드로서였다.

잉그리타와 랜드로서의 장비를 대충 구입한 뒤 그들은 스크롤 상점으로 향했다.

산타밸리의 스크롤 상점들은 지하에 있었다.

지하철 입구 같은 계단을 내려가자 어둑한 복도가 나타났다. 가스등이 머리 위에서 칙, 치익, 낮은 숨을 뱉으며 바닥에 늘어진 그림자들을 일렁이게 만들었다.

그들은 복도 안쪽으로 걸어나갔다. 양편으로 다양한 간판이 달린 스크롤 상점이 지나갔다.

제로월드의 스킬은 전부 몇 가지가 있는지 아무도 모른다는 말이 있을 정도로 다양했다. 스크롤 상점 또한 초급 전사용, 중급 성기사용, 특수 보조 스킬 상점 등등 직업과 수준과 용도에 따라 나뉘어 있었다.

랜드로서가 찾는 건 '초급 마법사용 스크롤 상점'이었다.

그 간판은 복도 제일 안쪽에 있었다.

문 없는 문틀을 넘어서자 작은 방 같은 공간이 나왔다.

스크롤과 책이 가득 꽂힌 책장이 사방의 벽에 둘러 있고, 제일 안쪽에는 카운터가 놓여 있다.

카운터 너머에 커다란 마법사 모자를 쓴 몸집 작은 사람이 앉아 있었다. 아마도 상점 주인 NPC일 것이다. 그는 너무 큰 마법사 모자를 가끔 쓸어 올리며 어른 몸통만 한 크기의 책을 읽고 있었다.

랜드로서가 카운터 앞에 서자 상점 주인은 고개를 들었다.

코 위까지 흘러내린 마법사 모자를 이마까지 밀어 올려 랜드로서를 보았다.

모자 밑에서 드러난 것은 의외로 앳된 얼굴의 소녀였다. 랜드로서를 보더니 눈을 동그랗게 떴다.

"누, 누구세요?"

상점 주인 NPC의 질문으로는 엉뚱한 것이었다.

"여기 초급 마법사 스크롤 상점 아닙니까?"

"마, 맞는데요……."

소녀는 당황한 얼굴이었다. 곧 정신을 차린 듯 눈을 깜박이더니 배시시 웃었다.

"손님에게선 좋은 향기가 나네요."

'향기? 무슨?'

랜드로서는 자기 소매를 킁킁 맡았다. 아무 냄새도 나지 않았다. 소녀는 고개를 갸웃하며 중얼거렸다.

"무슨 향일까나. 레몬? 오렌지? 아니면… 베르가못?"

랜드로서의 눈썹이 꿈틀했으나 나직이 되물었다.

"허브 말입니까?"

"예. 다홍빛 베르가못 꽃. 제가 참 좋아하는 향이에요."

뺨이 발그레해진 소녀가 생글 웃었다. 동그란 얼굴이 참 사랑스러워 보이는 인상이었다. 티라미슈도 생각났다는 듯 물었다.

"그러고 보니 나도 전부터 묻고 싶었는데요. 형한테서 레몬 향기 같은 게 계속 나서요. 향수 같은 걸 쓸 사람이 아닌데, 레몬이라도 씹어 먹었나 했었거든요."

"레몬을 누가 씹어 먹어?"

"나 아는 사람 중엔 있어요. 신 게 좋다고."

"그건 정상인 수준이 아니거든?"

랜드로서는 눈살을 찌푸리며 대꾸하다가 퍼뜩 사실을 떠올렸다.

"아, 맞다. 유혹의 향기!"

랜드로서가 인큐버스가 된 뒤 자동으로 얻은 스킬 중 '유혹의 향기' 라는 것이 있었다. 패시브 스킬인데, '유혹하는 향기를 발한다' 라는 밑도 끝도 없는 설명이 붙어 있어서 '이게 대체 뭐야? 라고 넘겼던 스킬이다.

패시브 스킬이란, 스킬을 일부러 사용하지 않아도 평소에 항상 적용되는 종류의 스킬을 말한다. 검사 고유 스킬인 '단련된 피부' 의 경우, 스킬을 가지고 있는 것만으로도 일정량의 방어력을 높여준다.

그렇다는 건, 랜드로서는 그가 의도하건 의도하지 않았건 간에 계속 좋은 향기를 풍기며 주변 사람들을 유혹하고 있다는 의미다.

'그러니까 내가 애를 유혹하고 있다는 소리야?

랜드로서는 인상을 쓰며 소녀를 빤히 쳐다보았다. 귀여운 얼굴이긴 하지만, 열두세 살밖에 안 되어 보이는 소녀다. '유혹' 이라는 단어를 쓰자니 범죄를 저지르는 기분이었다.

"호오, 유혹의 향기란 말이죠."

뒤에서 티라미슈가 중얼거린 말에 랜드로서는 소름이 돋았다.

"패시브 스킬이야! 일부러 쓴 적 없어!"

"물론 그래야죠. 일부러 쓴 거라면 같이 다니면 안 되죠."

팔짱을 끼며 눈을 가늘게 뜨는 티라미슈였다.

'빌어먹을 로터스 놈들! 스킬마저 남녀 구분이 없는 거냐!'

랜드로서는 마음속에 차오른 외침을 차마 내뱉지 못했다.

그동안 소녀는 의아한 얼굴로 일행을 돌아보고 있었다. 그러다가 퍼뜩 생각난 듯 물었다.

"아차, 내 정신 좀 봐. 손님이시죠?"

"그렇습니다만."

소녀는 보고 있던 책을 덮었다. 가볍게 고개를 숙이며 드디어 상점 주인다운 말을 건네왔다.

"산타밸리 초급 마법사 스킬 북 상점의 엘베입니다. 어떤 상품을 원하십니까?"

"정말 이걸 다 읽을 생각이에요?"

티라미슈가 소지품 창에서 스크롤을 계속 꺼내놓으며 말했다. 이미 그의 발밑에는 수백 장의 스크롤이 굴러다니고 있었다.

"지루하면 가도 돼."

랜드로서는 그쪽을 보지도 않고 대꾸했다. 티라미슈는 어깨를 으쓱했다.

"그런 소리 할 줄 알았어요."

그때 랜드로서가 들고 있던 스크롤이 새카맣게 타서 후드득 떨어졌다. 스킬 습득에 실패한 것이다.

제로월드에서 특정 스킬을 익히는 방법에는 크게 세 가지가 있었다.

1. 직업이나 종족에 관계된 고유 스킬은 레벨이 오름에 따라 자동으로 익혀진다.

2. 특수한 NPC를 찾아가 배울 수 있는 스킬도 있다.

3. 스크롤을 읽어서 익힌다.

스크롤에 적힌 스킬은 습득에 성공하든 실패하든 한 번 읽으면 스크롤이 불타 없어져 버린다.

스킬이 귀하고 어려운 것일수록 습득 확률은 낮아진다. 스크롤 수백 장을 날려먹고 나서야 습득하는 게 보통이라는 스킬도 있다.

구하기 쉽고 저렴한 스크롤이라면 수백 장 구하는 게 단지 귀찮을 뿐이지만, 역시 귀하고 어려운 스킬일수록 스크롤 또한 비싸지고 구하기도 어려워진다.

'그러고 보면 참 용감했지.'

랜드로서는 새 스크롤을 집어들며 생각했다.

단거리 순간이동의 스크롤을 사용했을 때 실패할 확률은 생각하지도 않았었다.

어제 '전투 중에도 사용 가능한 단거리 순간이동 스킬' 에
대해 유저 게시판에 질문해 봤더니 '그런 스킬은 존재하지 않
습니다' 라는 답변을 받았다. 랜드로서가 얻었던 스크롤이 유
일했거나 그 정도까진 아니었대도 매우 희귀한 스크롤이었던
소리다.

'그런 스킬을 레벨 14의 마술사가 겁도 없이 읽어버렸으
니.'

스킬의 습득 확률은 레벨이 높을수록, 상위의 직업을 가질
수록 높아진다.

랜드로서가 제대로 마법사 계열의 직업을 익혀본 적이 있었
다면 그런 용감한 짓은 하지 못했을 것이다. 아마도 레벨을 꽤
올린 뒤에 두근두근하면서 시도해 봤겠지.

하지만 랜드로서는 오로지 검사 계열 직업 하나로 일관했었
고, 검사에게는 '얻기 어려운 스킬' 이란 드물었다.

검사 계열 직업에겐 스킬을 얻는 것 자체가 중요하지 않았
다. 이미 얻은 스킬들의 숙련치를 올리는 게 지난할 뿐.

이렇게 스크롤을 잔뜩 쌓아놓고 절반도 안 되는 확률로 온
갖 스킬을 습득하려고 애쓰고 있자니, 이제야 '단거리 순간이
동이 단번에 익혀진 건 행운이었다' 는 실감이 오는 것이었다.

'아니… 어쩌면 운영자의 농간이 다소 섞였을지도.'

로터스 팀에서는 개입하지 않겠다고 했지만, 아무튼 신경은
쓰고 있을 것이다. 어쩌면 중요한 부분에선 슬며시 확률을 조
정해서 남모르게 도움을 주고 있는지도 모른다.

파스스스…….

또다시 스크롤이 재가 되어 손가락 사이로 흘러내렸다. 랜드로서는 인상을 썼다.

'아무튼 지금 이 순간은 돕지 않고 있다는 게 확실해.'

"정말이지, 이건 돈지랄이라고요."

티라미슈가 마지막으로 책을 테이블에 놓으며 말했다.

스크롤은 이미 발목까지 쌓여 있었다. 이 스크롤들을 구입하기 위해 랜드로서의 개인 창고에 모아뒀던 돈을 대부분 가져다 썼다. 고급 저택 세 채 쯤을 구입할 수 있는 돈이었다.

"이걸 다 한 번에 날리다니……. 너무 아까워요. 나라면 좀 더 레벨을 올리고 나서 시도했을 텐데."

"그럴 여유 없어. 일단 기본 스킬을 다 가지고 가서 실전에서 써가며 익혀야지."

"형, 그거 알아요?"

"뭐."

"형 하는 행동은 되게 무식한데 논리적인 척한다는 거."

랜드로서가 그를 째려보았다. 티라미슈는 어깨를 으쓱하고는 돌아 나갔다.

"덜 사온 거 몇 가지 더 사올게요."

반짝!

잉그리타가 쥐고 있던 스크롤이 금빛으로 타 없어지며 잉그리타의 몸이 금빛으로 반짝 빛났다.

스킬 습득 성공이다.

랜드로서도 마음을 다잡고 새 스크롤을 집어들었다.

반짝!

스크롤이 금빛 불길에 타 없어지며 그 온기가 랜드로서의 온몸에 번졌다.

"후우."

랜드로서는 한숨을 뱉으며 의자에 앉았다.

단순히 스크롤을 읽고 있는 것이지만, 스크롤을 읽을 때 집중해야만 습득 확률이 높아진다는 건 널리 알려진 사실이다.

몇 시간째 바짝 집중해서 스크롤을 읽고 있자니 정신적인 피로가 심했다. 하루 종일 시험을 보고 있는 것 같은 기분이었다.

'이래서 마법사 직업이 싫었는데.'

그는 역시 한자리에 앉아 스킬을 쌓는 것보다 생생하게 뛰어다니는 것이 좋았다.

찬물을 단숨에 들이켜자 기분이 조금 나아졌다.

아무래도 오늘은 여기까지라고 생각하고 있는데 테이블 위의 책이 눈에 들어왔다. 검은 표지에 은박 글씨가 쓰여 있었다.

'맞아. 이것도 있었지.'

랜드로서는 소지품에서 소환의 거울을 꺼냈다.

거울의 문 문지기를 물리친 보상이라며 잉그리타의 탈을 쓴 이재형 실장이 주고 간 아이템이다.

어떻게 쓰는지 모르겠다고 했더니 티라미슈가 이런 책을 구해온 모양이다.

'의외로 쓸모있네, 그 녀석.'

랜드로서는 책 표지를 넘겼다. 첫 문장이 눈에 들어왔다.

이 책은 소환술에 대한 전문적인 지식 없이 소환의 거울을 이용해 소환을 행하고자 하는 이들을 위해 쓰인 책이다.

'그렇군. 소환의 거울은 소환술사가 아닌 사람이 소환술을 쓰기 위해 사용하는 아이템인 건가.'

랜드로서는 소환의 거울을 내려다보았다. 거울이란 이름이 무색하도록 아무것도 비추지 못하는 탁한 청동색이었다.

다음 장부터는 소환의 거울을 사용하는 방법에 대한 자세한 설명이 이어졌다. 랜드로서는 천천히 읽어 나가기 시작했다.

잠시 후, 설명을 다 읽은 랜드로서의 눈앞에 투명한 창이 떴다.

'뭐 이런 싼 티 나는 스킬이 다 있냐?'

거울닦이 스킬에 대한 설명에는 '소환의 거울을 잘 닦을 수 있다' 외에 '여관 등에 아르바이트 취직 시 조금 더 높은 급료를 받을 수 있다', '일정 확률로 녹슨 물건을 복구할 수 있다' 등의 장점이 적혀 있었다.

소환의 거울을 이용하는 방법은 간단했다.

1. 소환의 거울을 깨끗이 닦는다(여기서 거울닦이 스킬이 사용된다).
2. 닦아진 거울 표면에 자신의 피로 원하는 생물의 이름을 적는다.
3. 소환술을 시행한다(거울이 깨끗할수록 소환에 성공할 확률이 올라간다).

소환의 서에는 소환의 거울 등급별로 불러낼 수 있는 생물의 목록과 확률이 적혀 있었다.

"반짝반짝!"

매우 쪽팔리는 시동어를 외치자 소환의 거울 표면이 은빛으로 한순간 반짝 빛났다. '오, 제법 깨끗해지는걸' 이라는 감탄은 한순간으로, 은빛이 사라진 거울의 표면은 처음과 거의 다르지 않은 탁한 빛깔이었다.

‘이게 닦인 거냐?’

랜드로서는 인상을 쓰며 거울을 들여다보았다.

거울의 상태창에는 ‘청결도 1’ 이라고 적혀 있었다.

아무래도 거울닦이 스킬을 계속 사용해서 청결도를 올린 뒤에야 거울다워질 것 같았다.

랜드로서는 턱을 괸 채 생각에 잠겼다.

수련해야 할 스킬도 많은데 이것까지 신경 쓰는 건 무리다.

하지만 운영자가 직접 주고 간 최상급 소환의 거울이다. 터무니없이 좋은 결과를 내줄지 모른다.

‘그래, 밑져야 본전이지. 시도해 보지!’

랜드로서는 단검으로 손가락을 베었다. 통증도 없이 피부가 잘리며 붉은 피가 동그랗게 맺혔다.

문득 오래된 일이 떠오르며 섬뜩한 기분이 들었다.

랜드로서는 그 기분을 짓누르듯 손가락을 거울 표면에 눌렀다.

그대로 글씨를 쓰기 시작했다.

흑룡

입력하신 글자가 ‘흑룡’ 이 맞습니까?(Y/N)

번쩍!

Y를 누르자 거울 안쪽에서 눈부신 빛이 터져 나왔다.

눈을 뜨기 어려운 환한 빛 속에 검은 그림자 같은 무언가가 나타나기 시작했다.

'저건……?

너무나 예상 밖의 실루엣이었다.

쨍!

거울에 금이 갔다. 빛이 화악 사그라졌다.

방 안의 풍경은 새삼스레 그대로 있었다.

시력이 차츰 원래의 색을 찾으면서 '그것'의 모습이 제대로 보이기 시작했다.

'그것'은 투명한 한 쌍의 날개를 가진 흑색의 생물이었다. 날개를 지탱한 결은 나뭇가지처럼 섬세하게 날개 전체에 뻗어 있고, 등의 피부는 검은색이면서도 청록색의 금속성 광택을 띠어 한마디로 형용하기 힘든 오묘한 빛깔이었다. 다리는 가늘었으며 동그란 눈은 얼굴 절반을 차지하도록 컸다.

"파리?"

뒤늦게 그것의 적절한 이름을 떠올린 랜드로서는 비명처럼 외쳤다.

크기가 손바닥만큼으로, 실로 왕파리라고 부르기에 아깝지 않은 녀석이었다.

그것은 주제에 심란한 표정을 지으며 랜드로서의 어깨 위에 앉으려 했다.

"파리라니요. 섭섭합니다! 첫 주인님이신데!"

"파리가 말을 한다!"

랜드로서가 손가락으로 튕겨내려 하자 녀석은 잽싸게 피했다. 그 모습은 흡사 분식집 앞 튀김 위에 앉으려다 파리채를 잽싸게 피해 손 닿지 않는 자리에서 다시 기회를 엿보는 시장통 파리의 확대판을 보는 듯했다.

"전 다리에 털이 없다고요!"

녀석은 다리를 쭉 뻗어 보였다. 랜드로서가 게슴츠레한 눈으로 물었다.

"그게 뭐?"

"제가 파리가 아니라는 증거라고요!"

랜드로서는 게슴츠레한 눈으로 쫙 뻗어진 녀석의 다리를 쳐다보았다.

정말 털이 없다.

그런 걸 확인해도 전혀 감격스럽지 않았다

'다리에 털 없고 말하는 파리다.'

랜드로서는 구석에 앉아 소환의 서를 다시 펼쳤다.

"흑룡을 소환하려고 한 건데 대체 어디가 잘못된 거지?"

귓가에 거슬리는 애앵애앵 소리를 내며 녀석이 말했다.

"저 흑룡 맞는데요?"

랜드로서는 생각했다.

'싸이코 파리다.'

"그런 불신의 눈으로 쳐다보지 마시라구요! 이렇게 된 것도 다 주인님 탓 아닙니까!"

"그래, 그래. 돌려보내 줄게 닥치고 있어."

랜드로서는 훠이훠이 파리 쫓는 손짓을 했다. 녀석은 대담하게도 그 손끝에 올라앉아 외쳤다.

"정말 못 믿으시겠다면 어디 저를 짓눌러 보세요!"

"싫어."

"무서워하실 거 없어요! 전 파리가 아니니까요! 짓누른다고 죽지 않아요!"

랜드로서는 고개를 들어 녀석을 보았다.

"더러워서 싫어."

그리고 마침 옆에 보이는 책으로 녀석을 후려갈겼다.

"캐액!"

녀석은 비명을 지르며 책 밑에 깔렸다. 랜드로서는 생각했다.

'저 책 버려야지.'

'편안한 마음을 위한 명상법' 이라는 은박 제목이 대꾸하듯 번뜩 빛났다. 그리고 시끄러운 소리가 그 밑에서 들렸다.

"안 하신다면서요! 진짜로 하십니까!"

'어라, 안 죽었네.'

랜드로서는 책 위를 지그시 밟아주었다.

"끄아아악! 잔인하십니다, 주인님!"

요동치는 책 위를 발로 꾹 누른 채 랜드로서는 책을 계속 읽었다.

흑룡 소환의 성공 확률

거울의 청결도(1~990)인 경우:0.01%

거울의 청결도(1000~9999)인 경우:0.1%

거울의 청결도(10000~)인 경우:1%

사실 실패하리라 생각하고 택한 소환수였다. 거울의 청결도
는 1. 무려 0.01%의 확률인 것이다.

그러나 확률 좀 높여본답시고 어설픈 마물 하나 소환해 봤
자 전력에 크게 도움 되지 않는다.

사실은 또 거짓말 같은 확률이 뜰지도 모른다는 기대도 조
금 있었다.

그런데 확률표 맨 밑에 아까는 없던 항목이 추가되어 있었
다.

희귀 케이스

불완전한 흑룡의 소환(현재 1케이스 보고됨).

아주 낮은 확률로 흑룡의 일부분이 소환될 수 있다.

소환 정도에 따라 다른 생물의 형상으로 나타나며 능력치는 해당
생물의 일반 능력치와 동일하다.

소환의 단계

흑개미—흑파리—흑나방—흑색 박쥐—까마귀—흑색 매—흑색
가고일—소형 흑룡—온전한 흑룡

그 문단을 다 읽은 순간 띠리링! 하는 경쾌한 알림음과 함께 반투명한 알림창이 눈앞에 떠올랐다.

[타이틀 획득]
최초의 흑파리 소환사(유니크)
흑파리 소환사(레어)

흑룡의 일부분을 소환해 낸 유능한 소환사에게 드리는 타이틀.
흑룡의 일부만이 소환되는 현상은 매우 희귀한 것으로, 온전한 흑룡을 소환해 내는 것보다 낮은 확률로 알려져 있다.
고위 마물의 일부만을 소환해 지배할 수 있다는 사실은 저 두려운 마황을 봉인할 방법에 커다란 힌트가 될지도 모른다.

[타이틀 효과]
지력 +15(최초 타이틀의 경우 +20)
마나 +50
(최초 타이틀에만 적용)소환술 성공 확률 10% 추가
(최초 타이틀에만 적용)스킬 [초파리 떼 소환] 사용 가능(1일 1회 사용 가능. 사용 시 평판 20 하락)

최초 등록자로 이름을 남길 수 있습니다. 이후 판매되는 모든 소환의 서(흑)에 랜드로서님의 이름이 기재됩니다. 등록하시겠습니까?(Y/N)

랜드로서는 고민할 것도 없이 N을 눌렀다.

'이런 데 이름 남기기 싫어! 이게 대체 뭐야!'

사실 타이틀 효과는 썩 괜찮았다. 랜드로서가 가진 타이틀

중에 지력을 20이나 올려주는 건 없었다.

이미 가지고 있던 타이틀들은 인큐버스가 되면서 다 날아가긴 했지만, 아무튼.

'하지만 쪽팔려서 저 타이틀 달고 다닐 수나 있겠냐고!'

언제나 캐릭터 위에 타이틀과 캐릭터 네임을 달고 다니던 컴퓨터 온라인 게임 시절과 달리, 가상현실 게임은 그렇게 바로바로 이름을 알아볼 수 없다.

하지만 마을의 NPC들은 타이틀을 알아볼 수 있는 능력이 있었다. 저 타이틀을 달고 다닌다면 당장 스크롤 상점의 엘베부터가 '흑파리 소환사님' 이라고 랜드로서를 부를 것이다.

더불어, 최초 특전인 초파리 떼 소환술이 대체 어떤 스킬인지 상상이 가지 않았다.

'대체 무슨 짓을 하길래 평판이 20이나 하락하는데!'

마을에서 살인을 해도 평판은 고작 10이 하락할 뿐이다. 그것도 심하게 떨어뜨린다고 불평이 많은 상황인데 20을 떨어뜨리는 행위는 대체 뭔지 알고 싶지 않았다.

랜드로서는 절대 저 스킬 쓰지 않으리라고 다짐했다. 그는 전에 경비병을 잡았다가 평판이 20 떨어지는 바람에 한동안 들판에서 지내야 했던 기억이 있었던 것이다.

'이제 죽었으려나?'

발밑에 눌린 책은 이제 움직이지 않았다. 조심히 발끝으로 밀어 책을 치웠다.

몸통이 터진 처참한 파리의 종말을 생각해 발끝이 떨렸지만 녀석은 언제 책에 깔렸냐는 듯 몸을 쭉 뻗더니 원상태로 돌아와 애앵앵 날아올라 왔다.

"무자비한 주인님 같으니! 어떻게 만나자마자 이런 짓을 할 수가 있어요!"

'제길, 안 죽었군.'

랜드로서는 시선을 피하며 대꾸했다.

"네가 하라며?"

"신사답게 거절해 줄 줄 알았죠!"

'제기랄, 역시 귀엽지 않아!'

파리를 사랑스럽게 쳐다봐 주려던 랜드로서는 쉽게 포기했다. 녀석은 쨍알거리기 시작했다.

"홍 저 정도나 되니까 참는 거라고요. 다른 성질 나쁜 놈들은 금세 발톱을 드러낼 걸요?"

"넌 드러낼 발톱도 없잖아."

정곡을 찔린 듯 파리는 잠시 움찔했으나 곧 아무 일 없었다는 듯 팔짱을 끼었다.

"그런 눈빛 금방 고쳐 드리지요! 이래 봬도 마계군에 대한 풍부한 학식을 자랑하니까요! 주인님이 가장 원하는 존재가 나였다는 걸 금방 인정하게 되실 걸요!"

랜드로서는 결국 못 참고 소환의 서를 집어던지고 말았다.

"학식 풍부한 파리라니! 그게 더 기분 나빠!"

"레이니, 202호에 식사 배달 부탁한다."

“예!”

레이니는 갈색 단발을 귀 뒤로 넘기며 주방 앞의 작은 문으로 걸어갔다. 문 앞에는 막 구워져 나온 스테이크 세 접시가 놓여 있었다.

“흥, 흐응, 흥~”

레이니는 노래를 흥얼거리며 계단을 올랐다. 복도는 지극히 조용했지만, 그녀의 귓가에는 음악이 흘러나오고 있었다. 제로월드의 음악 재생 서비스다.

제로월드 안에서 유저들은 아무것도 없는 허공에서 창을 띄워 각종 동영상을 볼 수 있었고, 귀에 이어폰을 꽂지 않고도 음악을 들을 수 있었다.

그런 편함에 익숙해져 아무것도 하지 않은 채 게임에 접속만 해 있는 사람도 있었다.

하루 종일 여관에서 동영상이나 책만 보면서 먹고 싶은 음식을 마음껏 배달시켜 먹는다.

물론 게임에서 먹는 식사는 전혀 에너지가 되지 못하니, 현실에서 따로 밥을 먹긴 해야겠지만 그렇기 때문에 아무리 먹어도 실제로는 살이 찌지 않는 것이다.

‘또 그런 사람들인가?’

레이니는 도적 계열 3차 직업 중 하나인 ‘현상금 사냥꾼’으로, 최근에는 ‘몽타주 제작’ 스킬을 수련하기 위해 이곳에서 아르바이트 중이었다. 스킬의 단계를 올리는 조건 중에 ‘많은 사람의 얼굴을 봐둘 것’이란 항목이 있었던 탓이다.

산타밸리의 여관 1층은 언제나 사람으로 넘쳤다. 큰 도시와 떨어져 있는 소도시지만, 주변에 좋은 사냥터가 많기 때문이다. 주변 풀밭은 초급자에게 좋은 꼬마거미가 가득하고, '녹색 트롤의 다리', '달의 고블린 마을', '버려진 묘지', '오염된 하수구 지역' 등의 중급 필드들과 '폐허의 성지', '거울의 숲', '은청색 동굴' 등의 상급 필드까지 고루 갖추어져 있다.

특히 이번에 '그라인디'가 거울의 숲 내부에 펠로시스로 가는 문이 있다는 걸 밝혀낸 뒤 사람들은 더욱더 산타밸리로 몰려들었다.

'그라인더는 대체 뭘 하고 있는 걸까?'

레이니는 고개를 갸웃했다. 그날 이후, 그라인더를 안다고 주장하는 사람들이 잔뜩 나왔다. 심지어는 그라인더가 자기 길드에 소속되어 있다고 주장하는 사람도 있었다.

그러나 그런 사람들 중 실제로 그라인더를 눈앞에 불러내는 데 성공한 사람은 없었다.

사실 산타밸리에 모인 사람들 중에는 그라인더를 보고 싶어서 온 사람도 꽤 있었다.

그라인더는 거울의 문을 다시 열려고 할 테니까, 이 마을에 한 번은 들를 것이라는 예상이다.

사실 레이니도 그런 기분으로 이곳에 취직했다. 어쩌면 그라인더를 만날 수 있을지도 모른다는.

'아니, 뭐……! 어차피 사람 많은 여관에 취직해야 했으니까! 꼭 그 이유만은 아니야!'

레이니는 고개를 휘휘 저었다. 그리고 곧 한숨을 쉬었다.

'겨우 3일 했는데 정말 지겹네. 네시가 시험 끝날 때까지 나도 그냥 게임 쉴까?'

그동안 아르바이트를 같이하던 친구 '네시'는 시험 준비 때문에 앞으로 3개월간 게임 접속을 않겠다고 선언한 차다. 둘이 할 때는 몰랐던 지겨움이 혼자 있자 사무치게 몸에 스며오는 기분이었다.

'아니면… 며칠간 다른 스킬들 올리고 있다가 리메디 뜰 때쯤 다시 올까?'

그녀는 그러다 고개를 다시 저었다.

'아니, 이런 생각을 하니까 내가 꼭 그라인더를 만나고 싶어서 여기 있는 것 같잖아? 그건 아닌데.'

그리고 결국 그녀는 한숨을 쉬었다.

'정말… 그라인더처럼 멋지게 뛰어다닐 수 있는 날이 언젠간 오는 걸까?'

사실은 점점 게임에 대한 회의감이 드는 그녀였다. 즐거워지기 위해 게임을 하는데, 현실보다 약간 더 편리한 시스템을 제공할 뿐, 현실에서와 똑같이 아르바이트를 하고 자격 조건을 채우려고 발버둥치고, 비슷한 사람들 속에 파묻혀서 산다.

'아르바이트는 오늘까지만 하고 얼음의 동굴에라도 다녀오자.'

레이니는 가벼운 표정을 지었다.

얼음의 동굴은 그녀가 처음 제로월드를 시작했을 때 반했던 장소다.

달빛 아래 파르스름한 빛을 뿜는 얼음의 동굴이 눈앞에 있는 것을 처음 보았을 때 가슴이 뭉클했다. 바닥이 다 비치는 개울에 발을 담근 채 얼음의 동굴 앞에서 구슬픈 노래를 부르는 눈의 요정들을 보면서 세상에 없는 어떤 곳에 온 기분이었다.

게이드를 통하면 언제든 갈 수 있는 곳인데, 왠지 스킬 익히는 데 치여서 통 가보질 못했다.

"식사 왔습니다."

레이니는 202호의 문을 두드렸다.

문을 열자 방 가득 스크롤이 쌓여 있는 게 보였다. 방바닥이 안 보일 정도다.

'우와, 무슨 스크롤이 이렇게 많아?'

바로 정면의 소파에 앉아 있던 여성과 눈이 마주쳤다. 눈이 확 밝아지는 미인이었다.

레이니의 시선을 느꼈는지 그녀는 생긋 웃으며 인사를 건넸다.

"안녕하세요."

"아, 아아, 식사 가져왔어요."

"저기 테이블에 두고 가요."

대답은 다른 방향에서 나왔다. 사제복 차림의 금색 곱슬머리 소년이 스크롤을 피해 앉은 듯 의자 위에 웅크리고 있는 게 보였다.

‘특이한 사람들이다……’

레이니는 스크롤들을 발끝으로 살살 밀며 방 안으로 들어갔다.

테이블 앞의 의자에는 한 청년이 인상을 쓴 채 스크롤을 읽고 있었다.

번쩍!

그의 손에 들려 있던 스크롤이 금색 불길에 휩싸여 사라졌다. 스킬 습득에 성공했을 때의 반응이다.

“무슨 스킬을 이렇게 많이 익히고 계세요?”

레이니가 그의 앞 테이블에 쟁반을 내려놓으며 물었다. 그는 의아한 얼굴로 레이니를 올려다보았다. 갈색 눈동자인 줄 알았는데, 가까이 보니 붉은빛이 섞인 오묘한 빛깔이었다.

왠지 좋은 향기가 난다.

“누구시죠?”

그가 대뜸 질문을 던졌다. 레이니는 생글 웃었다.

“전 이 여관에서 일해요. 레이니라고 해요.”

레이니는 왠지 쑥스러워져 다른 곳을 돌아보며 덧붙였다.

“좋은 향기가 나네요. 어디서 나는 걸까~”

그는 의아한 얼굴을 하더니 질문했다.

“대체 무슨 향이 나는 겁니까?”

“음… 꽃향기 같기도 하고, 머스크 향 같기도 하고, 어어?”

레이니는 고개를 갸웃했다. 무슨 향인지에 집중하기 시작하자 무슨 향인지 알 수 없게 되어버렸다.

어느 순간 꽃향기 같았다가, 어느 순간 베이비파우더 향 같
았다가, 또 어느 순간 감귤 향기 같았다가, '좋은 향기'라고 레
이니가 생각하는 모든 것들이 다 합쳐진 것 같은 향이었다.

의아한 얼굴을 하던 그는 깨달은 듯 질문했다.

"아, 혹시 유저이신가요?"

"당연하죠. 아르바이트 중인데요."

"그렇군요. 플셈하세요."

대충 작별 인사를 하더니 그는 식사를 시작했다.

레이니는 그를 빤히 내려다보았지만 그는 더 이상 레이니에
게 신경조차 쓰지 않았다.

레이니는 떨떠름해져서 방 밖으로 나왔다.

'저 사람들, 대체 뭘 하고 있는 거지?

레이니는 선뜻 방 앞을 떠나지 못하고 생각했다.

발목이 잠길 정도의 스크롤이라니. 그만큼을 사려면 굉장한
돈이 필요할 거다.

레이니는 방문에 손을 대었다. 완전 방음이 되는 문 너머에
선 아무 소리도 들리지 않았다.

"공명하라."

엿듣기 스킬이 발동되었습니다.

시동어를 중얼거리자 문에 댄 손을 통해 문 너머의 소리가
머릿속에 전달되어 왔다.

"나도 NPC인 줄 알았어요."

이 목소리는 사제복 차림의 소년이다. 차분한 여성의 목소리도 들렸다.

"다음부터는 지나가는 사람들이 유저인지 NPC인지 알려드릴까요, 주인님?"

"보통은 헷갈릴 일 없어. 그런데 유저 중에서도 이런 데서 일하는 사람이 있었구나."

"요리라던가 스킬 익히는 과정인 거겠죠. 생산계 직업도 재미있어요. 형 같은 칼잡이 바보에겐 들어먹지 않는 이야기겠지만."

"빨리 먹기나 해. 내일은 출발할 생각이니까."

잡담이었다. 레이니는 문에서 손을 떼려고 했다.

그때 한 질문이 귀에 콱 박혀 들어왔다.

"그런데 일시적으로라도 그라인더로 돌아갈 수는 없는 거예요?"

레이니는 자기도 모르게 문고리를 꽉 붙잡았다. 티라미슈의 말이 이어졌다.

"능력치가 초보 수준으로 떨어진 건 그렇다 쳐도, 마물 신분이라는 건 너무 불편한데요. 마을에 들어오는 데만도 진땀을 빼야 하고, 동료 구하는 것도 쉽게 할 수가 없잖아요. 까딱하단 자기편한테 사냥 당하게 생겼으니."

"베르가못을 물리치면 저주가 풀린다던데."

"풀린다던데? 어디서 들은 것 같은 표현이네요."

"퀘스트 설명 문구가 그랬어."

"흐음."

잠시의 침묵이 흐르더니 티라미슈가 다시 물었다.

"저주니까요, 특정한 마법이나 약물을 이용하면 일시적으로 능력치를 되찾을 수 있다던가 하는 경우는 없을까요?"

"넌 만화를 너무 봤어."

"왜요~"

"만화에서나 약물 같은 걸로 정체가 돌아왔다 말았다 하지. 게임 진행이 그렇게 되는 거 봤냐? 저주를 풀면 풀고 말면 마는 거지."

"애초에 온라인 게임에서 유저 능력치를 대폭으로 떨어뜨리는 일 자체가 비상식이거든요?"

"그러니까 유니크 퀘스트지."

랜드로서는 한소끔 쉬었다 덧붙였다.

"그러니까 한 달의 시간 제한이 있는 거고."

"한 달의 시간 제한이 지나면 실패하든 성공하든 원래대로 돌아온다는 건가요."

"아마도."

"왜요, 형?"

티라미슈의 질문은 대화에 어울리지 않았다. 레이니는 '뭐가 왜라는 거야' 라고 생각했다.

그때 문이 달칵 열렸다.

문을 연 것은 랜드로서였다. 레이니는 소스라치게 놀랐다.

"꺄아악!"

그녀는 얼결에 문을 확 닫았다. 덕분에 문틈에 손이 낀 랜드로서가 놀람의 비명을 질렀다.

"우왓!"

"미안해요!"

레이니는 급히 뒤돌아 도망쳤다. 뒤에서 랜드로서가 그녀를 부르며 뒤따라왔다.

"이봐요! 잠깐 멈춰요!"

레이니는 온 힘을 다해 복도를 내달렸다. 당황스럽고 창피해서 눈물이 날 지경이었다.

'엿들은 걸 눈치챘어? 어떡해!'

"잡았다! 잡았어!"

어디선가 날아온 파리가 레이니의 머리를 잡아당겼다. 레이니는 후려쳐 파리를 떨어뜨리고는 단숨에 복도를 통과했다.

오른쪽에 계단이 나왔다. 레이니는 계단 난간을 붙잡으며 급히 계단에 진입했다. 그 순간,

번쩍!

랜드로서의 모습이 눈앞에 나타났다. 막 계단을 내려가려던 레이니는 멈출 수가 없었다.

"꺄아아악!"

"으아악!"

레이니는 그대로 랜드로서를 덮치며 쓰러졌다.

쿠당탕!

둘은 그렇게 엉킨 채로 사람 가득한 2층 복도에 떨어졌다.

시끄럽던 음악이 뚝 멎었다. 모두가 마시던 잔을 손에 든 채 이쪽을 돌아보았다.

레이니는 눈을 떴다. 그리고 자신의 입술이 랜드로서의 입술을 짓누르고 있다는 사실을 깨달았다.

"꺄아악!"

화다닥 일어났다. 사방에서 웃음과 휘파람이 터져 나왔다. 그리고 눈앞에 투명한 창이 떠올랐다.

레이니님의 종족이 서큐버스로 변화합니다.

"뭐?"

생전 처음 보는 안내문에 레이니는 눈을 크게 떴다. 순간, 뒤늦게 일어난 랜드로서가 레이니의 어깨를 휘감으며 낮게 말했다.

"사람 없는 곳으로 가요. 당장!"

"이게 무슨……."

"사냥당하기 싫으면 일단 따라와요!"

랜드로서가 강하게 레이니를 끌어당겼다. 등 뒤에서 온갖 환호와 야유가 쏟아지는 가운데 레이니는 계단을 올랐다. 그리고 평범한 셔츠와 가죽 갑옷이던 자신의 옷이 화려한 검정 레이스로 변화해 가는 것을 보았다.

"이게 대체 뭐예요!"

계단 위에 올라서자마자 레이니는 랜드로서를 뿌리쳤다. 랜드로서는 짜증스런 얼굴을 하고 있었다.

"그러니까 왜 남의 말을 엿들어요?"

"나한테 무슨 짓을 한 거예요!"

레이니의 손톱이 검정 매니큐어를 칠한 듯 물들었다. 갈색 단발은 윤기 나는 검정색으로 바뀌고, 옷은 어깨를 드러낸 검정 미니 드레스로 변화했다. 베이지색 면바지는 무릎 위로 훌쩍 올라간 풍성한 레이스의 검정 치마로 바뀌었고, 치마 아래 드러난 늘씬한 왼쪽 허벅지에 검은 레이스를 댄 붉은 리본이 묶였다. 갈색 구두는 새빨간 광택의 하이힐로 바뀌었다.

머리에는 머리띠 같은 검정 레이스 보닛이 생겼고, 목에도 역시 검은 레이스 초커가 생겼다. 초커 가운데 묶인 붉은 리본이 살짝 드러난 가슴골 위로 흘러내려 있었다. 입술은 반짝이는 핑크색, 그리고 눈동자는 은적색으로 물들었다.

그리고 등 뒤에서 한 쌍의 피막 날개가 솟아나오며 변신 완료를 알리는 창이 떴다.

레이니님의 종족이 서큐버스로 전환되었습니다.

"주인님, 성공하셨군요. 이 마음 기쁩니다. 터무니없이 거친 여자라 걱정은 듭니다만…… 잘 길들이시겠지요."

바로 옆에서 가냘픈 목소리가 들려왔다. 레이니는 놀라 소리가 난 쪽을 돌아보았지만 그쪽에 사람은 없었다. 왠지 아까부터 있었던 듯한 파리가 눈에 거슬릴 뿐이었다.

그리고 뒤에서 거친 감탄사가 들렸다.

"으허, 으허, 으헉!"

지나가던 드워프였다. 어지간히도 놀란 듯 들고 오던 오일을 다 쏟은 채 주저앉아 있었다.

"대체……."

레이니는 두 주먹을 꼭 쥔 채 눈물을 글썽였다.

또각.

저편에서 구둣발 소리가 났다. 잉그리타가 부드러운 미소로 사람들을 바라보고 있었다. 차분한 어조로 상황을 정리했다.

"모두들, 일단 방으로 들어오세요. 다 설명해 드리지요."

서큐버스가 된 레이니와 목격자인 드워프를 포함해 일행은 전부 방 안에 들어왔다.

문을 닫자 익숙한 적막이 방 안에 감돌았다.

레이니는 두리번거리더니 급히 침대로 달려갔다. 담요를 뒤집어써 드러난 어깨를 가렸다. 노출 심한 의상이 매우 신경 쓰였던 모양이다.

"자요, 이거 읽어봐요."

티라미슈가 책 한 권을 드워프에게 내밀었다.

"이게 뭔데요?"

드워프는 의아한 얼굴을 했다. 티라미슈가 생글 웃었다.

"받아보면 무슨 영문인지 알게 될 거예요."

드워프는 책을 받아 들었다. 티라미슈가 웃음을 싹 지우고
말했다.

"받았죠? 이제 7분간 접속 종료 못해요."

드워프는 얼어붙은 표정을 지었다.

물건을 주고받은 후에는 7분간 접속 종료를 하지 못하게 되
어 있다. 사기 거래하고 도망치는 사람을 막기 위한 조치다.

"이게 무슨……."

드워프는 자신의 손에 들린 책 표지를 내려다보았다. '편안
한 마음을 위한 명상법' 이라는 제목이 은색으로 번쩍 빛났다.

"실례하겠습니다."

잉그리타가 드워프의 앞으로 걸어나왔다. 그녀의 미모에 드
워프는 홀린 표정을 지었다. 그 표정은 잉그리타가 밧줄을 꺼
낸 순간 놀라 일그러졌다.

"에? 에에엑!"

잉그리타는 순식간에 드워프를 칭칭 묶었다. 드워프는 번데
기처럼 되어 버둥거렸다.

"이게 무슨 짓이에요!"

유저다 보니 드워프답지 않은 말투였다. 엘프 NPC인 잉그
리타는 고운 눈살을 찌푸렸다.

"당신의 처분에 대해서는 좀 고민을 해봐야겠군요."

"무, 무슨 소리예욧!"

잉그리타는 뒤돌아서 랜드로서를 보았다. 랜드로서는 움찔
했다.

“무슨… 말이 하고 싶은 거야?”

“일단, 레이니님은 경과야 어쨌든 우리와 같은 처지가 되었어요. 그러니 걱정할 바는 없지요. 하지만…….”

“의문의 드워프 씨의 입을 막으려면 약간의 노력이 필요하겠구나 하는 말이죠.”

잉그리타의 말을 이어받으며 티라미슈가 환영한다는 듯이 양손을 펼쳐 보였다. 드워프가 바락 외쳤다.

“당신들! 운영진에 신고할 거예요!”

“얼마든지 하세요.”

잉그리타가 생긋 웃으며 덧붙였다.

“우리 마물이 인간을 공격하는 건 불법행위가 아니랍니다.”

“나, 난 드워프예요!”

자신의 정체성을 찾는 드워프의 말을 무시한 채 잉그리타가 말을 이었다.

“우리에게 공격당했다고 운영진에 신고하는 건, 필드 마물에게 맞아죽었다고 신고하는 것과 마찬가지죠. 그런 경우 예상할 수 있는 운영진의 답변은 ‘불만 사항 잘 들었습니다, 고객님. 하지만 마물과의 전투는 게임의 중요한 요소입니다. 마물과의 전투를 원하지 않는다면 안전지대인 마을에 머무르시기를 추천 드립니다. 제로월드를 사랑해 주셔서 감사합니다’라는 내용일 거예요.”

정말 그런 답변을 읽고 있는지 드워프는 허공을 보며 흐억, 흐억, 숨을 쉬었다. 곧 어깨를 움츠리며 질문해 왔다.

“여러분… 진짜 마족이에요? 유저 같은데?”

“그래요! 대체 뭐가 어떻게 된 거예요!”

저편에 있던 레이니도 외쳤다. 그녀는 담요를 온몸에 칭칭 감은 채 흰 늑대 옆에 웅크려 앉은 자세였다. 그래서 랜드로서 는 생각했다.

‘개가 두 마리가 됐군.’

눈이 마주치자 있는 힘껏 째려보는 게 귀찮은 녀석을 주워 왔다는 기분이 들었다.

랜드로서는 설명을 시작했다.

“퀘스트 수행 중입니다. 마족으로 지내는 건 한 달 정도, 퀘 스트가 끝날 때까지만입니다.”

그리고 인큐버스 종족에 대해 간략히 설명했다.

울상이 된 레이니가 질문했다.

“그럼, 이 상태로 한 달은 있어야 한다는 거예요?”

“퀘스트가 끝나면 더 빨리 저주가 풀릴 수도 있고.”

“어떻게 미리 되돌릴 수 없어요?”

“그런 방법 없어요. 있더라도 안 할 거고.”

“안 한다니요?”

“우리가 마족이고 별로 강하지도 않아서 사냥당할 수 있다 는 사실을 엿들어 버린 사람을 당신 같으면 풀어주겠습니까?”

레이니는 시무룩해졌다.

“엿들은 건 미안해요. 하지만…….”

그녀는 눈물 그렁한 눈에 애써 힘을 주며 바락 외쳤다.

"궁금했다고요! 오랜만에 대단해 보이는 사람들 만나서 두 근두근하니 관심 가진 것뿐인데! 그렇다고 엿듣는 건 잘못했지만……."

"난 엿듣지도 않았어요! 눈앞에 나타난 걸 어쩌라고요!"

드워프가 바락 외쳤다. 레이니도 바락 외쳤다.

"아무튼 이 옷, 너무 야해요! 왠지 갈아입어지지도 않고!"

"예뻐요, 레이니님."

잉그리타가 생긋 웃으며 대꾸했다. 레이니는 한풀 기세가 꺾여 말했다.

"이러고 어떻게 돌아다니라고요. 스킬 수련 중이었는데."

"아, 그런 걱정은 안 해도 돼요. 마족으로 변화하면 있던 스킬이 다 날아가거든요. 수련할 스킬도 안 남아 있을 거예요."

티라미슈의 말에 레이니의 눈이 커졌다.

"예?"

레이니는 능력치 창을 열더니 비명을 질렀다.

"꺄악! 이게 뭐야! 레벨 1이라니!"

티라미슈가 드워프를 돌아보며 말했다.

"이분은 어쩌죠?"

시간은 흘러가고 있었다. 7분이 지나 드워프가 접속 종료를 해버리면 잡을 수가 없게 된다. 드워프가 말했다.

"내가 아무한테도 말 안 하면 괜찮잖아요? 이제 무슨 사정인지도 다 알았으니까……."

랜드로서는 움찔 물러날 뻔했다. 티라미슈와 잉그리타가 그를 빤히 쳐다보았기 때문이다.

"왜, 왜들 그래?"

그리고 그들의 대답이 오기 전에 랜드로서는 급히 외쳤다.

"아니, 말하지 마! 아무 말도 하지 마!"

"그렇다고 이분을 그냥 두고 갈 수는 없잖아요?"

티라미슈가 입가에 비릿한 미소를 띠었다. 랜드로서는 급히 드워프를 향해 물었다.

"뭔가 비싼 물건 없습니까?"

"예엣?"

"무엇이든 좋으니까 담보로 맡길 수 있을 만한 가치있는 물건 같은 거! 없습니까?"

"전 가난해요!"

겁에 질린 드워프가 눈을 동그랗게 떴다. 랜드로서는 크윽 소리를 내며 급해지려는 말을 차근차근 정리했다.

"빼앗으려는 게 아닙니다. 설명했다시피 우리는 마물이고, 우리가 마물이라는 사실이 사람들에게 알려지면 우리 처지가 위험해져요. 그러니 당신이 우리의 정체를 아무에게도 알리지 않겠다는 강한 약속이 필요합니다. 약속을 지키겠다는 담보로 맡길 만한 값어치있는 물건이 있습니까?"

드워프는 곤란한 표정을 지었다.

"스킬 수련 중이라서 지금 소지품 창엔 재료밖에 없어요. 거미줄 3천 개랑 포도씨유 200병이랑 소금 100뭉치랑……."

"생산직이시죠? 무슨 스킬 수련하고 계셨어요?"

티라미슈가 물었다. 드워프는 목을 움츠리며 대꾸했다.

"트… 특수 의복 제작……."

"재료 구하기 힘들죠? '도공의 머리띠'가 있으면 훨씬 편할 텐데."

도공의 머리띠란 재료를 두 배로 사용하게 해주는 아이템이다. 장작 하나에 조각품 하나 생산하던 걸 두 개 생산할 수 있게 해주는 식이다.

구하기 힘든 아이템인데다가 인기가 많아서 경매에 나와도 순식간에 팔려 나갔다. 생산직을 가진 유저라면 눈 뒤집혀 달려들 만한 물건이었다.

역시 드워프도 갑자기 생기를 띠며 물었다.

"도공의 머리띠? 그거 가지고 있어요?"

티라미슈는 생글 웃으며 드워프를 묶은 밧줄을 풀어주었다.

"우리 거래하죠. 도공의 머리띠와 한 달 동안의 협조를 맞바꾸는 거예요."

"뭘 하면 되죠?"

티라미슈가 랜드로서를 가리켰다.

"일단 저 사람 묶어요."

"뭐야?"

밧줄을 든 드워프가 랜드로서에게 달려들었다. 랜드로서는 급히 주문을 외웠다.

"바람의 숨결!"

번쩍!

그는 다섯 걸음 뒤에서 다시 나타났다. 티라미슈가 외쳤다.

"빛이여! 어둠을 봉하라!"

랜드로서의 발밑에 빛의 원이 생겨나더니 찬란한 빛을 위로 뿜어 올렸다.

빛은 곧 사그라졌다. 그 자리에 남은 랜드로서는 투명한 얼음으로 뒤덮여 있었다.

"익! 이익! 이거 못 풀어!"

난데없이 얼음조각이 되어버린 랜드로서는 용을 썼지만 머리 아래로는 꼼짝할 수가 없었다. 티라미슈가 새침하게 말했다.

"입은 안 얼었군요. 뭐, 상관없지만."

"싫다고 했잖아!"

"우리 이성적으로 생각하자고요. 입막음 확실해서 좋고, 레벨 쉽게 올려서 좋고, 동료도 늘고. 일석삼조의 조건에 왜 토를 달아요?"

"너라면 사내놈하고 키스하고 싶겠냐!"

"형도 참. 입술만 살짝 대는 걸 키스라고 하면 안 되죠."

티라미슈는 갑자기 의혹에 찬 눈으로 랜드로서에게 질문했다.

"설마, 진짜 키스는 해본 적 없는 거예요?"

"그럴 리가 있냐!"

랜드로서는 이를 바득바득 갈았다. 수줍은 표정을 지으며 드워프가 물었다.

"입술만 대면 되는 거죠?"

"예. 인큐버스로 변화한 다음에 퀘스트 끝날 때까지 우리랑 같이 다녀주세요. 그게 거래 조건이에요."

"유니크 퀘스트랬죠? 재미있겠네요. 만드는 게 좋아서 생산 직 했지만, 한 달 만이라면 그렇게 지내는 것도 괜찮겠어요."

드워프는 볼을 붉히며 웃었다. 랜드로서는 소름이 끼쳤다.

"이봐요! 머리띠 하나에 영혼을 팔지 말아욧!"

"이차피 게임인데요. 그렇죠?"

"그럼요."

드워프가 사뿐사뿐 다가왔다. 키가 닿지 않아 의자에 올라 선 채로 입술을 비죽이 내밀었다. 랜드로서는 고개를 있는 힘 껏 돌려 피했다.

"형도 참, 부끄러워하지 말아요."

티라미슈가 랜드로서의 고개를 잡아 정면으로 돌렸다. 랜드 로서가 외쳤다.

"너! 이거 풀리자마자 쫓아낸다!"

"아, 말하는 걸 잊었는데 어제 형한테 몰래 마물 추적 마법 걸어놨어요. 어디로 가든 추적 되니까 얼마든지 잠적해 봐요."

"크윽!"

드워프의 입술이 바짝 다가왔다. 랜드로서는 '이아우에오! 아이우에오!' 하며 필사적으로 입술을 움직여 입술끼리 닿지 않게 하려고 애썼다. 티라미슈가 말했다.

"자꾸 입 벌리면 딥키스 되는 수가 있어요?"

침몰했다.

랜드로서는 눈을 질끈 감은 채 드워프의 입맞춤을 받아들였다.

'내 인생은 대체 왜 이런 거야!'

잉그리타의 탈을 쓴 이재형 실장에, 사고로 부딪친 레이니에(덕분에 입술 터졌다), 이제는 남자 드워프까지…….

눈을 감은 어둠 속에서도 반투명한 안내창은 보였다.

드워프의 외모가 변화했다. 주름투성이의 갈색 피부가 보드랍고 흰 피부로 바뀌었다. 통통해진 뺨이 핑크빛으로 번지고, 쭉 째진 검은 눈이 동그란 암적색 눈동자로 바뀌었다. 옷은 검정색 연미복으로, 셔츠는 흰색이었고 붉은 나비넥타이를 달았다. 등 뒤로 비죽 솟아오른 한 쌍의 피막 날개는 조그마한 덩치에 어울리는 조그마한 크기였다.

"세상에, 귀여워라!"

레이니가 두 주먹을 꼭 쥐었다. 드워프의 작은 키 그대로 변화한 새로운 인큐버스는 합창대회에 나가는 다섯 살 아이 같은 외모였다. 솜털이 빛나는 희고 보송보송한 피부에 발갛게 번진 뺨이 사랑스러웠다.

"벌써 세 명의 노예를 거느리시다니! 이 흑룡, 기쁜 마음을 감출 수 없습니다! 훌륭하십니다, 주인님!"

귓가에서 파리가 앵앵거렸다.

랜드로서는 끓어올라 오는 외침을 간신히 참아야 했다.

'로터스 팀 인간들은 변태들이야!'

"형, 미안했어요. 형을 위한 선택이었다는 거 알죠?"

"꺼져!"

"걱정 마요, 절대 뒤처지지 않을 거니까."

랜드로서와 티라미슈는 상섬가 지하도 설어 내려샀나.

랜드로서가 물었다.

"너, 도공의 머리띠는 언제 구한 거냐?"

"아, 그거요?"

티라미슈는 시선을 피해 천장을 보았다. 불길한 기색을 느낀 랜드로서가 낮게 말했다.

"순순히 말해."

"뭐… 퀘스트 끝내기 전에 구하면 되는 거잖아요?"

"뭐야?"

"못 구하면 어쩔 수 없는 거고요."

"그게 말이 되냐!"

"괜찮아요. 퀘스트 중에 그만큼 좋은 물건이 나올 거예요."

랜드로서는 버럭 소리지르려다 그만두었다.

"너… 그러다가 진짜 크게 혼날 일 있을 거다."

도적 계열이던 레이니는 '견습 흑기사' 로, 생산직 계열이던 스타킹좋아는 '초보 사냥꾼' 으로 바뀌었다고 했다.

'초보 사냥꾼' 은 궁사 계열 최하위 직업으로 익숙했지만,

'흑기사'는 처음 보는 직업이었다. 아무래도 '성기사'의 마족 버전인 것 같았다.

흑기사 고유 스킬들은 기사다운 스킬과 흑마법스러운 간단한 보조 스킬들로 이루어져 있었다.

특이한 것은 '흑의 갑옷'이라는 스킬이었는데, 발동하면 검정색 건틀릿과 정강이받이(Greave)가 생겨나 방어력을 상승시키는 것이었다. 갑옷이라고 하기에는 애매한 방어구였는데, 그래서 '흑의 갑옷' 스킬의 단계를 올릴수록 점점 더 많은 검은 방어구가 몸을 덮는 게 아닐까 하고 짐작했다.

격투가인 잉그리타와 흑기사인 레이니, 그리고 궁사인 스타킹좋아와 마법사인 랜드로서, 거기다가 성직자인 티라미슈까지. 의도하진 않았지만 근거리—원거리—회복 계열이 고루 갖춰진 셈이었다.

그리고 랜드로서는 열심히 스크롤을 읽은 결과 각 계열의 기본 마법들과 광역 마법 '템페스트'를 익힐 수 있었다.

레벨에 비해서는 많은 마법을 가지게 된 셈이지만, 별로 흐뭇하진 않았다.

기본 마법들은 그야말로 기본이라 당연히 약하고, 유일하게 익히는 데 성공한 광역 마법 '템페스트' 또한 한심할 정도로 약했다. 비바람을 불러 적을 휩쓰는 마법인데 공격력이 워낙 약해 적을 공격하기보다는 적을 물에 적시는 느낌이라는 평을 받을 정도였다.

'마법사 계열이 처음 키울 때 힘들다는 얘긴 들었지만…….'

랜드로서는 눈살을 찌푸리며 저 앞을 보았다.

초급 마법사용 스크롤 상점은 여전히 은근한 램프 빛에 감싸여 있었다. 책장을 넘기던 엘베가 발딱 일어서는 것이 보였다.

"오, 오셨어요?"

랜드로서는 엘베를 빤히 쳐다보았다. 귀여운 소녀다. 볼을 붉히는 것이 랜드로서에게 호감이 있는 듯했다. 하지만 어떻게 이 소녀에게 입맞춤을 받을지는 떠오르지 않았다.

'너무 어리니까… 좀 범죄 같단 말이야.'

랜드로서는 곤란한 표정으로 자신의 목을 쓸었다. 그동안 아무 영문 모르는 엘베는 생글생글 웃으며 질문했다.

"생각보다 빨리 오셨네요. 그렇게 스크롤을 많이 사 가셨는데……. 뭐 더 필요한 것 있으세요?"

살짝 붉어진 뺨으로 웃음 짓는 얼굴은 참 사랑스러웠다. 랜드로서는 저 얼굴에 홀리지 않으려 생각했다.

'로터스 팀은 여자 NPC 얼굴을 참 잘 만든단 말이야.'

그런 생각을 하자 바로 떠오른 것은 잉그리타의 얼굴이었다. NPC 중에 흔한 게 미인이라지만, 잉그리타는 그중에서도 눈에 띈다. 여신 같다고 해야 할까? 초월한 듯 아름다우면서도 사람을 안타깝게 만드는 무언가가 있었다.

'단순히 내 취향의 얼굴일지도.'

랜드로서는 지나치게 흘러가는 자신의 생각을 잘라냈다.

"무슨 생각 하세요?"

엘베가 고개를 갸웃하며 랜드로서를 바라보았다. 그때 그녀의 팔꿈치에 책 무더기가 걸렸다.

"와앗!"

엘베는 기우뚱하는 책 무더기를 급히 끌어안았다. 그런 그녀의 팔 사이로 책들이 마구 새어 나갔다. 결국 엘베의 품 안에는 한 권의 책도 남지 않은 채 전부 바닥에 쏟아져 버렸다.

"아후우~"

그녀는 풀죽은 얼굴로 바닥에 흩어진 책들을 내려다보았다.

랜드로서가 몸을 굽혀 책을 줍기 시작했다. 엘베는 당황해서 외쳤다.

"아니에요. 제가 치울게요!"

바닥에 흩어진 책들은 전부 오래된 책들이었다. 제책한 부분이 벌어져 페이지들이 따로 흩어진 책도 있었다.

문득 책장 사이에 사진 한 장이 삐죽 나와 있는 것이 보였다. 랜드로서는 무심코 그 사진을 뽑아 들었다.

마법사다운 차림의 나이 든 여자의 사진이었다. 바싹 마른 볼에 입술을 꾹 다문 것이 성격 나빠 보였다.

"아, 그건?"

엘베는 사진을 향해 손을 뻗다가 움찔 멈췄다. 사진의 얼굴을 바라보는 동그란 눈에 눈물이 글썽 고였다.

"왜 그래요?"

랜드로서는 사진을 엘베에게 건네주었다. 엘베는 두 손으로 사진을 꼭 쥐었다. 그렁해진 눈물이 뺨 아래로 뚝뚝 떨어져 내렸다.

"스승님……."

랜드로서는 엘베를 의자에 앉히고 차를 함께 마시면서 자세한 이야기를 들을 수 있었다.

이 상점은 원래 엘베의 스승이 운영하던 것으로, 스승이 실종된 이후로 엘베가 쭉 지키고 있었던 모양이다.

"마지막으로 본 게 언젠데?"

"2주 전이요."

엘베가 모자에 눌린 채 말을 시작했다.

"스승님은 지하에서 무슨 소리가 난다고 하셨어요. 확인해 본다고 하면서 지하로 내려가시더니 그 이후 연락이 없으세요."

지하에 내려간 뒤 2주간 연락두절이라니 좀 황당했다. 랜드로서가 질문했다.

"지하가 얼마나 넓은데?"

생각에 잠긴 엘베의 눈빛이 투명해졌다.

"50여 년 전, 마족의 세력이 이 땅에 몰려왔을 때 마법사들은 지하에 만든 탑에 모여 마족을 무너뜨릴 연구를 계속했어요. 결국 마족은 펠로서스 대륙으로 쫓겨갔고, 하늘을 가득 덮은 어둠의 기운도 사라졌지만 마법사들이 만들어낸 대마족병기들은 사라지지 않았죠."

'퀘, 퀘스트?'

갑자기 쏟아져 나온 배경 설명에 랜드로서는 당황했다. 엘베의 말이 이어졌다.

"검은 지팡이의 마법사 연합은 다시 마족이 침공해 올 때를 대비해 대마족병기들을 깊숙이 봉인할 것을 요구했어요. 그러나 나무 보석의 마법사 연합은 대마족병기의 위험함을 경고했죠. 남아 있던 대마족병기가 오히려 이 지상을 파괴할 날이 올 것이라고……. 두 마법사 연합은 크게 싸웠고, 서로의 존재를 부정하게 되었어요."

"퀘스트 난이도가 궁금한데요."

같은 점을 느꼈는지 티라미슈가 나직이 말했다. 엘베의 설명은 계속됐다.

"이곳 지하의 마탑… '베르엘베르의 탑'은 처음에 검은 지팡이의 마법사 연합의 영역이었어요. 그들은 대마족병기를 봉인해 미래를 기약하자는 입장이었죠. 그래서 대마족병기는 오랫동안 지하 탑의 최하층에 잠들어 있었어요. 하지만 시간이 흐르자 지상의 마법을 지배하는 마법사들의 판도가 바뀌기 시작했죠."

'이거, 혹시…….'

랜드로서는 떠오른 생각에 눈살을 좁혔다. 엘베의 설명은 계속됐다.

"3차 데메토 전쟁이 끝난 뒤 유안 조약에 따라 이테리아 대륙은 나무 보석의 마법사 연합의 영역이 되었어요. 베르엘베르의 탑 또한 그들의 관리하에 들어가게 되었죠. 그들은 베르엘베르의 탑 최하층에 봉인된 대마족병기를 전부 파괴하기를 요구했어요. 그런 요구가 스승님에게도 전달되었을 거라고 생각해요. 스승님은 탑의 수호자로서 탑의 최하층 열쇠를 가진 유일한 분이었죠. 저는 스승님이 어떤 상황에 처해 계신지, 그리고 스승님이 어째서 지하 탑으로 내려가셨는지 정확히는 알지 못해요. 다만……"

엘베는 울음을 참는 듯 잠시 숨을 삼켰다. 모자가 얼굴을 다 파묻도록 고개를 숙인 채 말했다.

"스승님을 다시 보고 싶어요."

띠링!

경쾌한 알림음과 함께 랜드로서의 눈앞에 퀘스트 창이 떴다.

[잃어버린 마스터를 찾아주세요.]
지하 마탑으로 내려간 파이어 마스터 '셀라'를 찾아야 합니다.
퀘스트 보상:엘베의 키스, 얼음사자의 이빨 목걸이 등.

수락하시겠습니까?(Y/N)

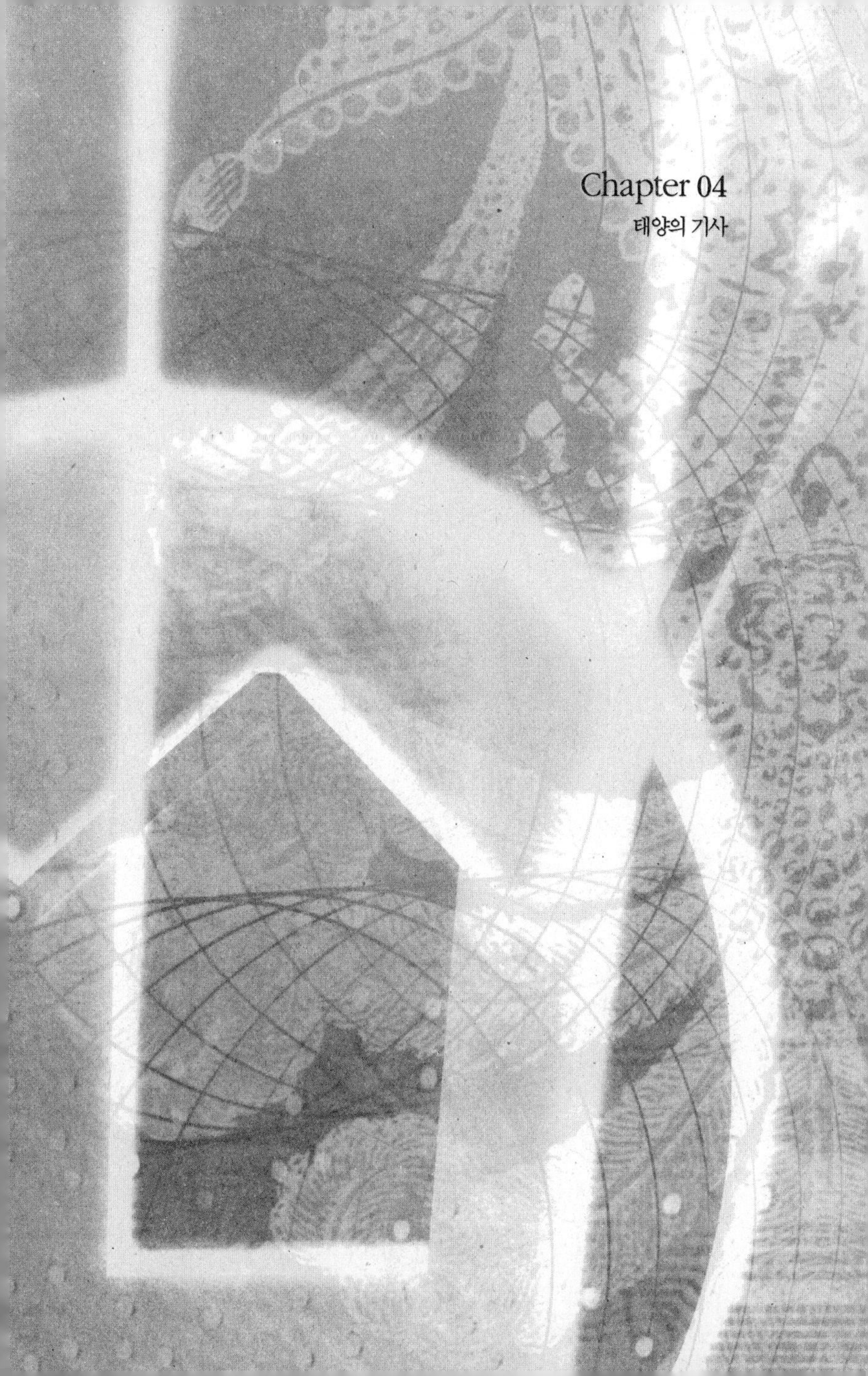

Chapter 04
태양의 기사

현실 시간으로 다음날.

일행은 초급 마법사용 스크롤 상점에 모여 있었다.

엘베가 낑낑거리며 두꺼운 카펫을 걷었다.

드러난 낡은 마루 가운데 네모난 문이 있었다.

"이곳이 탑 입구예요. '금의 열쇠'를 사용하면 탑 내부로 들어가실 수 있을 거예요."

엘베는 목에 걸고 있던 펜던트를 풀어 랜드로서에게 건네주었다. 달걀을 세로로 자른 듯한 모양의 금색 돌이었다.

"이건 탑 입구의 열쇠일 뿐이에요. 최하층으로 바로 갈 수 있는 열쇠는 스승님만이 가지고 계셨어요. 아마 스승님은 최하층에 계실 테니… 좀 걸으셔야 될 거예요."

"걷는 것만으로 최하층으로 갈 수 있는 거야?"

엘베는 질문의 의미를 모르겠다는 듯이 고개를 갸웃했다.

"아마도 그렇겠죠?"

"모른다는 뜻이구나."

랜드로서의 말에 엘베는 곤란한 표정을 지었다.

"저는 지하로 내려갈 수 없어요. 지하가 어떤 구조인지도 잘 모르고. 같이 가고 싶지만… 여기서 기다리고 있을게요."

그리고 엘베는 허리가 반으로 접히도록 고개를 휙 숙였다.

"도와주셔서 감사해요!"

랜드로서는 지하실 문을 당겨 열었다.

끼이익—

네모난 문을 통해 어두운 내부가 보였다. 안에서 연한 바람이 솔솔 흘러나오고 있었다. 바람의 온도는 약간 차가웠다.

"나비 소환."

잉그리타가 길들여 두었던 흰 늑대를 소환했다.

그녀의 발 앞이 반짝 빛나더니 새하얀 늑대 한 마리가 모습을 드러냈다.

거울의 숲에서 랜드로서에게 달려들었던 바로 그 늑대다. 녀석은 나타나자마자 "컹!" 하며 랜드로서에게 달려들려다가 잉그리타에게 혼났다.

"앉아!"

바닥에 앉아서도 헥헥거리며 꼬리를 흔드는 녀석이었다.

'길들이기' 스킬은 원래 사냥꾼의 스킬이다. 하지만 랜드로서가 혹시나 싶어 시도해 본 결과, 마족 전원이 '길들이기'를 익힐 수 있었다.

그래서 랜드로서는 어제 일행을 끌고 거울의 숲으로 갔다.

거울의 숲에 있던 늑대들은 오랫동안 외로웠다는 듯이 신나게 일행을 향해 달려들어 왔다. 덕분에 랜드로서를 비롯한 일행들은 흰 늑대에게 깔려 컥컥거리며 '길들이기' 스킬을 수련해야 했다.

여유가 있는 건 잉그리타뿐이었다. 그녀는 달려드는 흰 늑대를 능숙하게 피하고, 그 등을 지그시 누르며 '길들이기' 스킬로 제압했다. 그 모습을 보면서 레이니가 중얼거렸다.

"역시, 늑대 여왕님."

그렇게 일행은 각자 충분한 수의 흰 늑대를 길들여 가졌다.

한 번 길들인 생물은 언제든 '소환' 명령으로 불러내거나 '소환 해제' 명령으로 사라지게 할 수 있다. 아직 약해빠진 일행에게는 큰 도움이 될 거라고 생각했다.

"나비야, 내려가 봐."

잉그리타가 흰 늑대의 등을 가볍게 두드렸다. 흰 늑대는 열린 지하실 문 안으로 훌쩍 뛰어들었다.

흰 늑대는 소리없이 어둠 속을 가로질렀다. 곧 탁, 하고 낮은 발소리를 내며 착지했다.

흰 늑대는 고개를 들어 일행을 보았다. 털이 은은한 빛을 발하고 있어 지하실의 새카만 어둠 속에서 하얗게 도드라져 보였다.

"많이 깊지는 않군요."

"길을 밝혀주소서."

아까부터 웅얼거리던 티라미슈가 시동어로 말을 맺었다. 곧 그의 손바닥 위에 축구공만 한 하얀 빛 덩어리가 나타났다.

모두가 눈부셔서 그를 외면했다. 티라미슈는 빛 덩어리를 조심스레 지하실 안쪽으로 던져 넣었다.

"컹!"

흰 늑대가 달리기 시작했다. 멋지게 뛰어올라 떨어지는 빛 덩어리를 낚아챘다.

"야!"

흰 늑대는 착지에 실패했다. 빛 덩어리를 문 채 땅을 굴렀다. 곧 지친 듯 바닥에 뻗어서 헥헥거렸다. 랜드로서는 눈살을 찌푸리며 생각했다.

'저놈은 아무리 봐도 개야. 그것도 머리 달리는 개.'

빛 덩어리 덕분에 지하실의 형태가 보였다.

회색 벽으로 둘러싸인 네모난 공간이었다. 벽 주변으로 새끼줄에 줄줄이 묶인 옥수수와 옷 바구니들과 노끈으로 묶인 책 다발 등의 잡동사니가 보였다.

일행은 밧줄을 타고 하나씩 내려갔다.

지하실 특유의 습한 공기가 느껴졌다. 랜드로서는 벽 앞에 쌓인 잡동사니들을 바라보았다. 문득 벽에 드리운 그림자가 크게 흔들렸다.

'착각인가?

랜드로서는 날카롭게 그림자들을 노려보았다. 순간 그림자들이 그를 집어삼킬 듯 삽시간에 거대해졌다.

'큭! 적인가?'

그는 급히 물러났다. 그때 뒤에서 호통이 들렸다.

"나비야! 가만히 있어!"

뒤돌아보니 흰 늑대가 빛 덩어리를 걷어차고 놀다가 잉그리나에게 혼나고 있었다.

랜드로서는 인상을 쓰며 다시 앞을 보았다. 역시 그림자들은 더 이상 움직이지 않았다.

두리번거리던 티라미슈가 랜드로서가 보고 있는 잡동사니들에 손을 뻗었다. 그리고 '어?' 했다.

"왜."

"이거… 그냥 배경인가 봐요. 바닥에 붙어서 안 움직이는데요."

티라미슈는 바구니 안에 쌓인 옷가지들을 손가락으로 꾹꾹 눌러 보였다. 겉보기에는 천 무더기로 보이던 그것들은 손가락으로 찔러도 돌처럼 움직임이 없었다.

랜드로서는 천장에 달린 옥수수들을 만져 보았다. 새끼줄에 줄줄이 매달아놓은 것 같아 보이지만 실제로는 철심에 매달린 듯 흔들리지 않았다.

"배경 좀 제대로 만들어놓지. 이게 뭐야?"

"덕분에 찾아야 할 장소는 줄어든 것 같네요."

"글쎄……."

랜드로서는 인상을 쓰며 지하실을 둘러보았다. 왠지 입구를 찾는 일부터가 만만찮을 것 같았다.

"일단 열쇠를 사용할 만한 장소를 찾아보자."

일행은 흩어져 지하실을 샅샅이 뒤졌다. 하지만 마법에 관련되어 보이는 물건은 하나도 보이지 않았다.

"이제 더 찾을 데도 없는데……."

티라미슈가 황당한 듯 중얼거렸다. 랜드로서가 파리에게 물었다.

"야, 흑룡. 넌 뭐 아는 거 없냐?"

"저는 충실한 흑룡으로, 인간들과 어울린 적이 없습니다!"

"지금 하고 있잖아."

"지금까지는 그랬다는 소리지요! 지금까진 인간이 절 소환하는 데 성공한 적이 없었으니까요!"

"그래서, 안다는 소리야, 모른다는 소리야?"

"당연히 모르죠! 인간에게 관심이 없었다니까요."

"솔직히 말해. 너 아는 거 없지?"

"무, 무슨 섭한 말씀이십니까! 단지 제 관심사가 아닐 뿐이라니까요!"

한 대 맞을 것 같았는지 파리는 앵앵 소리를 내며 손 닿는 거리를 벗어났다.

그때 한쪽 구석에서 빛이 번쩍 빛났다. 레이니의 의태 시간이 다 된 듯 서큐버스 복장으로 돌아와 있었다.

"아후, 왜 여자 옷만 이렇게 노출이 심한 거야!"

레이니는 양손을 교차시켜 드러난 어깨를 가렸다. 랜드로서는 혀를 찼다.

"오버는… 여름에 명동만 가도 더 심한 애들이 드글드글한데."

"누구 탓인데요?"

"글쎄, 누구 탓일까요?"

레이니는 윽, 소리를 내었다. 불만스레 눈을 동그랗게 뜬 채 항변했다.

"어쨌거나 힘이 되어주고 있잖아요! 나 덕분에 레벨도 많이 올랐다면서요!"

"그거야 그쪽에서 정중히 지원해 줬을 때나 고맙죠. 어쩌다 보니 결과적으로 이렇게 되었다며 생색내는 거 웃기잖습니까?"

"생색낸 적 없어요!"

레이니는 부루퉁해져서 고개를 홱 돌렸다.

랜드로서는 열쇠를 바닥에 대보았다. 반응이 없다. 벽에다가도 대보고 잡동사니들에도 일일이 대보았다. 하지만 어디에도 반응이 없었다.

"입구 찾는 것부터 이렇게 어려우면 내부는 어떨지 불안해지는데요."

티라미슈가 말했다. 랜드로서가 대꾸했다.

"아무래도 간단한 퀘스트는 아닌 것 같다."

"포기하는 게 낫지 않겠어요?"

"하지만 이 퀘스트는……."

랜드로서는 처음에 생각했던 말을 하려고 했다. 그때 뒤에서 레이니의 목소리가 들렸다.

"우와, 된다! 진짜 돼!"

뒤돌아보니 레이니가 날개를 퍼덕여 날아오르고 있었다. 비행 기술 중 가장 기본인 '가벼운 날갯짓' 스킬이다.

그 아래 바닥에선 예쁘장한 꼬맹이 모습의 스타킹좋아가 침을 꿀꺽 삼키며 위를 올려다보고 있었다.

랜드로서는 스타킹좋아의 시선을 따라갔다. 역시나 스타킹좋아의 시선은 점점 높아져 가는 레이니의 치마 속을 향해 있었다. 뭔가 대단한 것이라도 발견한 듯 스타킹좋아는 눈을 크게 뜨고 감탄사를 뱉었다.

"어?"

딱!

랜드로서의 주먹이 스타킹좋아의 머리를 내려쳤다.

"뭐가 그렇게 궁금하냐, 이 에로 꼬맹아?"

"왜 그래요! 열쇠 사용할 곳 찾고 있었는데!"

상황을 파악한 레이니가 급히 땅으로 내려왔다. 치맛자락을 두 손으로 누르며 후다닥 잉그리타의 뒤로 숨었다.

잉그리타가 부드러운 미소로 레이니를 안심시켰다.

"괜찮아요. 속바지가 있어서 치마 속이 보이진 않는답니다."

"어, 그래요?"

레이니는 의아한 듯 치마를 살짝 들어 속을 보았다. 스타킹좋아의 시선이 다시 번개같이 레이니를 향해 돌아갔다.

딱!

랜드로서가 스타킹좋아의 머리를 다시 내려쳤다. 인상을 찌푸리며 물었다.

“너, 대체 몇 살이냐?”

“스불아홉이요.”

‘나보다 나이 많잖아!’

랜드로서는 생각했다. 나이를 밝혀야 하나 망설이다가 스타킹좋아의 머리를 살살 정리해 주었다.

“앞으로는 그러지 마라.”

“그런데 내 옷에 속바지 있는 건 어떻게 아셨어요? 나도 몰랐던 사실을.”

레이니가 잉그리타를 돌아보며 눈을 깜박였다. 잉그리타가 부드러운 미소로 대꾸했다.

“저는 이 세계에 대해 많은 것을 알고 있답니다.”

“NPC라서 그렇단 소리야.”

“응, 그렇구나. 근데 잉그리타 언니는 정말 유저 같아요. 진짜 예쁘고 성격 좋은 언니라 부러워요!”

“레이니도 참 예뻐요.”

잉그리타가 레이니를 꼭 끌아안아 주었다. 그 모습을 스타킹좋아가 참 부럽다는 듯이 바라보고 있었다.

랜드로서가 스타킹좋아를 돌아보자 그는 얼른 천장을 올려다보았다. 그리고 천장의 왼쪽 구석을 가리키며 말했다.

"저거 말이에요, 열쇠와 관계가 있을 것 같지 않아요?"

랜드로서는 그곳을 보았지만 아무것도 보이지 않았다. 그러나 어둠에 눈이 익자 희미하게 얼룩 같은 것이 보이기 시작했다. 그러나 그 정도일 뿐, 천장의 구석을 전부 덮은 어둠 때문에 저게 정말 얼룩인지 눈의 착각인지 제대로 분간하기 어려웠다.

"빛이… 어디 갔지?"

티라미슈는 두리번거렸다. 빛 덩어리는 흰 늑대가 가지고 놀고 있었다.

티라미슈가 흰 늑대에게서 빛 덩어리를 뺐었다. 순간 흰 늑대가 매섭게 달려들었다.

"커엉!"

"우왓!"

티라미슈는 팔을 물리며 나동그라졌다. 잉그리타가 외쳤다.

"나비 소환 해제!"

흰 늑대의 모습이 투명해지더니 사라졌다.

"아후우우……."

놀란 듯 혀를 차며 티라미슈는 물린 팔을 내려다보았다. 사제복은 찢어졌고 피가 뚝뚝 흐르고 있었다.

"길들이기 기술의 단계가 낮아서인지 아직 공격성이 남아 있군요."

잉그리타가 흥미롭다는 듯 말했다. 티라미슈가 억울한 얼굴로 물었다.

“낮다고요? 꽤 수련하지 않았어요?”

“소환물은 충분히 모았지만, 한 종류로만 모아서 수련치가 많이 쌓이지 않았어요.”

불길한 예감을 느낀 듯 티라미슈는 어깨를 움츠렸다. 현재 일행 중 마족이 아닌 것은 그뿐이었다.

“까딱 잘못했다간 우리 편한테 살해당할 것 같은데요.”

“불안하면 티슈님도 인큐버스가 되세요.”

스타킹좋아가 말했다. 랜드로서와 티라미슈가 동시에 외쳤다.

“싫어!”

“싫어요!”

스타킹좋아는 이 격한 반응이 의외라는 듯 눈을 동그랗게 떴다.

“그렇게 정색할 일이에요?”

“정색하지 않는 게 더 이상해!”

랜드로서가 버럭 외치자 스타킹좋아는 배시시 웃었다.

“에이, 그렇게 어렵게 생각하지 말아요. 그냥 눈 한 번 감으면 끝날 일이에요.”

“그렇게 말하니까 더 이상하잖아!”

“아빠하고 뽀뽀한다고 생각해요.”

랜드로서는 한순간 상상해 버리고 말았다. 가족 간의 따스한 광경이 이렇게 괴기스럽게 느껴지긴 처음이었다.

"난 그런 기억 없어! 있었대도 10세 이하야!"

"치유의 손길!"

티라미슈는 스스로 상처를 치료하기 시작했다. 그동안 빛 덩어리를 주위 든 레이니가 빛 덩어리를 위쪽으로 들어 올려 천장을 비췄다.

얼룩으로 보였던 것은 사람 얼굴만 한 크기의 문양이었다.

"눈꽃?"

가운데를 중심으로 나뭇가지처럼 잔가지를 뻗어나간 모양의 검정색 문양이었다. 레이니의 말대로 눈의 결정을 크게 그려놓은 것처럼 보였다.

"가운데가 비어 있군요."

티라미슈가 말했다. 문양의 한가운데 엄지손가락만 한 크기의 빈자리가 보였다.

랜드로서는 '의태'를 풀었다. 연미복의 인큐버스로 돌아와 땅을 박차고 날아올랐다.

천장까지 날아가 보니 과연 문양 한가운데에 동그란 홈이 파여 있었다. 어림짐작으로도 크기와 모양이 열쇠와 비슷해 보였다.

랜드로서는 홈에 '금의 열쇠'를 끼웠다.

열쇠는 홈에 꼭 맞았다. 열쇠가 정확히 끼워진 순간, 열쇠의 표면이 반짝 빛을 내더니 문양 전체가 금색으로 쫙 변화했다.

그리고 바닥이 크게 기울어졌다.

"우왓!"

“꺄앗!”

“게엑!”

서 있던 일행이 전부 미끄러졌다.

지하실이 통째로 회전하고 있었다. 미끄러지던 일행은 벽에 부딪쳤다가 천장으로 쏟아졌다.

천장에는 지하실 입구가 네모나게 뚫려 있었다.

“꺄아악!”

“레이니님! 스킬 사용해요! 가벼운 날갯짓!”

랜드로서가 소리쳤다. 돌아온 것은 비명에 가까운 대답이었다.

“안 돼요! 꺄아악!”

‘스킬 단계가 낮아서 추락 중엔 발동이 안 되나?

랜드로서는 천장이 된 바닥을 박찼다. 쏘아지듯 내려가 막 지하실 입구에 빠진 레이니의 팔을 낚아챘다. 그는 추락하던 레이니의 무게가 팔에 실리며 휘청했으나 곧 안정을 찾았다.

‘됐다!’

그러나 안심하기엔 일렀다. 랜드로서의 눈앞에 안내창이 연속으로 떠올랐다.

규정 무게를 초과했습니다.

가벼운 날갯짓 스킬의 사용 가능 시간이 3초 남았습니다.

랜드로서는 급히 날아오르려 했으나 무거워서인지 고도가

높아지지 않았다. 있는 힘을 다해 레이니를 잡은 팔을 휘둘렀다.

"꺄악!"

레이니는 붕 날려가 바닥이 된 천장에 떨어졌다. 그리고 랜드로서의 눈앞에 다시 안내창이 떴다.

그는 그대로 지하실 입구 밑으로 떨어졌다. 지하실 입구 너머로 이어진 것은 10미터 깊이는 될 법한 원기둥 모양의 방이었다. 랜드로서는 그 까마득한 바닥으로 떨어져 내리고 있었다.

'떨어지면 죽겠다!'

랜드로서는 급히 단거리 순간이동의 주문을 외웠다. 안내문이 떴다.

그리고 바닥이 눈앞으로 닥쳐왔다.

"1호 소환!"

랜드로서가 외치자 바로 앞에 흰 늑대가 나타났다. 랜드로서는 흰 늑대의 등에 떨어졌다.

"캬앙!"

흰 늑대는 비명을 지르며 주저앉았다.

랜드로서는 쿨럭거리며 바닥으로 굴러 떨어졌다. 체력의 대부분을 소모했지만 흰 늑대가 쿠션이 되어준 덕에 간신히 죽지 않을 수 있었다.

주저앉은 흰 늑대는 슬픈 표정을 지으며 투명해져 갔다.

"괜찮아요?"

급히 날아 내려온 레이니가 랜드로서의 앞에 무릎을 꿇었다. 추락의 충격이 덜 가서 쿨럭거리며 돌아본 랜드로서는 우연히 레이니의 숙여진 가슴 사이를 보게 되었다.

그는 급히 고개를 휙 돌렸다. 곧 레이니의 불만스런 목소리가 들렸다.

"뭐예요, 걱정해 줬더니!"

다시 돌아보기 민망했던 랜드로서는 투덜거렸다.

"누구 때문에 떨어졌는데……."

"그러니까 걱정돼서 왔잖아요!"

"예, 예. 병 주고 약 주고, 고맙네요. 끄악!"

레이니가 정강이를 냅다 걷어차는 바람에 랜드로서는 비명을 질렀다. 뾰족한 하이힐 끄트머리는 상당히 위력적이었다. 쭉 줄어든 체력이 생명력 2를 남기고 간신히 멎었다.

"누굴 죽일 셈입니까!"

랜드로서는 진심으로 외쳤다. 하지만 저만큼 가버린 레이니는 팔짱 낀 채 벽을 감상할 뿐이었다.

'저 여자가 정말!'

유일하게 날 수 없는 티라미슈는 잉그리타의 품에 안겨서 내려왔다.

티라미슈의 치료를 받으며 랜드로서가 레이니를 가리켰다.

"야, 네가 쟤보다 가벼운가 보다?"

레이니의 어깨가 움찔하는 게 보였지만 돌아보지 않았다. 티라미슈가 웃으며 대꾸했다.

"그럴 리가요."

열다섯 살이라 크고 있다고 밝힌 티라미슈는 레이니와 키가 비슷했다. 랜드로서가 말했다.

"아니야. 내가 쟤를 붙잡았을 때는 '지정된 무게를 초과했습니다' 라고 떴단 말이야. 넌 별 문제 없이 내려왔잖아?"

레이니의 어깨가 다시 한 번 움찔했다. 잉그리타가 말했다.

"저도 지정된 무게를 초과했어요. 내려오는 거라서 문제가 없었던 거죠."

이 공간은 원기둥 모양의 방이었다. 저 위에 지하실 입구가 보였다.

벽은 돌로 만들어진 듯 회색이었다. 동서남북 네 방향에 각각 아치형의 문이 있었다.

아치문은 전부 위에 부조가 새겨진 화려한 것이었다. 문 위의 부조들은 전부 바람에 옷자락을 휘날리는 날개 달린 사람

모양의 조각이었는데, 비슷한 듯하면서도 얼굴이 각각 달랐
다.

"어느 쪽으로 가지?"

"밑에 뭐라고 쓰여 있네요. 제피로… 스?"

티라미슈가 한쪽에 있는 부조를 올려다보며 말했다. 랜드로
서는 눈살을 찌푸렸다.

"제피로스? 그거 마법사 랭크 3위 캐릭터 명 아니야!"

티라미슈는 고개를 저으며 대답했다.

"동풍의 에로스포스, 서풍의 제피로스, 남풍의 노토스, 북풍
의 보레아스. 그리스 바람신들의 이름이에요."

"그럼……."

랜드로서는 신중한 표정으로 '제피로스' 라고 쓰인 문을 가
리켰다.

"저쪽이 서쪽이란 소리야?"

"아마도요."

랜드로서는 잠시 생각하더니 질문했다.

"그래서?"

"그렇다고요."

랜드로서는 인상을 쓰며 다시 물었다.

"그러니까, 그래서?"

"그렇다고요."

"길 찾는 데는 아무 상관없잖아!"

"상관 있을지도 모르죠. 나는 잘 모르겠지만."

일행은 일단 제피로스부터 가보기로 했다.

아치문을 넘어가자 새하얀 돌로 이루어진 통로가 나왔다. 돌 안에 은색 가루가 촘촘히 박혀 반짝반짝 빛났다.

짧은 통로의 끝에는 흰 돌이 타일처럼 깔린 넓은 방이 나왔다. 한쪽 벽에는 울부짖는 사자 모양의 커다란 휘장이 걸려 있었고, 반대편 벽 가장자리에는 무기를 세울 수 있는 받침대에 십여 개의 창이 나란히 꽂혀 있었다. 모든 것은 새것처럼 반짝거렸고 먼지 하나 떨어져 있지 않았다.

"훈련하는 장소 같지 않아요? 기사나 병사들이 대련하고 훈련받고 그러는 곳."

티라미슈가 두리번거리며 말했다. 잉그리타가 천장을 가리켰다.

"이곳에도 저 문양이 있군요."

천장에는 지하실 천장과 똑같은 눈꽃 같은 문양이 새겨져 있었다.

"역시 가운데가 비었군. 하지만 저기 끼울 것은 없는데."

"저기 방 하나가 더 있네요."

레이니가 안쪽 문을 가리켰다.

일행은 일단 이 방 안을 뒤졌다. 특별한 것은 나오지 않았다.

"그럼 안쪽 방으로 가야겠군."

랜드로서가 안쪽 문의 문고리를 잡았다. 순간, 콰릉! 소리와 함께 그들이 들어왔던 문이 돌로 막혔다.

‘뭔가 나올 기세다!’

랜드로서는 검을 빼들었다. 던전에서 이런 진행은 적이 나
온다는 신호다.

츠츠츠츠—

공기가 끓는 듯한 소리가 나더니 휘장 걸린 벽 앞에서 흰 연
기가 뿜어져 나오기 시작했다. 그리고 그 앞에 은빛 갑옷으로
완전무장한 20여 명의 기사들이 나타났다. 그들은 유령인 것
처럼 반투명한 모습이었다. 무언가에 경의를 표하기라도 하듯
정확히 줄을 맞춰 한쪽 무릎을 꿇고 앉아 있었다.

‘저 갑옷은……!’

랜드로서는 눈을 크게 떴다.

‘베르가못이 입었던 것과 똑같아!’

베르가못과 달리 저들은 반투명한 모습이었지만 갑옷 형태
가 똑같았다.

‘저들도 마족? 하지만 이곳은 대마족병기를 보관한 탑이라
고 하지 않았나?’

척.

하나의 소리를 내며 기사들이 일제히 몸을 일으켰다.

스릉!

기사들은 동시에 검을 빼들었다. 검날을 하늘로 향한 채 외
쳤다.

“마족에게 죽음을!”

랜드로서는 손에 쥐어진 안쪽 방의 문고리를 힘껏 돌렸다.

꿈쩍도 하지 않았다. 그는 문을 당겨보고 걷어차 봤지만 지금 열리는 문은 아닌 모양이었다.

'젠장! 이 좁은 방에 가둬놓고 저 숫자를 상대하라고 하다니!'

랜드로서는 급히 문고리를 놓으며 물러났다.

그때 기사들이 함성을 지르며 뛰어왔다.

"와아아아아아!"

"모서리로!"

랜드로서의 외침에 모두 왼쪽 모서리로 뛰었다. 스타킹좋아만이 얼결에 오른쪽 모서리로 뛰었다.

"티슈! 체인 라이트닝 준비해! 잉그리타! 레이니! 티슈를 엄호해요!"

티라미슈와 랜드로서가 모서리에 등을 붙이고 그 앞을 잉그리타와 레이니가 막아섰다.

"자, 잠깐! 나는요!"

혼자 오른쪽 모서리로 간 스타킹좋아가 당황해 외쳤다. 기사들이 이미 가까워져 왼쪽 모서리로 달려올 시간이 없어 보였다. 랜드로서가 외쳤다.

"파이팅!"

"어쩌라고요!"

"알아서 해요!"

기사들은 해일처럼 몰려오고 있었다. 바닥이 심장 소리처럼 울렸다. 티라미슈가 암송하는 주문어가 귓속을 낮게 파고

들었다.

쉭!

찔러 들어오는 검을 잉그리타가 고개 젖혀 피했다. 콱! 검은 랜드로서의 머리 옆에 박혔다.

'히익!'

랜드로서는 외던 주문을 잊어버릴 뻔했다. 잉그리타가 몸을 낮추며 수먹을 날렸다.

"하앗!"

쩡!

잉그리타의 주먹이 기사의 배를 강타했다. 쇠몽둥이로 친 듯한 충격에 기사는 비틀거렸다. 잉그리타는 연속해 높은 돌려차기로 기사의 머리를 후려쳤다.

캉!

투구의 캡이 부서지며 기사는 거의 옆으로 회전하듯 거꾸러졌다. 좁은 공간에서 돌려차기를 한 잉그리타도 벽에 발뒤꿈치를 부딪쳐 깽깽거렸다.

한 명이 쓰러지자 기사들은 잠시 동요했다. 그러나 곧 일사불란하게 부상자를 들어내고 뒷줄의 멀쩡한 기사가 걸어나왔다.

'좋지 않아.'

랜드로서는 긴장했다. 모서리를 이용해 잉그리타와 레이니가 각자 1대 1로 기사들을 상대할 수 있게 했지만, 이쪽은 한 번 쓰러지면 끝인 반면 저쪽은 계속 사람을 바꿀 수 있다. 게

다가 잉그리타는 믿을 만했지만 레이니는 불안했다.

랜드로서는 마지막 수단을 쓸까 하다가 그만두었다. 일단은 광역 마법에 집중하기로 했다.

'마법으로 단번에 승부를 보자. 여긴 그걸로 가능할 거야.'

챙!

"익!"

레이니는 막 내려쳐진 검을 왼팔의 건틀릿으로 막았다. 흑 기사의 고유 스킬 '흑의 갑옷' 의 발동으로 생겨난 방어구다.

"이얍!"

레이니는 기사의 몸체를 향해 검을 찔러 넣었다. 검에 익숙 지 않아 불안한 자세였다.

카각!

검은 흉갑의 둥그스름한 부분에 부딪쳐 빗겨났다. 레이니는 균형을 잃고 휘청했다. 왼손으로 단검을 빼든 기사가 레이니 의 목을 향해 단검을 내리꽂았다.

그때 랜드로서가 광역 마법 '템페스트' 의 시동어를 외쳤다.

"폭풍우여! 휘몰아쳐라!"

쉬이이잉!

매서운 바람이 기사들에게 휘몰아쳤다. 기사들은 거센 바람 을 견디느라 몸을 낮췄다. 바람에 섞인 빗물이 시야를 뒤덮어 한동안 아무도 움직일 수가 없었다.

다다다닥! 다다다닥!

우박 섞인 빗줄기가 그들의 갑옷을 맹렬히 때렸다.

그러나 바람이 잔잔해진 후에 기사들은 그 자리에 그대로 서 있었다. 갑옷에서 물기가 뚝뚝 떨어졌지만 별로 피해 입지 않은 모습들이었다.

"광역 마법 그거밖에 없어요?"

레이니가 버럭 외쳤다.

뒤이어 티라미슈가 시동어를 외치며 양팔을 앞으로 뻗었다.

"빛의 그물로 심판하소서!"

티라미슈의 양 손끝에서 흰 번개 줄기가 뻗어 나왔다.

파지지지직!

번개 줄기는 사방으로 갈라지며 기사들 전체를 덮쳤다. 흰 번개 줄기가 기사들의 몸에서 몸으로 튀어 오르며 번쩍번쩍 빛났다. 번개에 휘말린 기사들의 몸이 격렬하게 떨렸다.

그리고 번개는 사그라졌다. 격렬히 몸을 떨던 기사들은 인형처럼 쓰러졌다.

"우와! 멋지다!"

레이니가 신이 난 듯 팔을 앞으로 뻗어 올리며 외쳤다.

그러나 그녀의 자세는 곧 떨떠름해졌다. 쓰러졌던 기사들이 하나씩 몸을 일으키고 있었기 때문이다. 은빛 갑옷 가장자리가 새카맣게 그을린 채 흰 연기를 뿜으며 일어나 서는 기사들의 모습은 상당히 괴기스러웠다.

"한 놈도 안 죽었어?"

레이니의 외침에 보답하듯 앞 열의 두 명이 끝내 일어나지 못하고 쓰러졌다. 투명해져 가는 그들의 모습을 보며 기대를 품었으나 그 이상 쓰러지는 기사는 없었다. 레이니는 질린 얼굴로 티라미슈를 돌아보았다.

"다시 한 번 가죠!"

"한 시간에 한 번밖에 못 써요!"

티라미슈의 대꾸에 레이니는 창백해졌다.

그러나 곧 몸을 낮추며 기사들을 노려보았다.

"빨리 회복해요! 버텨볼게요!"

기사들은 척척 앞으로 걸어나왔다.

후끈한 열기가 얼굴에 끼쳐 왔다. 번개를 견뎌낸 기사들의 갑옷이 열기를 뿜고 있었다.

"큭!"

기사의 목덜미를 후려친 잉그리타가 움찔하며 팔을 거뒀다. 기사들의 갑옷은 손을 댈 수 없을 정도로 뜨거워져 있었다.

퍽!

기사의 주먹이 잉그리타의 얼굴을 후려쳤다. 잉그리타의 고개가 뒤로 젖혀졌으나 곧 자세를 되찾아 기사의 턱을 후려쳤다.

기사는 뒤로 나가떨어져 투명해져 갔다. 생명력이 거의 남지 않았던 것이다. 그러나 투명해져 가는 동료를 뛰어넘으며 그 뒷열의 기사가 잉그리타에게 검을 내려쳐 왔다.

잉그리타는 검을 피할 공간이 없었다. 몸을 낮추며 돌진해 기사의 몸을 들이받았다.

쿠당탕!

기사는 나가떨어졌으나 뜨거운 갑옷을 온몸으로 맞부딪친 잉그리타도 주저앉았다. 또 뒷열에서 튀어나온 기사가 그녀를 향해 검을 내려쳤다. 피할 시간이 없는 잉그리타는 떨어지는 검날을 매서운 눈으로 노려보았다.

캉!

그때 레이니가 잉그리타의 앞으로 뛰어들어 검을 막았다. 그리고 원래 레이니의 앞에 있던 기사가 레이니의 옆구리에 검을 찔러 넣었다.

"악!"

기사는 그대로 검을 가로로 잡아당겼다. 상처가 길게 찢기며 피가 쏟아져 나왔다.

콰당!

레이니는 옆으로 무너졌다. 삽시간에 어두워진 시야 속에 검을 들어 올리는 기사의 모습이 보였다.

그때 랜드로서가 시동어를 다시 외쳤다.

"폭풍우여! 휘몰아쳐라!"

쉬이이이잉!

비와 우박 섞인 매서운 바람이 휘몰아쳐 나갔다. 치이이이! 뜨거운 갑옷에 닿은 빗방울이 맹렬한 수증기를 피워 올렸다.

레이니를 노리던 기사는 바람을 견디며 검을 기어이 내리찔렀다. 레이니는 눈을 질끈 감았다.

쩡!

유리가 깨지는 듯한 소리가 났다.

레이니는 눈을 떴다.

검날은 레이니의 목을 찌르기 직전에 멈춰 있었다. 쨍! 째쟁! 쨍! 사방에서 그 소리가 계속 들렸다. 그리고 기사들의 갑옷 전체에 거미줄 같은 균열이 피어나기 시작했다.

짜자작! 짜자자작!

사방에서 들리는 갑옷 갈라지는 소리는 마치 새들이 떼 지어 우는 것처럼 들렸다. 그리고 기사들은 하나씩 무너져 내리기 시작했다.

쿵! 쿠쿵! 쿵!

쓰러지는 기사들의 주변으로 조각조각 바스러진 갑옷 조각들이 튀어 올랐다. 그리고 서 있는 사람은 아무도 없었다.

'끝났… 나?

레이니는 콜록거렸다. 심한 상처는 처음이었다. 시야가 캄캄해지고 몸을 움직일 수가 없었다.

겁이 덜컥 났다.

잘 움직이지 않는 팔을 앞으로 뻗었다. 무엇을 향한 것인지는 몰랐다.

그 손등을 부드러운 손이 덮었다. 그리고 시동어가 들렸다.

"부상 치료."

시야가 확 밝아졌다. 바닥에 번진 피가 비디오를 거꾸로 돌리듯 되돌아오고 찢어진 옷이 합쳐졌다.

또렷해진 시야 너머로 도미노처럼 쓰러진 기사들의 모습이 보였다. 그들의 모습은 점점 더 투명해져 가고 있었다.

손앞에 부서진 갑옷 조각이 있었다.

레이니는 손가락을 뻗어 갑옷 조각을 집었다. 아직 약간의 온기가 남아 있었다.

"괜찮아요?"

티라미슈가 그녀의 허리를 안아 일으켰다. 레이니는 뒤돌아보았다. 그리고 티라미슈를 와락 끌어안았다.

다른 주문을 외우던 그는 주문을 보호하듯 급히 고개를 젖혔다. 손으로는 레이니의 등을 가볍게 두드리며 보호해 놨던 주문을 마저 읊었다.

"치유의 손길."

그의 손에서부터 흰 빛이 퍼져 나와 레이니의 생명력을 회복시키기 시작했다. 그리고 어느새 달려온 스타킹좋아가 '나도 끼워줘요!' 라며 레이니의 등을 꼭 안았다.

"뭣들 하는 거야?"

랜드로서가 이해할 수 없다는 듯 물었다. 그리고 더 이해할 수 없다는 듯 말했다.

"스타킹… 살아 있었네."

"너무해요! 나 혼자만 버려두고! 무서웠다고요!"

"어떻게 살아남은 거야?"

"몰라요. 눈 꼭 감고 모서리에 붙어 있었어요. 계속 싸우는 소리 들리는 게 무서웠다고요!"

아무래도 구석에 혼자 있어서 기사들이 스타킹좋아를 적으

로 인식하지 못한 모양이다. 운 좋은 녀석. 랜드로서는 혀를
찼다.

좀 안정되자 레이니는 티라미슈에게서 떨어졌다. 그녀의 손
바닥에는 갑옷 조각이 남아 있었다.

"대체 어떻게 된 거예요?"

"마법 조합이죠. 처음에 썼던 건 물—전격이었고."

"그건 알아요. 물 묻은 자리에 전격 마법을 쓰면 더 넓게 번
지고 타격도 커진다고. 그런데 그 위에 다시 물을 붓는다고 갑
옷이 깨져요?"

"두 번째는 전격—물이 아니라 열—냉각일걸요."

확인을 요하듯 티라미슈가 랜드로서를 올려다보았다. 랜드
로서가 대답했다.

"될지 안 될지는 도박이었지만."

어차피 광역 마법 그거 하나밖에 없었고, 라는 말은 굳이 하
지 않았다. 티라미슈가 말했다.

"체인 라이트닝 때문에 기사들 갑옷이 뜨거워져 있었으니
까요. 거기다 물 부어서 식힌 거죠. 사실 갑옷만 부수지 타격
이 크지 않아서 잘 안 쓰는 조합인데 용케 알고 있었네요."

"흰 꽃 늪지대에서 그거 맞고 죽을 뻔했거든."

"형이요?"

티라미슈가 의아한 얼굴을 했다. 랜드로서는 사라져 가는
기사들 무더기를 돌아보았다.

"생명력이 얼마 안 남았을 땐 뭘 맞아도 치명상이야."

기사들이 사라진 바닥에는 낡은 장갑 하나와 구리 색 반지 하나, 놋쇠 열쇠 하나와 말린 꽃 한 다발이 남아 있었다.
그것들을 집어들어 자세히 살피자 아이템 정보창이 떴다.

[놋쇠 열쇠]
놋쇠 열쇠다.

'누가 모르냐?'

[말린 꽃 한 다발]
말라 버린 꽃 한 다발이다.

'어쩌라고!'

[낡은 장갑]
오래되어 구멍이 났다. 이대로는 사용할 수 없을 것 같다.

'이 인간들이!'
그나마 구리 색 반지 하나만 쓸 만했다.

[불완전한 벤틀러의 황동 반지]
벤틀러 알훼스가 착용하던 반지. 매우 오래된 금속으로 만들어져 있다.
박혀 있던 보석이 떨어져 나간 자국이 있다

체력 +20
공격력 +10
방어 +10

레이니의 손 위에 있던 갑옷 조각이 완전히 사라졌다. 랜드로서는 그 위에 반지를 올려놓았다.

레이니는 눈을 동그랗게 뜨고 랜드로서를 올려다보았다.

"이거 나 주는 거예요?"

"빨리 체력 키워요. 조마조마해서 같이 못 싸우겠으니까."

"기왕 주는 거, 좀 좋은 말 하면 안 돼요?"

레이니가 버럭 외쳤다. 티라미슈가 랜드로서에게 손을 뻗었다.

"꽃다발은 나 줘요."

랜드로서는 의외라는 얼굴로 티라미슈를 돌아보았다. 말린 꽃다발을 채가듯 쥐며 티라미슈는 생글 웃었다.

"약물 조제 스킬 있거든요."

"독약이라도 만들 셈이냐?"

"독약도 좋죠. 스치기만 해도 상대를 죽이는 특급 독약 같은 거, 짜릿하지 않아요?"

"전혀."

랜드로서는 새삼 저놈이 대체 왜 성직자를 택했는지 알 수 없다는 생각을 했다.

놋쇠 열쇠는 안쪽의 문에 꼭 맞았다.

찰칵.

열쇠를 넣자 문이 저절로 열렸다.

문 너머에는 오색의 빛이 가득 차 있어 안쪽이 전혀 보이지 않았다. 옛날 미국 판타지 드라마에서 보던 이계의 문 같은 모양새다.

'들어갈 수 있는 건가?'

랜드로서는 조심히 그 빛 안으로 손을 뻗었다.

순간 주변의 모든 풍경이 회색으로 변했다.

"어?"

랜드로서는 놀라서 옆을 보았다. 주변의 모든 것들이 회색으로, 자기 색깔을 잃은 채 멈춰 있었다.

'시간이… 멈췄다?'

그리고 그의 의식은 오색 빛의 공간 안으로 확 빨려들어 갔다.

그곳은 회색 돌 벽으로 이루어진 방이었다. 어두운 갈색 카펫이 방 중앙에 깔려 있었고, 붉은 벨벳 커버의 1인용 소파들이 흩어져 있었다. 왼편에는 벽난로가 타닥타닥 소리를 내며 불꽃을 유지하고 있었다.

방 제일 안쪽 벽에는 장식용 검 두 자루가 대각선으로 교차해 걸려 있었고, 그 앞에 넓은 책상이 있었다.

책상 너머에는 의자에 앉은 채 등을 돌리고 있는 잿빛 머리의 기사가 보였다.

랜드로서는 그에게 다가갔다. 막 책상 앞에 섰을 때 그가 노한 목소리로 물었다.

"그걸 말이라고 하는 건가?"

누구시죠?

랜드로서는 말하려 했다.

그러나 말은 소리가 되어 나오지 않았다. 안내창이 떴다.

랜드로서는 그제야 자신이 아까의 성기사들과 똑같은 복장을 하고 있다는 사실을 깨달았다. 임무를 마치고 돌아온 성기사가 상급자에게 보고하는 듯한 모양새다.

잿빛 머리의 기사는 등 돌린 채 노염에 찬 말을 계속 토해냈다.

"타이란 성기사단 최고의 영웅이 제 발로 마족의 소굴에 걸어갔다고! 그 말을 지금 나보고 전하께 보고하라는 말인가!"

타이란 성기사단은 이테리아 대륙 남부에 있는 성기사들의 고향 란터티스 왕국의 제1 성기사단이다. 그제야 랜드로서는 옆방 벽에 걸려 있던 휘장이 타이란 기사단을 상징하는 얼음 사자 문장이라는 것을 깨달았다.

그러나 바로 알아볼 수 없었던 것도 당연하다. 랜드로서는 란터티스 왕국에 수없이 갔었고, 왕성 앞에 서 있는 타이란 성 기사단의 모습도 수십 번은 봤다. 하지만 현재 타이란 성기사 단의 갑옷 모양은 이곳에서 본 것과 완전히 달랐다.

'과거라고 했지? 여긴 대체 몇 년도야? 그동안 갑옷 디자인 이 바뀌기라도 한 건가?'

잿빛 머리의 기사는 빙글 돌아 이쪽을 보았다.

그는 30대 중반 정도로 보였는데, 이마에서부터 뺨까지 곳 등을 비스듬히 가로지르는 흉터가 있어 얼굴이 쪼개진 듯 보 였다. 날카로운 눈매로 랜드로서를 노려보며 말했다.

"입이 있다면 말을 좀 해보게! 그런 것도 진실이라고 일일이 다 고해 바치는 게 정말 옳다고 생각하냔 말일세! 참 멋진 신념 이로군! 타이란 성기사단은 조롱거리가 될 걸세! 그동안 바쳐 온 노력과 피는 전부 아무것도 아닌 게 되겠지!"

랜드로서는 역시 아무 말도 못했다. 기사는 다소 부드러운 표정이 되어 말했다.

"자네 마음 다 알아. 혼란스럽겠지. 드라우스는 오랫동안 최고의 성기사였고 영웅이었으니까. 하지만 그의 행동이 그의 마음을 대변하네. 그는 변했어."

드라우스. 랜드로서는 그 이름을 새겨두었다. 잿빛 머리의 기사는 말을 이었다.

"사람들은 쉽게 영웅을 떠받들고 쉽게 내동댕이치네. 물론 진실은 존중받아야 하지. 하지만 세상 모든 사람이 균형있는 판단력을 가졌다고 생각하지 말게. 드라우스가 변절했다는 사실이 알려지면 사람들은 타이란 성기사단 전체를 맹렬히 비난할 걸세. 물론 드라우스의 변절에 대한 비난은 합당한 것이지. 하지만 그들은 온갖 근거없는 소문까지 들춰내면서 우리가 그동안 이 땅을 지키기 위해 흘렸던 피마저도 아무것도 아닌 것처럼 떠들어댈 거야. 이 램팟 전쟁을 치르면서 얼마나 많은 동료들이 장렬하게 전사했던가? 얼마나 많은 귀부인들이 꽃다운 나이에 미망인이 되었던가? 자네는 이 땅을 지키기 위해 목숨을 내던진 수많은 동료들을 영광이 아닌 조롱 속에 내던지고 싶은 건가? 자네가 원하는 정의란 정말 그런 것인가?”

랜드로서는 아무 말도 할 수 없었다. 잿빛 머리의 기사는 왼손으로 책상을 가볍게 쳤다. 그의 손에는 깨알만 한 보석이 박힌 구리 색 반지가 끼워져 있었다.

‘저건?

랜드로서가 눈을 크게 떴을 때 기사가 말했다.

“이제야 이해가 가나? 이 이야기는 절대 외부로 새어 나가선 안 되네. 타이란 성기사단의 드라우스는 빛나는 영웅이었고, 영웅으로서 죽어야만 해. 그렇지 못했다면 그렇게 만들어야 하네.”

기사는 서랍에서 두툼한 일지를 꺼내 내밀었다.

“그는 전투 중에 불행히 전사한 걸세. 앞으로는 그것이 진실이야. 그거 아나? 진실은 단순한 사실보다도 더욱 심오한 의미를 품고 있지. 모두를 위한 일이야.”

랜드로서는 일지를 받아 들었다. 낡은 갈색 가죽 표지의 한 구석에는 드라우스라는 이름이 새겨져 있었다.

"불태워 버리게. 그에 대한 모든 기록을 말소해. 누구 하나 의심을 품더라도 증거를 내놓을 수 없도록."

랜드로서는 일지를 벽난로에 던졌다.

일지는 가장자리에서부터 불이 붙어 타들어가기 시작했다.

그와 함께 이 방도 가장자리에서부터 급속도로 낡아가기 시작했다. 꽃이 피어나듯 낡힌 자국늘이 번졌고 돌 벽 틈새에는 이끼가 돋아났다. 순식간에 수십 년은 손대지 않은 폐가처럼 변했다.

그리고 책상 위에는 우윳빛 보석이 놓여 있었다. 모든 것이 낡은 이 방에서 유일한 새것처럼 보였다.

'열쇠다.'

랜드로서는 방을 뒤져 봤지만 더 이상의 아이템은 나오지 않았다.

나오려는데 문득 벽난로 안에 뭔가가 보였다.

꺼내보니 타다 만 일지였다. 속의 종이는 다 타버렸지만 가죽 표지는 절반쯤 녹은 채 남아 있었다.

'가죽이 녹다니… 이거 비닐 아니야?'

중세풍의 배경에서 합성 가죽을 의심하며 랜드로서는 그것을 집어들었다. 표지 안쪽에서 부스럭 하는 소리가 났다.

표지 안쪽에 종이 한 장이 끼워져 있었다. 펼쳐 보니 손으로 쓴 글씨가 보였다.

제게
더욱 큰 고난을 주옵소서.
무수한 밤을 치떨리는 분노로
잠 못 이루게 하소서.
따뜻한 잠자리를 벗어나
낯선 곳에서 헤매게 하소서.

중간은 타서 읽을 수가 없었다. 맨 아랫줄만 간신히 보였다.

그것이 제가 바라는 꿈이나이다.

'변태냐?'
랜드로서는 인상을 썼다.
일단 일지를 품에 넣으며 방을 나왔다.

랜드로서는 처음의 방으로 돌아왔다. 회색빛으로 멈춰 있던 방은 곧 제 색을 찾으며 다시 시간이 흘러가기 시작했다.
그러나 전과 완전히 같지 않았다. 이 방도 내부의 방처럼 낡은 모습으로 변해 있었다.
돌 벽 사이에 이끼가 자라고 벽에 걸린 휘장은 삭아서 구멍이 뚫렸다. 반짝거리던 병장기도 새카맣게 녹슬었다. 천장에 붙은 거미줄마저 끊어져 늘어지고 먼지가 더덕더덕 붙어 있었다.

잉그리타는 차분한 얼굴로 랜드로서를 보고 있었다. 눈이 마주치자 고개를 가볍게 숙였다.

"무사히 다녀오셨습니까, 주인님."

왠지 랜드로서는 그녀가 모든 것을 알고 있다는 기분이 들었다.

'당연히 다 알겠지. NPC니까.'

그리고 귓가에 앵앵거리며 흑룡이 말했다.

"소환수도 안 들여보내 주다니 너무합니다요! 저는 주인님의 충직한 흑룡인데!"

랜드로서는 생각했다.

'저놈은 아무래도 아무것도 모르는 것 같아.'

아무리 생각해도 저 자칭 흑룡이 도움 되는 날은 영영 없을 것 같았다.

랜드로서는 안에서 있었던 일을 간략히 설명했다.

"공식 스토리 게시판에 있네요. 성기사 드라우스. 50여 년 전에 타이란 성기사단의 단장이었군요. 램팟 대전 당시 타이란 성기사단과 대마족사단을 이끈 불패의 영웅이었대요. 마족을 펠로서스로 몰아내는 데 결정적인 역할을 했지만, 마지막 전투에서 전사해 시체도 찾지 못했다는군요. 시체를 찾지 못했다라……. 이런 말 일부러 써놓는 거, 좀 의미심장하지 않아요?"

그새 검색해 봤는지 티라미슈가 말했다. 랜드로서는 아무 대답도 하지 않았다. 티라미슈가 다시 물었다.

"드라우스가 베르가못일까요?"

글쎄.

랜드로서는 대답하려다 말았다. 티라미슈의 시선이 잉그리타를 향해 있다는 걸 알았기 때문이다. 그의 질문은 잉그리타를 향한 것이었다.

그러나 곧 그는 아무래도 좋다는 듯 말을 돌렸다.

"뭐, 계속 진행하다 보면 나오겠죠. 의외로 복잡한 스토리인데요?"

랜드로서가 날아올라 흰 보석을 천장의 문양 한가운데 끼웠다. 달칵 하고 정확히 맞는 소리가 나더니 문양 전체에 흰색이 쫙 퍼져 나갔다.

땅 위의 일행은 몸을 낮춘 채 방의 회전에 대비하고 있었다.

덜컹!

문양이 완전히 흰색으로 변한 순간, 방 전체가 위아래로 크게 흔들렸다. 날고 있던 랜드로서는 천장에 머리를 세게 부딪쳤다.

"큭!"

그는 휘청거리며 바닥에 착지했다. 옆에 콰쾅! 하고 커다란 돌이 떨어지는 게 보였다.

'웬 돌이⋯⋯.'

랜드로서는 위를 보았다가 흠칫 놀랐다. 천장이 사방팔방으로 갈라져 돌들이 쏟아져 내리고 있었다.

눈앞에 안내창이 떴다.

> 벤틀러의 봉인이 해제되었습니다 (남은 봉인 수:3).
> 방이 무너집니다. 빨리 대피하십시오.

"앞을 가리지 마!"

랜드로서는 안내창을 주먹으로 후려쳐 닫았다. 일행은 전부 허겁지겁 복도로 뛰어나갔다.

'으악!'

랜드로서는 뒤돌아보고 흠칫했다. 복도가 통째로 으스러져 내리고 있었다.

모두들 온 힘을 다해 뛰었다. 무너지는 복도는 빠르게 그들을 따라잡았다.

'내가 제일 느려?'

랜드로서는 점점 뒤처졌다. 기를 썼지만 도저히 따라갈 수가 없었다.

"으아악! 깔린다!"

바로 옆에서 비명이 들렸다. 스타킹좋아가 랜드로서와 나란히 달리고 있었다.

'혼자는 아니군.'

좋아할 때가 아니었다. 등에 자잘한 돌이 마구 튀는 게 뒤돌아보기 무서웠다.

“팬티스타킹 소환!”

스타킹좋아가 자신의 흰 늑대를 불렀다. 흰 늑대가 나타나자마자 그 등에 훌쩍 올라타 명령했다.

“달려라! 팬티!”

‘그런 이름 짓지 마!’

쾅!

랜드로서의 등에 큰 충격이 왔다. 랜드로서는 앞으로 쓰러졌다. 뒤돌아보자 무너지는 복도가 통째로 그를 덮쳐 오고 있었다.

비명을 지르지 않은 건 최후의 이성이었다.

“바람의 숨결!”

번쩍!

바로 다음 순간 랜드로서는 앞서 달리던 동료들 옆에 있었다. 그는 급히 몸을 일으켜 다시 달리기 시작했다. 스타킹좋아를 태운 흰 늑대가 훌쩍훌쩍 떨어진 돌들을 타넘으며 앞서 달려갔다.

“꺄핫!”

복도가 끝나자마자 레이니가 발을 헛디뎠다. 바로 앞에 있던 잉그리타를 덮치며 넘어졌다. 그 뒤에서 뛰던 티라미슈가 넘어진 두 사람에게 걸려 같이 넘어지고, 허겁지겁 뛰던 랜드로서는 그들 옆에서 자기 혼자 발이 삐끗해 바닥에 턱을 박았다.

　랜드로서의 앞에 안내창이 깜박거렸다. 흰 늑대를 소환 해제한 스타킹좋아가 아가씨들의 무리에 뛰어드는 것이 보였다.

　랜드로서는 벌렁 돌아누워 위를 보았다. 까마득한 천장에 지하실 입구가 조그맣게 열려 있었다. 랜드로서는 속으로 절규했다.

　'마법사는 정말 싫어!'

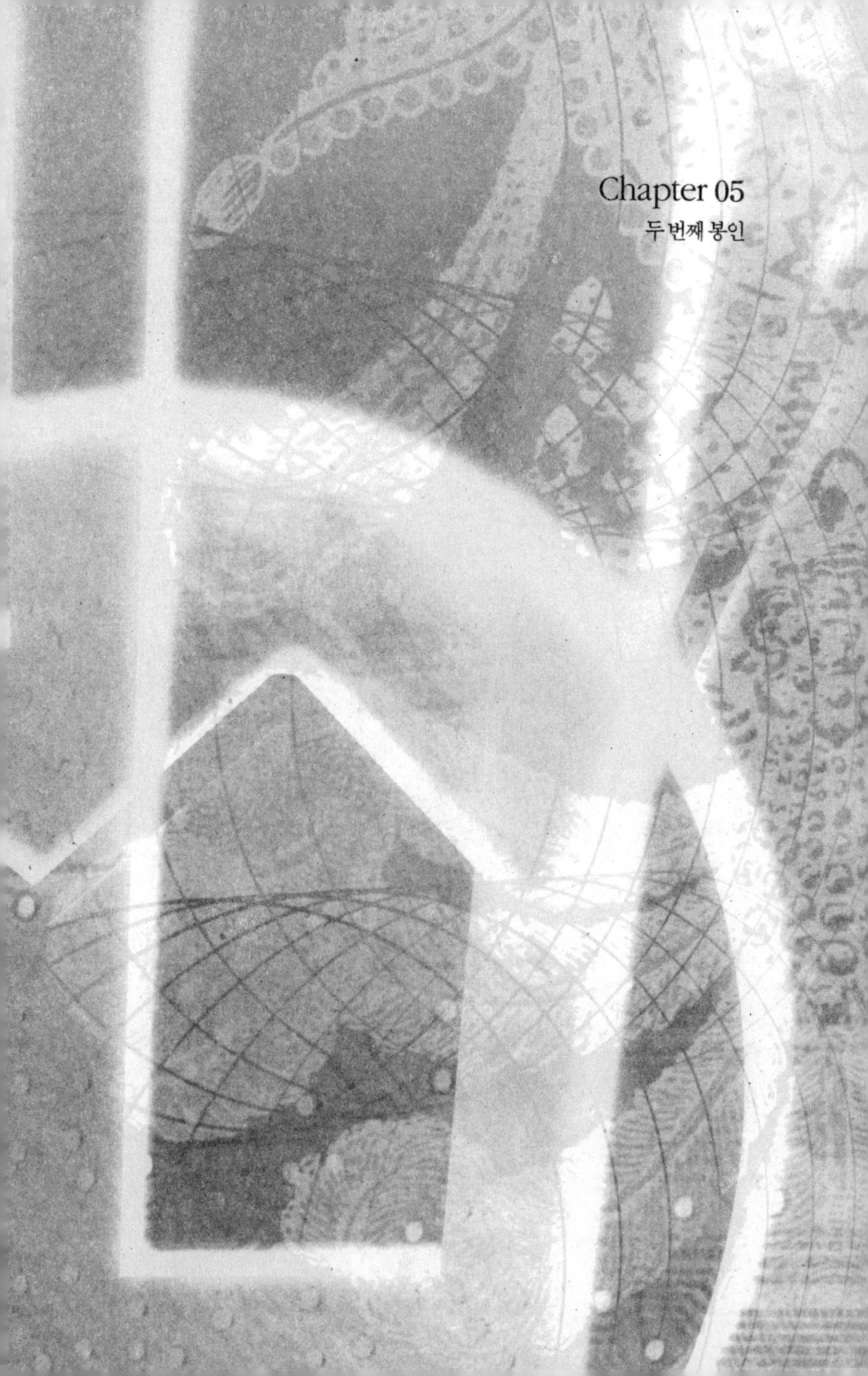

Chapter 05

두번째 봉인

　제피로스의 통로는 완전히 무너졌다. 무너진 돌무더기 위에 뺨이 세로로 쪼개진 제피로스의 얼굴이 얹혀 있었다. 그건 마치 눈물을 흘린 듯 보였다.

　나머지 세 개의 통로는 무사히 남아 있었다.

　일행은 다음 진행 방향을 북풍의 보레아스로 정했다. 보레아스의 부조가 가장 마음에 든다는 레이니의 주장에서였다.

　보레아스의 아치문 너머는 새카만 어둠이었다.

　"불길한데."

　너무나 어두워서 아무것도 보이지 않았다. 옆에서 부드러운 누군가가 랜드로서를 꼭 안았다. 랜드로서는 거의 풀쩍 뛰었다.

"누구야!"

"엑?"

레이니였다. 그녀는 항변했다.

"미안해요! 잉그리타 언니인 줄 알았어요!"

"어떻게 나랑 잉그리타랑 헷갈립니까?"

"어, 어두우니까 그럴 수도 있죠!"

그녀는 그런 말을 하면서도 손에 닿는 랜드로서의 옷자락을 꼭 쥐었다. 정말 무섭긴 무서운 모양이다.

그는 적당한 방향을 향해 말했다.

"티슈, 불 좀 켜봐."

"불 켜는 것보단 다른 곳으로 가죠? 이쪽 좀 불길하네요."

티라미슈의 목소리는 반대방향에서 돌아왔다. 레이니가 반가운 반응을 보였다.

"찬성이에요! 사실 저도 좀 무섭거든요."

일행은 방금 들어왔던 방향으로 되돌아 걷기 시작했다.

그러나 랜드로서는 네 걸음 걷고는 우뚝 멈춰 섰다. 레이니의 불안한 질문이 들렸다.

"저기, 우리가 이쪽 방향으로 들어왔던 것 맞죠?"

잘못 갈 리가 없었다. 아치문에서 고작 세 걸음 정도 들어왔을 뿐이니까.

랜드로서는 사방으로 팔을 뻗어보았다. 굉장히 넓은 방 중앙에 있는 것처럼 손에 닿는 벽이 전혀 없었다.

"길을 밝혀주소서!"

티라미슈가 빛의 마법을 사용했다. 한순간 그가 불러낸 빛
이 빛나더니 티라미슈가 사라졌다.

"에에에엑?"

그가 불러냈던 빛도 함께 사라져 주변은 다시 완전한 암흑
이 되었다.

"티슈님! 티슈님!"

대답은 돌아오지 않았다. 랜드로서는 귓속말을 전했다.

─어디야?

돌아온 것은 안내창이었다.

> 티라미슈님은 현재 귓속말이 닿지 않는 지역에 있습니다.

'뭐야, 이거……'

일단은 이곳을 탐사해 보기로 했다.

스타킹좋아의 소지품 중에 실 꾸러미가 여러 개 있었다. 기
준점으로 잉그리타에게 실 한쪽 끝을 쥐게 하고, 실을 풀어가
며 한 방향으로 쭉 나가보기로 했다.

랜드로서는 실을 풀며 앞으로 나아갔다. 레이니가 따라왔
다.

"같이 가요."

랜드로서는 의외라고 생각했다.

“왜요. 잉그리타 옆에 있지.”

“사람이 옆에 있어야 덜 무서울 것 같단 말이에요.”

“잉그리타는 사람 아닙니까?”

“사람 아니잖아요.”

레이니의 대답에 랜드로서는 괜히 불편한 기분이 들었다.

‘사람이 아니긴 하지.’

문득 잉그리타의 옆에는 스타킹좋아도 남아 있었다는 사실
이 떠올랐다. 그럼에도 불구하고 레이니는 ‘사람’을 찾아 랜
드로서를 따라온 것이다.

‘스타킹, 완전히 인격을 무시당했군.’

하지만 랜드로서가 생각하기에도 스타킹좋아는 전혀 듬직
하지 않았다.

‘나라고 별로 듬직한 건 아닌데. 뭐, 상관없겠지.’

그렇게 랜드로서는 레이니와 함께 걸었다.

가도 가도 끝도 없는 암흑이었다. 거리감조차 없어서 앞으
로 나아간다는 느낌조차 들지 않았다.

슬슬 지겹다는 생각이 들기 시작했을 때 레이니가 물었
다.

“랜드님은 제로월드에서 제일 좋아하는 곳이 어디에요?”

“왜요.”

“난 얼음의 동굴이에요.”

“아, 거기.”

“가본 적 있어요?”

반가운 기색을 담뿍 담아 레이니가 물었다.

'내가 거길 가본 게 그렇게 기쁜가?'

랜드로서는 알 수 없다는 생각을 하며 대답했다.

"예전에는 많이 갔었죠."

"좋은 곳이죠?"

"그렇죠. 푸른 백곰을 사냥하는 데는 얼음의 동굴 뒤편만 한 장소가 없더군요."

왜인지 레이니는 잠시 침묵했다.

"으음~ 그것뿐이에요?"

'어? 그 근처에 내가 모르는 좋은 사냥터가 있었나?'

랜드로서는 잠시 고민했으나 떠오르지 않았다.

"글쎄요, 얼음 박쥐를 잡기에는 동굴 천장이 너무 높고… 다른 마물을 잡기에는 별로 좋은 장소라고 생각하지 않았는데요. 뭐, 괜찮은 거라도 있습니까?"

"풍경이라던가."

'풍경?'

랜드로서는 잠시 더 고민했다. 하나하나 힌트를 주듯 레이니가 다음 말을 꺼냈다.

"동굴 앞에서 노래 불러주는 눈의 요정들이라던가."

"아, 리메디의 밤에 거기 가면 그 눈의 요정들이 예티로 변해서 달려들어 오는 거 말입니까?"

"에엑? 그래요?"

"그거 별로 경험치도 안 돼요. 별로 추천할 만한 사냥감은 아니더군요. 크고 둔하기만 해서 잡는 재미도 없는데, 힘은 또 쓸데없이 세서 잘못 피했다간 동굴 벽을 다 부숴놓고……."

"아! 그러고 보니 작년엔가 얼음의 동굴이 박살 나 있어서 깜짝 놀란 적이 있었어요. 일주일 후에 복구되긴 했지만… 예티들이 부순 거였나 봐요?"

"그건… 내가 부순 겁니다만."

"에에엑? 동굴을 왜 부숴요!"

"예티들과 싸우느라 좀 큰 기술을 썼더니 동굴이 박살 나더군요."

"에에……."

레이니는 감탄사를 길게 끌다가 생각났다는 듯이 물었다.

"아카익 칼트! 뭐 그런 거 같은 거요?"

랜드로서는 의아함을 느끼며 레이니를 돌아보았다.

"그 기술을 어떻게 압니까?"

그렇게 묻고 나서야 그는 자신이 지난 리메디의 밤 거울의 숲에 가기 전에 거미들을 잡느라 그 기술을 쓴 적이 있다는 사실을 기억해 냈다. 그날의 동영상이 꽤나 돌았으니 그 부분이 포함된 버전도 있을 것이다.

왜인지 레이니가 큭 웃는 듯한 소리를 냈다.

"실감 안 났는데, 진짜 그라인더네요."

"실감 안 날 것까지야……."

중얼거리는 랜드로서를 향해 레이니가 빠르게 말했다.

"그때는 고마웠어요."

"뭐가요?"

"기억 안 나면 됐어요."

랜드로서는 레이니가 새삼 고맙다고 할 만한 일에 대해 생각했다. 이 지하실에 떨어질 때 얼결에 레이니를 구하게 됐던 것?

'걱정하는 거 안 받아준다고 걸어차 놓고는 무슨 소리야? 그리고 몇 분이나 시났다고 그 일을 기억 못하셨어!'

그 일이 아니라 다른 일이라는 생각은 전혀 못하는 랜드로서였다.

실 꾸러미 하나가 다 풀렸다. 그때까지도 아무것도 손에 닿는 것이 없었다.

'너무 넓은데.'

랜드로서는 일단 멈춰 섰다. 실 꾸러미는 여러 개 남아 있었지만, 더 가는 건 의미가 없다고 생각했다.

이 정도로 넓다는 건 무작정 가는 것 외의 다른 방법이 있다는 소리다.

'어딘가 힌트가 있을 것 같은데.'

랜드로서는 이 안에서 뭘 얻을 수 있을까 생각하다가 바닥을 만져 보았다.

손이 닿자 이유도 모르게 가슴이 뛰었다. 손끝이 저리는 어떤 예감. 이제는 이게 무엇인지 알 것 같았다.

'마법이다.'

괜히 입꼬리가 말려 올라갔다. 랜드로서는 빨라지려는 자신을 억누르며 천천히 바닥을 손으로 더듬었다.

그것은 글자였다.

빛

'어쩌라고?'

랜드로서는 그 주변을 계속 더듬어 전반적인 형태를 파악했
다.

바닥에는 신문지 절반만 한 크기의 타일이 쭉 깔려 있었다.
그리고 타일 위에는 각기 다른 글자가 쓰여 있었다.

'빛' 옆의 타일은 '불' 이었다. 그 옆은 '바람' 이다. 그 옆은
'물' 이었고, 그 옆은 '치료' 였다.

'대체 하고 싶은 말이 뭐야?'

랜드로서가 인상을 쓰고 있는데 레이니가 물었다.

"뭐 해요? 뭐 찾았어요?"

랜드로서는 바닥에 쓰인 글자들을 이야기했다. 그러자 레이
니가 선뜻 말했다.

"마법이네요."

"마법?"

랜드로서는 옆을 보았지만 짙은 어둠밖에 보이지 않았다.
여전히 쥐고 있는 소매를 조금 당기며 레이니가 다시 말했다.

"마법에는 여러 종류가 있잖아요?"

"아!"

랜드로서는 티라미슈가 사라졌을 때를 떠올렸다.

'그 녀석 어쩌면, 우연히도 '빛' 위에 서서 빛을 불러낸 게 아닐까?'

실험해 봐서 손해 볼 건 없었다.

랜드로서는 모두를 불러 모았다. '불'의 타일 위에 한데 모여 서게 했다.

"파이어 볼!"

시동어를 외치자 활활 타오르는 불꽃의 공이 랜드로서의 손 위에 생성되었다.

그리고 바닥이 사라졌다.

"으아아아악!"

일행은 땅바닥에 와르르 떨어졌다.

횃불이 밝힌 듯 불그레하고, 동굴인 듯 회색 돌이 바닥에 울퉁불퉁하게 깔려 있는 장소였다.

모두들 엉켜서 자기 팔다리를 찾느라 아우성이었다. 그 와중에 랜드로서의 팔을 누군가가 꼭 안았다.

"레이니?"

내려다보니 스타킹좋아였다. 랜드로서의 팔을 꼭 안은 채 뺨을 비비는 모습에 소름이 끼쳤다.

"뭐 하는 짓이야?"

눈이 마주쳤다. 스타킹좋아의 시선이 팔을 쭉 따라 올라가더니 그 주인이 랜드로서임을 확인했다.

"우웩!"

스타킹좋아는 후다닥 일어나더니 토악질을 했다. 랜드로서는 레이니의 허리 밑에 깔린 다리를 급히 빼내어 달려가 스타킹좋아의 뒤통수를 후려갈겼다.

"변태 같은 짓 하지 마!"

"나도 랜드님 팔인 줄 알았으면 안 만졌어요!"

"그게 더 문제잖아!"

랜드로서는 이놈을 정말 데리고 다녀야 하나 생각했다.

'레이니인 줄 알았잖아!'

랜드로서는 생각했다가 왜 자신이 이런 생각을 하나 싶었다.

'어둡지도 않은데 레이니가 왜 내 팔을 붙잡겠어?'

잉그리타는 이미 멀쩡히 일어나 위를 보고 있었다.

위쪽에는 방금 그들이 떨어졌던 검은 공간이 신문지만 한 크기로 네모나게 떠 있었다. 그리고 곧 닫혀 원래 없었던 것처럼 없어졌다.

"돌아갈 길이 닫혔군요."

"여긴 어디지?"

랜드로서는 옷을 털며 주변을 돌아보았다.

이곳은 정말 동굴 같았다. 제법 높은 천장에서는 물이 똑똑 떨어지고 있었고 앞쪽으로는 스무 걸음가량 통로가 이어지다가 돌로 막혀 있었다.

벽에는 일정한 간격으로 횃불이 걸려 있어 충분히 밝았다.

앞에서 쿵! 소리가 들리며 바닥이 울렸다. 곧 익숙한 목소리가 들렸다.

"빛의 장벽이여! 이곳을 수호하라!"

티라미슈의 목소리였다. 랜드로서는 앞으로 달려갔다. 통로는 무너진 것처럼 막혀 있었다.

그러나 돌에 손을 대자 안내창이 떴다.

Y를 누른 랜드로서는 다음 순간 넓은 방의 한가운데 있었다.

쿵! 쿠쿵! 쿵!

땅이 크게 울리며 뒤에서 무언가가 다가오는 느낌이 났다.

"랜드 형?"

티라미슈의 목소리에 랜드로서는 뒤돌아보았다.

순간, 5m는 될 법한 거대한 사람 모양의 바위 무더기가 이쪽을 향해 주먹을 휘두르는 모습이 시야 가득 들어왔다.

고위의 마법사가 만들어낸 바위 덩어리 전사 스톤 골렘이다. 스톤 골렘 너머 저 뒤쪽에 주저앉아 있는 티라미슈의 모습이 얼핏 보였다.

랜드로서는 급히 뛰어올랐다. 그와 거의 동시에 바위 주먹이 그가 있던 자리를 때렸다.

꽈과광!

골렘의 주먹에 맞은 바닥이 폭발하듯 부서졌다. 잔돌이 랜드로서의 뺨을 때렸다.

랜드로서는 골렘의 주먹 위에 착지했다. 그대로 골렘의 팔을 타고 어깨로 뛰어올랐다. 골렘의 반대편 주먹이 랜드로서를 노리고 날아왔다.

"바람의 숨결!"

번쩍!

다음 순간 랜드로서는 티라미슈의 옆에 몸을 낮춘 자세로 나타났다. 그리고 골렘은 자기 어깨를 때렸다.

꽈광!

바위 어깨 윗부분이 부서져 돌가루로 쏟아져 내렸다. 골렘은 분한 듯 천장을 향해 울부짖었다.

뿌아아아아아ㅡ!

랜드로서는 그동안 재빨리 이 방의 구조를 파악했다. 이곳은 아까의 흰 방만큼이나 넓은 곳이었다. 벽에는 횃불이 일정한 간격으로 켜져 있었고, 바위 골렘의 뒤쪽으로 반짝이는 철문이 보였다.

'저놈을 쓰러뜨리면 저 문을 열 수 있게 되는 건가?

티라미슈는 바닥에 주저앉아 있었다. 다리 부상을 당한 듯했다.

"조심해요, 저놈! 아무것도 통하지 않아요!"

골렘은 울부짖음을 멈추더니 이쪽으로 달려오기 시작했다.

쿵! 쾅! 쿵! 쾅!

바닥이 지독히 흔들렸다. 단거리 순간이동의 재사용 대기 시간이 그때 끝났다.

랜드로서는 주문을 외우며 티라미슈의 어깨에 손을 짚었다. 그때 골렘이 무너지듯 무릎을 꺾었다.

'어?' 하는 찰나, 골렘의 몸이 훅 뛰어올랐다. 빠르게 날아온 그림자가 랜드로서의 머리를 덮었다.

쫘과꽝!

골렘의 육중한 몸이 바닥을 때렸다. 바닥이 폭발하듯 깨어져 나갔다. 천장마저도 바르르 떨며 잔돌 가루들을 훑어 내렸다.

골렘은 느리게 몸을 일으켰다. 그때 뒤에서 튀어나온 랜드로서가 오른손을 뒤로 당기며 외쳤다.

"파이어 볼!"

부앙!

불꽃의 공이 랜드로서의 오른손에 형성되었다. 랜드로서는 그것을 골렘의 다리에 집어던졌다.

파삭!

불꽃의 공은 골렘의 다리에 부딪쳐 힘없이 사라졌다.

"어랏?"

골렘이 어깨를 돌려 랜드로서를 돌아보았다. 쿵쾅거리며 이쪽으로 돌아서기 시작했다.

'젠장!'

랜드로서는 티라미슈를 번쩍 들어 올려 뛰기 시작했다. 다

돌아선 골렘이 쿵! 쾅! 쿵! 쾅! 쫓아 달려오기 시작했다. 티라미슈가 외쳤다.

"아무것도 안 통한다고 말했잖아요!"

"시끄럿!"

그들은 금방 따라잡혔다. 스태미나가 바닥난 랜드로서는 티라미슈를 내던지듯 놓치며 자신도 바닥에 코를 박았다.

그런 그들의 등 위로 골렘이 주먹을 들어 올렸다. 피하기는 커녕 일어날 여유도 없었다.

뻐억!

그때 강한 타격음이 났다.

랜드로서는 뒤를 돌아보았다.

잉그리타가 교차한 양팔을 가슴 앞에 댄 자세로 골렘의 주먹을 받아내고 있었다. 뒤로 쩨 밀려난 듯 그녀의 발 앞에는 밀려난 흔적이 1m가량 생겨나 있었다.

그 옆으로 레이니가 몸을 낮춘 채 뛰어나갔다. 검으로 골렘의 다리를 찔러 들어갔다.

투캉!

검은 튕겨 나왔다. 레이니도 그 반동으로 뒤로 벌렁 넘어갔다.

"꺄앗!"

그와 거의 동시에 잉그리타가 골렘의 주먹을 향해 주먹을 날렸다.

뻐억!

정확히 맞은 주먹은 골렘의 주먹 전체에 충격파를 퍼뜨렸다. 그러나 골렘은 팔을 조금 떨었을 뿐 거의 타격을 입지 않았다. 오히려 주먹을 옆으로 휘둘러 잉그리타의 옆구리를 후려쳤다.

"잉그리타!"

잉그리타는 날려가 바닥에 여러 번 튕겼다. 랜드로서가 앞으로 뛰어나갔다. 내밀어져 있는 골렘의 팔을 양손으로 붙잡았다.

부웅!

골렘이 랜드로서를 떨쳐 내려 팔을 옆으로 휘둘렀다. 간신히 버텨낸 랜드로서는 철봉에 매달린 듯 발을 앞으로 구르며 손을 놓았다. 앞으로 날려간 랜드로서는 골렘의 머리를 온몸으로 안아 간신히 매달렸다. 어깨 위로 올라가려고 버둥거렸지만 힘이 모자라 잘 되질 않았다.

그런 랜드로서를 향해 골렘이 주먹을 휘둘렀다. 간신히 매달린 랜드로서는 피할 여유가 없었다.

"랜드 형!"

순간 랜드로서가 씨익 웃었다.

"바람의 숨결!"

번쩍!

랜드로서는 다음 순간 일행의 옆에 있었다. 그리고 골렘의 주먹이 자신의 머리를 후려쳤다.

뻐억!

골렘의 머리를 이룬 돌이 뒤로 떨어졌다.

쿵!

골렘은 당황한 듯 잠시 멈췄다. 랜드로서가 시동어를 외쳤다.

"아이스 블레이드!"

횡횡횡횡!

허공에 생성된 두 개의 얼음 칼날이 맹렬히 회전하며 골렘의 몸에 가 부딪쳤다. 파삭! 얼음 칼날은 골렘의 다리에 부딪쳐 허무하게 사라졌다. 그리고 골렘은 랜드로서를 인식한 듯 쿵쾅거리며 달려오기 시작했다.

"소용없다니까요!"

"뭔가 통하는 건 있을 거 아냐!"

일행은 급히 옆으로 피하려 했다. 그러나 골렘의 달려가는 방향이 이상했다.

"쟤, 앞이 안 보이는 거 아냐?"

골렘은 일행의 왼편 벽으로 그대로 돌진했다. 꽈과광! 벽 표면이 깨지며 돌이 마구 쏟아져 내렸다. 황급히 흩어지는 일행을 뒤로하고 랜드로서가 시동어를 외쳤다.

"워터 캐논!"

투확!

랜드로서의 손에서 쏟아져 나간 물줄기가 골렘의 다리를 때렸다. 원래 수압으로 상대를 밀어내는 마법인데, 골렘의 다리를 조금 적셨을 뿐 전혀 의미가 없었다.

골렘은 부서진 벽에서 고개를 들어 올렸다. 그리고 물줄기가 날아온 방향으로 달려오기 시작했다.

"지금 장님놀이해요? 자꾸 우리 위치 알리지 말아요!"

"어차피 재 부숴야 하잖아! 뭔가는 통할 거라니까!"

일행은 사방으로 흩어졌다. 골렘이 몸을 일으킨 벽 위쪽에는 커다란 구멍이 뚫려 있었다. 그 구멍에서부터 물이 콸콸 쏟아져 내리기 시작했다.

"웬 물이……."

둑이 무너진 것처럼 물은 콸콸콸 계속 쏟아져 바닥을 적셨다.

주문을 완성한 랜드로서가 뒤를 홱 돌아보며 시동어를 외쳤다.

"라이트닝 애……!"

티라미슈가 그를 덮쳤다. 온 힘을 다해 입을 틀어막았다.

"읍! 으븝! 읍!"

"작작 좀 해요! 모두 전기구이 만들 셈이에요?"

콸콸 쏟아진 물은 어느새 바닥에 흥건히 퍼져 있었다. 이 상태로 전격계 마법을 쓰면 일행 전부가 타격을 받을 것이다. 간신히 티라미슈를 떨쳐 낸 랜드로서가 외쳤다.

"괜찮잖아! 내 마법 정도면! 별로 아프지도 않다고!"

그동안 머리 없는 골렘은 허공을 헤집으며 허우적거리고 있었다. 머리가 없으니 보이지도 들리지도 않는 모양이었다. 손끝에 스파크를 피워 올리며 티라미슈가 살벌하게 말했다.

"정말 안 아픈지 해볼까요?"

"야! 너랑 나랑 마력이 얼마나 차이 나는데! 내 마법이니까 안 아프다고 하는 거잖아!"

"아."

티라미슈는 손끝에 튀던 스파크를 없앴다.

'정식 마법도 아니고… 저건 대체 무슨 기술이야?'

랜드로서가 인상을 쓰는 동안 티라미슈가 말했다.

"약해빠진 형은 익숙지가 않아서요."

랜드로서는 윽, 하고 밀렸다가 사실을 떠올려 냈다.

"헛소리 마! 난 네 앞에서 능력 보인 적 없어!"

"설마 내가 모르고 있었다고 생각한 거예요?"

랜드로서는 또 밀렸다. 티라미슈가 랜드로서의 성향에 대해 어느 정도 눈치채고 있을 거란 예상은 했다. 하지만 그가 그라 인더라는 사실까지 다 알았던 건지, 아니면 그저 '뭔가 있다' 라는 정도의 짐작이었는지는 알 수 없었다.

물은 어느새 발목까지 올라와 찰랑이고 있었다. 허공만 헤 집던 골렘은 열받는지 바닥을 쾅쾅 때렸다. 그리고 막나가자 고 결심했는지 아무 곳이나 팔을 휘둘러대기 시작했다.

"꺄앗!"

갑자기 달려들어 오는 골렘을 레이니가 급히 피했다. 꽈광! 골렘은 뒤편의 벽에 부딪쳤다. 그리고 바로 일어나 바우웅! 뒤 로 팔을 휘두르다 철벅! 물을 튀기며 넘어졌다. 그리고 또 일 어나 벽으로 돌진했다. 꽈릉! 온 동굴이 다 흔들렸다. 몸을 일으킨 골렘은 다시 벽에 부딪쳤다. 꽈릉! 그 벽에도 구멍이 뚫려 물이 콸콸 흘러들어 오기 시작했다. 골렘은 수압에 밀린 듯 바닥에 넘어져 다시 땅을 울렸다.

꽈광!

이른바 난리 부르스였다. 묵직한 놈이 그런 짓을 하니 주변에 영향을 안 줄 수가 없었다. 바닥이 마구 흔들려 일행은 넘어지고 구르고 모두 물 범벅이 되었다. 랜드로서가 외쳤다.

"모두 날아올라! 전격 마법 써볼 테니까!"

"잠깐요! 난 어쩌라고요!"

티라미슈가 외쳤다. 랜드로서의 대답은 상큼했다.

"그냥 맞아!"

"날갯짓 랭크는 형이 제일 높죠? 몇 데인까지 허용이에요?"

제로월드에서는 '데인'이라는 정체불명의 무게 단위를 쓰고 있었다. 랜드로서는 '그냥 맞지 뭘 저렇게 애써 피해'라는 기분으로 대꾸했다.

"70데인."

"됐다!"

티라미슈가 갑자기 품에서 커다란 가방을 꺼내 집어던졌다.

"이제 68데인이에요!"

"저도 70데인까지 허용 가능합니다."

옆에서 차분한 대답이 들려왔다. 어느새 다가온 잉그리타가 티라미슈를 번쩍 들어 올렸다.

"으왓!"

너무나 갑작스런 동작에 티라미슈는 놀라서 잉그리타의 목을 와락 끌어안았다.

'쟤 정말 힘이 넘친다니까.'

랜드로서의 생각을 바닥에 남긴 채 그녀는 천장을 향해 날아올랐다.

그리고 랜드로서는 조금 걱정이 되었다.

'정말 별거 안 할 건데, 왜 저렇게들 거창하게 군담?

또 전혀 안 먹히면 쪽팔릴 것 같은 예감이 들었다.

'에이, 몰라! 여러 가지 시도해 보면 뭔가는 먹히겠지!'

골렘이 난리를 피우며 구멍을 더 뚫어놓은 탓에 물은 삽시간에 불어났다. 랜드로서가 주문을 끝맺었을 때 골렘은 휘청휘청 일어나 서는 중이었다. 거대한 덩치의 허리까지 물이 찼다. 모두가 날아오른 것을 확인한 랜드로서는 시동어를 외쳤다.

"라이트닝 애로우!"

빈약한 한 줄기 번개가 골렘을 향해 날아갔다. 전격계의 가장 기초가 되는 마법이었다. 예상보다 훨씬 약한 번개 줄기에 랜드로서는 한숨을 쉬었다.

그러나,

파지지지직!

번개는 물에 닿자마자 폭발하듯 수백 가닥으로 갈라졌다. 수면 위를 매섭게 튀어 오르며 바깥으로 뻗어나가고 중심부에서는 골렘의 몸을 타고 튀어 오른 번개 줄기들이 거대한 그물

망이 되어 골렘을 통째로 집어삼켰다.

파지지직! 파직! 파직! 파직!

계속 폭발하는 빛으로 동굴 전체가 번쩍번쩍했다. 티라미슈가 말했다.

"저런 걸 그냥 맞으라고요?"

랜드로서도 이번만은 강하게 대꾸할 수 없었다.

"저렇게 셀 줄 누가 알았나."

기사들을 상대할 때, 더 강력한 티라미슈의 마법이었음에도 불구하고 이 정도의 위력은 아니었다. 아무래도 이 마법 조합의 파괴력은 물의 양에 큰 영향을 받는 모양이었다.

번개는 한참이 지나서야 사그라졌다. 골렘은 온몸에서 연기를 피워 올리며 서 있었다.

그리고 곧 산산조각으로 무너져 내렸다.

"성공이다!"

모두들 환호했다.

그러나 곧 여전히 물이 콸콸 쏟아지고 있는 현실을 직시했다.

"여기서 어떻게 나가야 하죠?"

"안쪽에 문이 있었어. 열 수 있는 아이템이 있을 거야."

랜드로서는 물속으로 들어가려 했다. 그때 잉그리타가 말했다.

"잠시만요!"

그녀는 품속에서 단검 하나를 꺼내 아래로 떨어뜨렸다.

단검이 물 표면에 닿는 순간,

파지직!

스파크가 튀어 올랐다.

물속에 가라앉아 가는 단검을 보며 랜드로서는 난감해졌다.

"전류가 아직 남아 있는 건가?"

"섣불리 들어가면 위험해요."

하지만 그렇다고 무작정 기다릴 수도 없었다. 수위는 점점 높아져 가고 있었다. 그리고 그보다 먼저 날갯짓 스킬의 사용 시간이 끝나 버릴 것이다.

"형, 우릴 위해 희생해요."

티라미슈가 물속에 들어가라는 손짓을 했다. 랜드로서가 받아쳤다.

"내가 죽으면 퀘스트도 끝이거든?"

"제가 들어가 볼게요."

레이니가 결심한 얼굴로 말했다. 티라미슈가 급히 만류했다.

"아니에요. 랜드 형이 들어갈 거니까 괜히 힘쓸 필요 없어요!"

"지금 농담할 때냐!"

"형은 전격 마법 내성이잖아요! 자기 아이템 옵션도 까먹었어요?"

"응?"

랜드로서는 순간 멍해졌다. 티라미슈가 외쳤다.

"당장 들어가요, 시간없으니까!"

"젠장!"

랜드로서는 이제야 생각해 내고는 물속으로 뛰어들었다.

파지직!

그가 물에 닿는 순간, 흰 번개 줄기가 그물처럼 피어올랐다. 오히려 멋지다는 생각이 들 뿐 아무런 피해도 입지 않았다. '은자의 반지' 아이템의 옵션인 '진격 마법 내성'의 힘이다.

투명한 물속에는 반짝이는 흰 알갱이들이 무수히 퍼져 있었다. 랜드로서는 곧장 바닥으로 헤엄쳐 내려갔다. 산산조각 난 골렘의 돌덩이들 사이에 반짝이는 것이 보였다.

그것은 유리가 부서진 채 멈춰 있는 작은 회중시계였다.

> [부서진 오렐드의 회중시계]
> 주머니에 넣어 휴대하는 형태의 시계다. 유리가 부서져 시계는 멈춰 있다.
> 마력 +20
> MP +100

랜드로서는 일단 소지품에 추가하며 주변을 둘러보았다.

뭔가 커다란 덩어리가 눈앞을 지나가서 흠칫 놀랐다. 티라미슈의 가방이다.

'일단 저건 무시하고.'

그는 돌덩이 주변을 뒤졌다. 하지만 더 이상의 쓸 만한 물건은 보이지 않았다.

　'열쇠는 대체 어디 있는 거야? 그리고 이 돌덩이들은 왜 안 없어지는 거야?'

　죽은 마물은 투명해지며 사라져야 했다. 하지만 돌덩이들은 투명해질 기미조차 보이지 않았다.

　랜드로서는 낑낑거리며 돌을 굴려 아래를 확인하기까지 했지만 돌 밑에도 아무것도 없었다.

　'사람 엿 먹이려고 작정했나!'

　그는 초조해졌다. 일단 문 쪽으로 헤엄쳐 가보았다.

　문은 거대한 철문이었다. 열쇠 구멍도 손잡이도 없어서 그냥 철판 같았다.

　문 위에 글자가 새겨져 있었다.

이곳은 세상 어디에도 속한 곳이 아니며
오로지 약속으로 만들어졌다.

우리의 운명은 그대로 들어맞았다.
영광을 추구한 자, 치욕 속에 죽었고
무한의 진리를 추구한 자, 거짓에 파묻혔고
미래를 걷던 자, 시간 속에 갇혔으며
순수를 지녔던 자, 끝없는 고뇌 속으로 떨어져 내렸다.

이제야 통탄하니

피 묻지 않은 영광은 없으며

차갑지 않은 진리도 없도다.

지금 이곳에 인간의 지혜를 가두나니

때가 되기 전에 열기를 금하노라.

서둘지 말라.

때가 되면 스스로 열릴지니.

'지금이 열려야 할 때거든?'

랜드로서는 울컥했다. 다시 열쇠를 찾으러 돌무더기로 돌아가려다가 퍼뜩 생각이 났다.

'열려야 할 때라……'

이곳은 마족의 침공을 대비해 만들어진 장소다.

'마족의 군대가 몰려왔을 때 자동으로 열리게 되어 있는 건가?'

지상에 마물의 숫자가 갑자기 늘어나면 열리게 만들어져 있는 건지도 모른다.

랜드로서는 지상의 마물을 갑자기 늘릴 능력은 없었다. 하지만 이 자리의 마물을 갑자기 늘릴 수 있는 방법은 알고 있었다.

"2호 소환!"

흰 늑대가 랜드로서의 옆에 나타났다. 순간,

파지지직!

흰 늑대는 온몸에서 흰 번개 줄기를 뿜어 올렸다. 그리고 투명해지며 사라졌다.

'으악!'

물속에 들어오면 안 된다는 사실을 깜박 잊었다. '미안해'라는 말을 삼키며 랜드로서는 철문을 다시 보았다. 혹시나 하는 생각에 힘껏 밀어보려 했다.

그러나 랜드로서의 손이 닿는 순간, 철문은 덜컹! 소리를 내더니 스스로 열렸다.

그리고 경고창이 눈앞에 떴다.

'끄악! 의태가 풀린 상태로 만지면 안 되는 거였나?'

조금 전까지 물 위를 날고 있었던 탓에 랜드로서는 인큐버스의 모습 그대로였다.

어쨌거나 문은 열렸고, 아까와 같은 오색의 빛이 랜드로서의 앞에 펼쳐져 있었다.

'20분 안에 나가면 되지!'

봉인이 두 개나 남아 있는데 불가능할걸, 이라는 스스로의 비아냥거림을 애써 누르며 랜드로서는 오색의 빛 위에 손을 대었다.

순간 온 세상이 회색으로 변하며 정지했다.

그리고 그의 의식은 빛 너머로 빨려들어 갔다.

뺨에 와 닿는 공기가 따뜻하다.

랜드로서는 눈을 떴다.

가장 먼저 눈에 들어온 것은 터져 나갈 정도로 책을 가득 꽂은 책장이었다. 제법 넓은 방의 한쪽 벽이 전부 책장이었다.

한쪽 벽에는 복잡한 문양과 알아볼 수 없는 설명이 가득 쓰인 설계도 같은 종이가 옆으로 길게 붙어 있었다. 다른 벽 앞에는 작은 서랍이 잔뜩 이어진 서랍장이 있었고, 남은 한 벽은 벽 가득 선반이었다. 선반에는 색색의 액체와 가루와 덩어리들을 담은 유리병들이 빼곡히 차 있었다.

그리고 방 중앙에는 크고 넓은 철제 책상이 있었다. 책상 한쪽에는 두터운 천이 덮여 있었는데, 천 아래 다양한 물건이 있는지 울퉁불퉁했다.

'실험실인가?'

나름대로의 법칙으로 정리되어 있는 것 같지만, 워낙 물건이 많아 어수선한 분위기였다.

랜드로서는 문득 책상 옆에 놓인 긴 거울에 자신의 모습이 비치는 것을 알았다.

그는 20대 후반 즈음 되어 보이는 청년이었다. 큰 키에 남자답게 잘생긴 얼굴이다. 굵직한 금색 눈썹이 비스듬한 흉터에 갈라져 있었다. 낡은 흰 셔츠 위에 검은 재킷을 걸친 편한 차림이다. 허리에 찬 검만이 유난스러울 정도로 매끈하게 빛나고 있었다.

'중요한 인물일 것 같은데.'

랜드로서는 생각했다. 검을 가지고 있으니 일단은 검을 쓰는 NPC. 그리고 이만큼 잘생긴 얼굴이라면 중요 인물이다. 게임사에서도 한 번 지나가고 말 인물의 얼굴에 이렇게까지 공을 들이진 않으니까.

랜드로서는 허리에 찬 검을 뽑아보고 싶었지만 몸이 말을 듣지 않았다. 대신 안내창이 떴다.

이곳은 과거의 공간입니다. 과거에 있었던 일을 체험할 수 있으나 그동안 플레이어는 스스로 말하거나 움직일 수 없습니다. 상영 시간은 5분입니다. 스킵하고 싶으신 분은 [스킵하기]를 눌러주세요.

끼익!

뒤에서 문 열리는 소리가 났다.

갈색 담요 같은 재질의 긴 옷을 걸친 남자가 걸어 들어왔다. 나이는 40대 정도로 보였는데, 얼굴에 주름이 많고 뺨은 홀쭉했다.

그는 부드러운 검은 눈으로 랜드로서를 보더니 반가운 표정을 지었다.

"아, 드라우스! 언제 돌아왔나?"

'드라우스? 지금 내가 드라우스야?'

랜드로서의 의문은 아랑곳 않은 채 그의 몸은 가볍게 고개를 숙이고 있었다.

"오랜만에 뵙습니다, 오렐드님."

"이야기 전해 들었네. 활약이 대단했다면서? 이러다가 얼마 안 있어 말도 못 붙이게 대단한 분이 될지도 모르겠구만."

"그럴 리가 있겠습니끼."

랜드로서는 곤란한 표정으로 웃었다.

오렐드는 책상 쪽으로 걸어갔다. 책상 한 쪽을 덮은 두꺼운 천을 잡으며 말했다.

"잘 왔네. 마침 자네에게 보여줄 게 있어."

그가 천을 걷었다. 천 밑에 덮여 있던 것은 랜드로서의 예상을 뛰어넘는 것이었다.

드라우스도 놀랐는지 말을 잇지 못했다.

"이건……."

그것은 세 살가량 된 여자 아이였다. 의식이 없는 듯 눈을 감은 채 움직임이 없었다. 어깨에 간신히 닿는 검은 머리카락이 가냘픈 목 옆으로 흩어져 있었고, 아무 장식 없는 흰 원피스를 입고 있었다.

원피스 아래 드러난 소녀의 손목과 다리에는 붉은색으로 문자가 가득 적혀 있었다. 읽을 수 없는 문자였지만 마법과 관련된 것이라는 짐작은 할 수 있었다. 랜드로서는, 아니, 드라우스는 버럭 외쳤다.

“뭘 하고 계신 겁니까!”

“놀라지 말게. 이런 모양새를 하고 있어도 마족이니까.”

“무슨……..”

“자네가 지난달에 쓰러뜨린 검은 아라크네를 기억하지?”

검은 아라크네는 커다란 거미 모양의 마물이다. 천 년 나무 숲의 마지막 보스로 나오는 놈인데, 외피가 단단하고 속도가 굉장히 빨랐다.

“그 시체를 연구하려고 가지고 왔는데… 외피를 갈라보니까 이런 게 나오더란 말이야.”

“믿기 힘든 이야기로군요.”

소녀의 피부는 보드라워 보였고, 호흡에 가슴이 규칙적으로 오르락내리락했다. 살아 있는 것이 확실했다.

“아마도 잡아먹혔던 것이겠지. 소화가 다 되기 전에 자네가 그놈을 쓰러뜨려서 뱃속에 이대로 남아 있었던 거야. 천만다행이지.”

“마족이라고 하지 않으셨습니까?”

“그래, 그것도… 내 평생 이런 귀한 실험체를 얻게 되리라 생각지 못했는데 말이야.”

오렐드는 빙긋 미소를 지었다. 랜드로서는 낮게 말했다.

“마족인지는 잘 모르겠지만 어린애입니다. 그냥 풀어주시지요.”

“겉보기에야 그렇겠지!”

오렐드의 목소리가 갑자기 높아졌다. 그는 의자에 털썩 앉으며 말을 이었다.

"자네마저 눈에 보이는 것에 휘둘린다니 실망일세. 자넨 저것이 흉측한 괴물 모양을 하고 있었대도 그런 말을 할 건가?"

"그건 그렇습니다만……."

랜드로서는 고개를 돌려 소녀를 보았다.

"너무 작고 약해 보이지 않습니까?"

"지금이야 그렇지."

오렐드도 소녀를 보며 말을 이었다.

"내가 왜 천만다행이라고 했는지 아나? 자네가 검은 아라크네를 쓰러뜨리지 않았다면 그 검은 아라크네는 나라 한두 개쯤 순식간에 날려 버릴 대재앙이 되었을 걸세."

랜드로서는 잠시 동안 아무 말도 하지 않았다. 한참 만에 물었다.

"저 아이가 대체 무엇이길래 그러십니까?"

"마족에게도 신분이 있다는 건 알고 있나?"

"강한 자가 모든 것을 가진다는 원칙 말입니까?"

"그런 것도 있지만… 우리가 마족이라고 통칭할 뿐, 그들도 하나의 종족은 아니란 말이지. 마족은 굉장히 다양한 종족으로 이루어져 있네. 그 종족 간에 상하 관계도 존재하고 말이야. 물론 하위 종족에서 특이하게 강한 자가 나타날 수도 있겠지만 그런 건 드물 거야. 호랑이보다 강한 고양이가 태어나는 일은 없잖나?"

"무슨 말씀을 하시는지 잘 모르겠습니다."

"역사상 알려진 가장 강력한 마족 중에 이름 앞에 '베르'가 붙는 자들이 여럿 있네. 그것이 어떤 종족을 칭하는 것인지, 아니면 단지 강한 자에 대한 경의의 표시인 것인지는 잘 모르겠지만 그들에게는 공통점이 있어."

오렐드는 품에서 나이프를 꺼내 소녀의 손가락을 살짝 그었다. 핏방울이 손가락 끝에 맺혔다. 그는 그 피를 조심히 바닥에 떨어뜨렸다.

순간, 피가 떨어진 자리의 바닥돌이 와작! 금이 갔다.

랜드로서의 손이 반사적으로 검 손잡이를 쥐었다. 금 간 바닥 틈에서부터 보라색의 넝쿨 같은 것이 폭발적으로 피어올랐다.

'식물?

그것은 순식간에 수십 장의 보랏빛 잎을 펼치며 무릎 높이까지 성장하더니 십여 개의 금색 꽃봉오리를 맺었다. 진짜 금으로 만든 것처럼 꽃봉오리 표면이 금속성으로 반짝반짝 빛났다.

"파스크라. 마계의 식물이라고 알려져 있지. 꽃잎으로 시간의 가루를 만드는 대단히 귀한 재료야."

오렐드는 팔짱을 끼며 말을 이었다.

"나는 '베르'로 시작되는 이름을 가진 이들이 마족의 최상위 종족이라고 생각하네. 그들은 모든 마족의 어머니와 마찬가지야. 그들의 피가 쏟아진 자리에는 온갖 마물들이 새로 태어나네. 기록상으로는 베르켈랏이란 마족이 자신의 피로 켈베로스 백여 마리를 만들어냈다는 이야기가 있어. 지금까지는 그게 거짓말이라고 생각했는데… 이제는 진짜일지도 모르겠다는 생각이 들어."

켈베로스는 머리가 두 개인 개의 형상을 한 마물로, 마법까지 쓰는 강력한 놈이다. 켈베로스 백여 마리라면 도시 몇 개는 순식간에 휩쓸어 버릴 것이다. 오렐드의 말은 이어졌다.

"이 아이가 검은 아라크네에게 잡아먹힌 건 단지 태어난 지 얼마 안 되었기 때문일 거야. 십 년, 아니, 오 년만 더 있었더라도 검은 아라크네 따위는 상대도 안 되는 존재가 되었을걸. 더불어……."

오렐드는 랜드로서를 보며 말을 이었다.

"더불어 자네가 그 검은 아라크네를 제때 죽이지 않았다면, 이 아이를 소화시켜 그 힘을 자신의 것으로 한 아라크네 또한 감당할 수 없는 괴물이 되었을 걸세. 우리에겐 여러모로 천운이 따른 거야."

"그렇다면 빨리 죽여야 하지 않습니까?"

"철저히 봉인해 뒀으니 괜찮네. 저 피는 우리에게 굉장한 힘을 가져다줄 거야."

"위험한 것을 떠안고 있을 필요는 없습니다."

랜드로서의 어투는 단호했다. 오렐드가 말했다.

"언젠가는 마족의 대대적인 침공이 시작되네. 우리에겐 아직 그들에게 제대로 맞설 수 있는 힘이 없어. 어쩌면 이 아이를 얻게 된 것은 하늘의 뜻일지도 모르겠네. 이번 연구로 우리는 마족과 동등한 힘을 얻어낼 수 있을지도 몰라.”

오렐드는 고개를 돌려 벽에 붙은 설계도를 보았다.

“저 아이가 입고 있던 옷 안쪽에 베르엘베르라는 자수가 있더군. 아마 그게 이 아이의 이름일 거야. 나는 이번 연구에 베르엘베르라는 이름을 붙였다네. 그것이 인류의 희망이 되기를 바랄 뿐이야.”

오렐드는 퍼뜩 생각난 듯 주머니에서 시계를 꺼냈다. 은사슬로 주머니와 연결된 회중시계였다.

“이런, 벌써 시간이 이렇게 됐군. 자네도 가봐야 하지 않나?”

오렐드는 소녀를 다시 천으로 덮었다. 그리고 소녀를 덮은 천에서부터 이 방의 모든 것이 급속도로 변화해 가기 시작했다.

저번 방과 달리 낡아가는 것이 아니었다. 방 가득 커다란 책장이 겹겹이 생겨나며 도서관 같은 장소로 변했다. 모든 책장은 엄숙할 정도로 정돈되어 있었고, 먼지 한 톨 날아다니지 않았다.

그리고 랜드로서의 눈이 바로 닿는 책장 위에 검은 돌멩이 같은 보석이 놓여 있었다.

‘열쇠다.’

랜드로서는 방을 뒤져 보았다. 다른 아이템은 없었다. 문득 ‘마 계열 마술사의 수련법’이라는 제목이 눈에 띄어 책을 뽑아 들었다. 소지품에 추가하려 하자 안내창이 떴다.

서서 읽을 만한 마음의 여유는 없었다. 랜드로서는 포기하고 나가려 했다.

문득 바닥에 시선이 갔다.

랜드로서의 발 옆의 바닥에 거미줄처럼 균열이 지나간 흔적이 남아 있었다. 아마 오렐드가 베르엘베르의 피를 떨어뜨린 자리일 것이다. 그곳에는 이미 식물도 드라우스도 남아 있지 않았다.

랜드로서는 균열이 간 바닥의 돌조각들을 치워보았다. 바닥에는 씨앗 같은 것이 놓여 있는 흔적만이 남아 있을 뿐이었다.

'뭔가 있을 것 같았는데, 없네.'

그는 바닥을 손으로 가볍게 쓸었다. 입자 고운 먼지가 손끝에 묻어났다. 그것이 지나간 세월을 말해주는 것 같았다.

그는 돌조각을 다시 맞춰놓고 그 방을 나왔다.

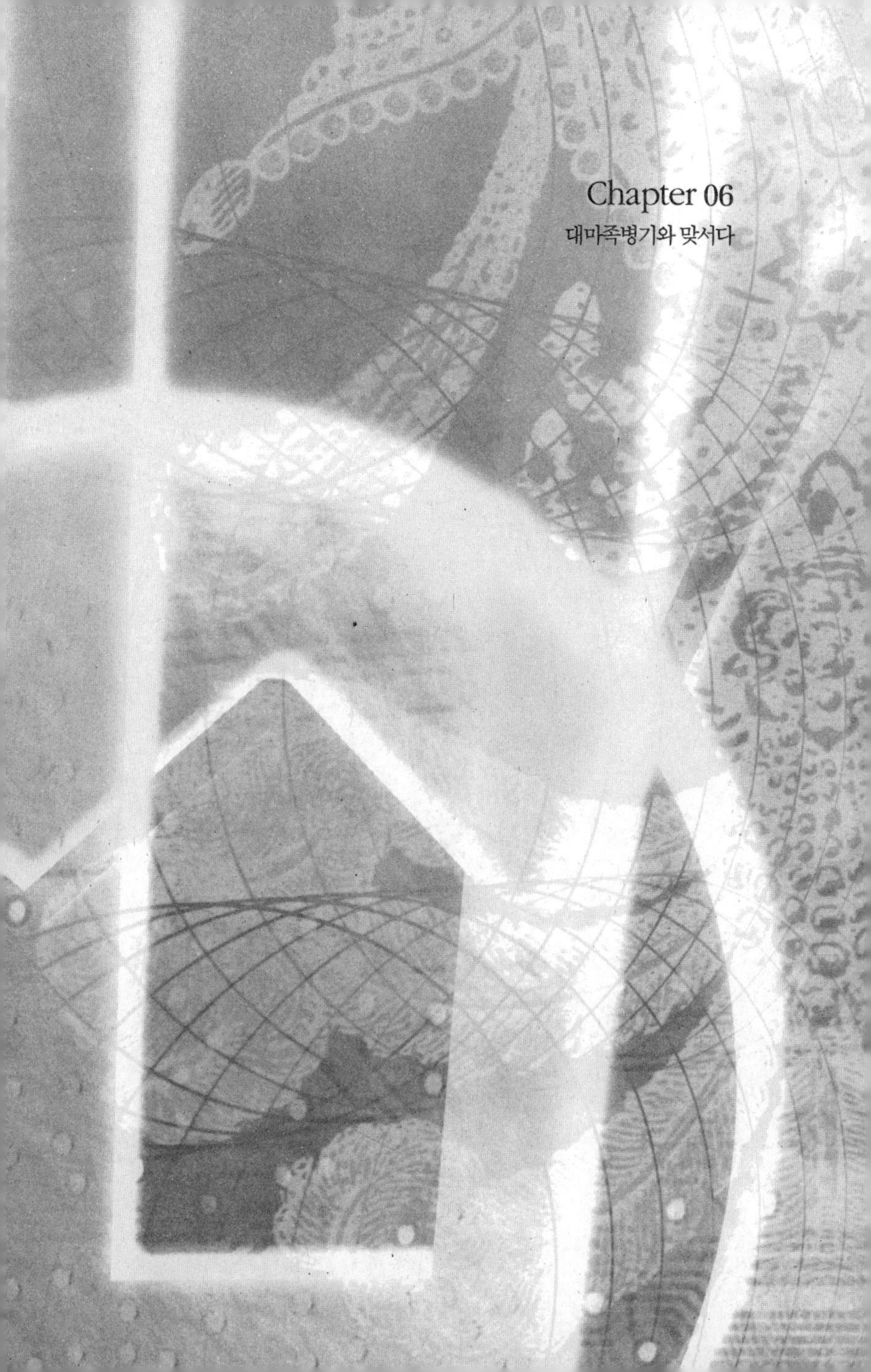

Chapter 06
대마족병기와 맞서다

철문 너머는 물이 가득 찬 채 회색으로 멈춰 있었다. 랜드로서가 문밖으로 발을 디디자 모든 것의 색깔이 확 돌아오며 시간이 다시 흐르기 시작했다.

랜드로서는 위쪽으로 급히 헤엄쳐 올라갔다. 물 밖으로 머리를 꺼내자 모두가 반갑고 불안한 얼굴로 랜드로서를 내려다보았다.

"열쇠 구했어요?"

랜드로서는 검은 돌을 들어 보였다. 티라미슈가 말했다.

"그런데 어디다 끼우는지 모르겠어요!"

"뭐?"

랜드로서는 위를 보았다. 정말 천장에는 아무것도 그려져 있지 않았다.

"잘 찾아봤어?"

"형이 물속에 들어간 동안 내내 찾아봤는데 없어요! 물속에서 찾아봐요!"

"젠장!"

랜드로서는 급히 다시 물속으로 뛰어들었다.

다시 물속으로 뛰어든 랜드로서를 보며 일행은 초조하게 기다렸다.

가벼운 날갯짓 스킬 랭크가 가장 낮은 스타킹좋아가 랜드로서에게 귓속말을 날렸다.

—스킬 시간 40초 남았어요! 서둘러 줘요!

날개에서 힘이 빠져나가는 것이 느껴졌다.

"가련한 노예들 같으니, 겁에 질려 있구만. 쯔쯔."

손 닿지 않는 거리에서 파리가 왱왱거렸다. 티라미슈는 복잡한 표정을 지었다.

사실 천장에 아무것도 안 그려져 있는 것을 보고는 싸우는 동안 틈틈이 바닥과 벽을 살폈던 그다. 그랬는데도 열쇠를 끼울 만한 곳을 발견할 수가 없었다.

'이번 퀘스트는 여기까지겠구나.'

바닥으로 곧장 내려가는 데만도 수십 초는 걸린다. 랜드로서가 뭔가 발견해 낸다 해도 일행은 이미 전부 죽어서 이 탑 밖으로 쫓겨난 뒤일 것이다. 아무리 랜드로서라도 지금의 능력치로는 혼자 이 퀘스트를 완수할 수 없다.

'별수 없지. 애초에 이건 무리한 퀘스트였어.'

티라미슈는 한숨을 쉬었다.

옆에 있던 스타킹좋아의 날갯짓이 멈췄다. 그는 팔다리를 허우적거렸으나 지체없이 아래로 떨어져 내렸다.

"으아아악!"

삽시간에 수면이 눈앞으로 닥쳐왔다.

그때 물속에서 땅이 불쑥 솟아나왔다.

쿵!

스타킹좋아는 그 땅 위에 떨어졌다.

"뭐지?"

모두들 긴장한 채 그 좁은 땅을 내려다보았다.

자세히 보니 그것은 돌로 만들어진 손바닥이었다. 이윽고 손바닥에 이어진 팔이, 머리가 물 밖으로 나왔다.

조금 전 그들과 싸웠던 골렘이었다. 골렘의 머리 꼭대기에는 검은 보석을 가운데 끼운 눈꽃 문양이 그려져 있었다.

"죽은 놈 없지?"

랜드로서가 물 밖으로 나와 날아올랐다. 몸을 완전히 일으켜 세운 골렘은 천장을 보며 함성을 뿜어 올렸다.

뿌아아아아아―!

그리고 천장을 향해 주먹을 올려쳤다.

콰쾅!

단숨에 천장이 뚫렸다. 골렘은 뚫린 구멍까지 올라갈 통로가 되어주듯 손을 천장 바로 아래 펼친 채 멈췄다. 그리고 더 이상 움직이지 않았다.

"모두 저기로 올라가!"

구멍 너머는 작은 방이었다. 바닥에는 '물', '불', '빛', '바람' 등의 글자가 쓰인 타일이 깔려 있었고, 한쪽에는 아치형의 문이 있었다.

모두들 정신없이 문밖까지 뛰었다. 그리고 마지막 랜드로서가 나오자마자 보레아스의 아치문은 무너져 내렸다.

숨을 고르는 일행의 눈앞에 일제히 경고창이 떴다.

경고!

마물이 주요 시설물에 침입하였습니다.

대마족부대의 가동을 준비합니다.

남은 시간 18:ㅁㅁ

"저길 봐요!"

레이니가 외쳤다. 바닥과 벽이 만나는 한쪽 모서리에 30㎝ 정도의 틈이 생겨 있었다.

'바닥이 열리고 있다?'

분명 처음 이곳에 왔을 땐 저런 틈이 없었다. 그쪽으로 달려가 아래를 내려다본 티라미슈가 헉 하고 숨을 삼켰다.

"왜 그래? 뭐가 있길래 그래?"

랜드로서가 달려가 틈 아래를 보았다.

까마득한 아래 바닥에 백 개는 넘을 듯한 은색의 골렘이 줄 맞춰 놓여 있었다.

'메탈 골렘!'

랜드로서는 핏기가 가시는 것을 느꼈다. 메탈 골렘은 특수한 금속을 재료로 한 골렘으로 스톤 골렘보다 강력하다.

위에서 내려다보는 거라 정확한 크기는 가늠할 수 없었지만 대충 조금 전 보레아스의 방에서 싸운 놈과 비슷한 크기로 보였다.

'로터스! 이 미친놈들!'

그놈 하나 상대하는 데도 그 고생을 했는데 백여 개의 메탈 골렘이라니, 도저히 무리다. 그라인더로 돌아가도 한두 놈 잡는 게 고작일 거라고 랜드로서는 생각했다.

"대마족병기답네요."

티라미슈가 질렸다는 듯 중얼거렸다. 랜드로서는 일단 아래의 방을 자세히 살폈다.

아래의 방 역시 원기둥 형태의 방이었다. 이래서 '탑' 이라고 부르는 모양이다.

아래의 방에는 특수한 마법이라도 걸려 있는 것인지 벽 가득 새카만 글자들이 새겨져 있었는데, 그 글자들은 위쪽에서부터 금빛으로 물들고 있었다.

'저 금색이 바닥까지 가 닿으면 대마족병기가 발동하는

건가?

바닥은 10여 미터가량 아래 있었다. 경고창의 시간은 이제 16분으로 줄었다.

"가자!"

랜드로서는 남아 있는 문으로 무작정 뛰어갔다. 동풍의 에로스포스였다.

아치문 너머는 긴 복도였다. 복도 벽 가득 담쟁이 같은 덩굴식물이 붙어 있었는데 그것들의 잎은 녹색이 아니라 푸른빛이었다. 그래서 벽이 거의 파랗게 보였다.

"그렇구나, 오방색(五方色)!"

복도를 달려 통과하며 티라미슈가 외쳤다.

"그게 뭔데!"

"중앙 황색, 서쪽 흰색, 북쪽 검정, 동쪽 청색, 남쪽 적색! 다섯 방위를 나타내는 색이에요!"

"무슨 의미가 있어?"

"흰색은 진실! 검정은 인간의 지혜! 청색은 봄을 상징해요!"

랜드로서는 옆으로 지나가는 덩굴줄기를 보았다. 처음 기사들이 나타난 통로는 흰색이었고, 스톤 골렘을 만난 통로는 새카맣게 어두웠다. 이곳은 동쪽의 에로스포스, 청색일 것이다.

"봄이라고?"

"오행으로 치면 목(木)이에요! 만물이 소생하는 시기!"

"그래서?"

"그렇다고요!"

랜드로서는 잠시 생각하다 대꾸했다.

"역시 아무 도움도 안 되잖아!"

"그러게요!"

통로는 곧 끝났다. 앞은 유리문으로 막혀 있었다.

그 유리문 한가운데 눈꽃 같은 문양이 새겨져 있었다.

"여긴 이게 밖에 있네요."

문양 한가운데 열쇠를 끼울 지리도 확신히 있었다.

신중히 주변을 살피고 싶었지만 시간이 없었다. 랜드로서는
일단 문을 열었다.

내부는 넓었다.

온실 같은 풍경이었다. 다양한 식물이 줄을 맞춰 심어져 있
었다.

그 한가운데 거대한 나무가 있었다. 바라보는 것만으로도
숨이 턱 막힐 정도로 어마어마한 크기였다. 10m는 될 듯한 천
장에 거의 닿아 있었다.

"저건……"

나무의 잎사귀 역시 녹색이 아닌 파란색이었다. 그러나 하
나도 이상하지 않았다. 세 사람이 팔을 한껏 벌려도 껴안지 못
할 두텁고 거친 갈색 줄기가 쭉 이어지다가 천장을 떠받칠 듯
풍성한 가지로 펴져 나간다.

모두 바짝 긴장한 채 안으로 발을 들였다. 순간 덜컹! 하며
문이 막혔다.

지금까지는 매번 안쪽의 문을 건드리면 문이 막히는 구조였

다. 이번에는 안쪽의 다른 방 같은 건 보이지 않았다.

'이번엔 여기서 다 해결된다는 소린가?'

파스스스스스!

바람도 없는데 나뭇가지가 소스라치게 몸을 떨었다. 새파란 잎사귀들이 눈 내리듯 나무 밑으로 쏟아졌다.

긴장한 채 주변을 살피던 그들은 흠칫 놀라 뒤로 물러섰다.

바닥에 떨어진 새파란 잎사귀들이 반짝반짝 빛나고 있었다. 곧 위로 쭉 잡아 늘이듯이 늘어나 푸른 피부의 사람처럼 변했다.

순식간에 수십 명의 푸른 사람들이 그들 앞에 섰다.

그들은 전부 사냥꾼 같은 가죽 옷을 두르고 있었다. 어깨에 걸친 활을 손에 들더니 화살을 꺼내 활에 재었다.

그들이 일제히 화살을 쏘았다. 화살이 빗살처럼 일행을 향해 날아왔다.

피슈슈슈슈슛!

"이곳을 보호하소서!"

제때 주문을 끝낸 티라미슈가 방어 주문을 외쳤다. 반투명한 막이 그들의 앞에 나타난 것과 거의 동시에 수십 개의 화살이 반투명한 막에 날아와 박혔다.

타다다다다다닥!

반투명한 막은 바늘꽂이처럼 되어 사라졌다. 그때 이미 랜드로서는 단거리 순간이동으로 하늘에 떠 있었다.

"파이어 볼!"

그가 불덩이를 집어던지자 푸른 사람 하나가 불꽃에 확 휩싸여 없어졌다. 레이니와 잉그리타도 앞으로 뛰어나갔다. 막 화살을 새로 재는 푸른 사람들을 마구 후려쳤다.

파스스스스스스!

푸른 사람들을 반쯤 쓰러뜨렸을 때쯤 뒤에 선 나무가 몸을 떨었다. 또다시 잎사귀가 한가득 떨어져 푸른 사람으로 변화하기 시작했다.

'이런!'

끝이 없을 것 같은 불길한 예감에 랜드로서는 나무를 보았다. 순간, 나뭇가지 사이로 무언가가 휙 지나가는 게 보였다.

"그쪽을 부탁해!"

랜드로서는 가벼운 날갯짓 스킬을 사용해 나뭇가지 속으로 뛰어들었다. 밑에서 비명이 들렸다.

"잎사귀 떨어뜨리지 말아요!"

거대한 나무의 내부는 넓은 숲속 같았다. 나뭇가지들이 사방으로 얽혀 있었고 나뭇가지마다 푸른 나뭇잎이 가득 달려 있었다.

'뭔가가 있었는데.'

랜드로서는 굵직한 가지 위에 서서 주변을 경계했다.

바삭!

문득 저 앞에서 나뭇잎이 흔들렸다. 랜드로서는 가지를 타고 그쪽으로 달려갔다. 쭉 앞으로 달려가다가 가지가 가늘어지자 옆의 가지로 뛰어 옮겼다.

그러나 옆의 가지를 딛는 순간 발이 미끄러졌다.

"끄악!"

랜드로서의 몸이 아래로 쑥 가라앉았다. 바로 그 순간, 랜드로서의 머리가 있던 자리에 화살이 쉭 지나갔다.

'미끄러져서 안 맞았다?'

간신히 가지를 잡고 떨어지지 않았던 랜드로서는 화살이 날아온 방향을 보았다. 사냥꾼 복장을 한 금발의 엘프가 막 저 위쪽의 가지로 뛰어오르는 것이 보였다.

"바람의 숨결!"

랜드로서는 엘프가 뛰어오른 가지로 이동했다. 막 엘프의 뒷모습을 눈앞에 둔 순간, 엘프가 휙 돌아보며 랜드로서의 얼굴을 후려쳤다.

퍽!

랜드로서의 고개가 휙 돌아가며 아래로 떨어졌다. 그는 필사적으로 팔을 뻗어 나뭇가지를 잡았다. 나뭇가지가 그의 무게 때문에 아래로 크게 기울어졌다가 용수철처럼 위로 솟아올랐다.

랜드로서는 가지가 최고로 솟아오른 순간 손을 놓았다. 그의 몸이 한순간 허공에 떴다. 막 가지를 타넘는 엘프의 머리 위까지 떠올랐을 때 그는 시동어를 외쳤다.

"아이스 블레이드!"

횡횡횡횡!

허공에 생성된 두 개의 얼음 칼날이 맹렬히 회전하며 엘프의 뒤통수로 날아갔다. 엘프는 번개처럼 단검을 뽑더니 허공을 좌악 그었다. 얼음 칼날 두 개가 단번에 두 동강나 떨어졌다.

'그건 미끼였고!'

그리고 랜드로서는 엘프의 머리 위로 떨어졌다. 일단 이놈을 땅으로 끌어 내릴 생각이었다.

막 엘프와 부딪치려는 순간, 엘프와 눈이 마주쳤다. 엘프의 푸른 눈을 본 순간 소름이 확 돋았다.

'설마 이곳의 봉인은……!'

그리고 랜드로서는 엘프와 부딪쳤다.

두 사람은 아래로 떨어져 내렸다. 잔가지들이 따갑게 온몸을 때렸다.

쿵!

랜드로서의 등에 땅이 세차게 부딪쳐 왔다. 그리고 부딪친 자리에서부터 회색 물감이 터져 나오듯 온 세상이 회색으로 멈춰 섰다.

"다치지 않았어요?"

랜드로서는 눈을 떴다.

세상은 아직 회색으로 멈춰 있었다.

그러나 바로 앞에서 그를 내려다보는 금발의 엘프는 생생히 살아 있었다. 유리 같은 푸른 눈동자다. 아름다운 눈썹을 살짝 찌푸리며 손을 내밀어왔다.

불안할 정도로 가늘고 긴 손가락이었다. 랜드로서는 그 손을 잡았다. 랜드로서의 손에는 본 적 없는 흰 장갑이 끼워져 있었다.

그리고 예상대로 안내창이 떴다.

"어떻게 된 겁니까?"

랜드로서가 물었다. 랜드로서는 그 목소리가 묘하게 익숙하다는 생각을 했다.

금발의 엘프는 귀 뒤로 머리카락을 넘기며 뒤에 선 거대한 나무를 올려다보았다.

모든 풍경은 회색이었다. 떨어지던 잎사귀는 허공에 멈춰 있었고, 날던 새도 날개를 펼친 채 그냥 떠 있었다.

"시간을 잠시 멈췄어요. 곧 원래대로 돌아갈 거예요."

그리고 사아악! 소리가 아닌 듯한 소리가 나며 씻어내듯 온 세상의 색깔이 제대로 돌아왔다. 랜드로서는 놀란 어조로 말했다.

"놀라운 능력이군요."

금발의 엘프가 살짝 뒤돌아보았다. 그녀의 얼굴에 서려 있던 걱정은 어느새 사라지고 차가운 표정으로 돌아가 있었다.

“이만 돌아가세요.”

“나는 도움을 청하러 왔습니다.”

이곳은 아까의 온실 같은 공간 그대로였다. 엘프의 앞에 서 있는 거대한 나무는 천장을 온통 떠받치듯 풍성한 가지 위에 파란색의 잎을 가득 달고 있었다. 엘프는 나무를 계속 올려다 본 채 말했다.

“우리 일족… ‘푸른 눈의 엘프’들은 바깥의 무엇에도 관심이 없습니다. 도움을 줄 손도, 도움을 받을 손도 가지고 있지 않습니다.”

“마족 군대가 밀려오고 있습니다!”

랜드로서가 외쳤다. 엘프는 뒤돌아보지 않았다. 랜드로서가 계속 외쳤다.

“마족이 이 땅까지 침입해 오면, 이곳은 무사할 것 같습니까! 모두가 힘을 합쳐 그들을 막아내야 합니다!”

엘프가 손을 뻗어 한곳을 가리켰다. 랜드로서는 그쪽을 보았다.

온통 새파란 나무 한쪽이 회색으로 시들어 있었다.

“당신을 구하기 위해 시간을 멈춘 대가입니다, 드라우스.”

나, 또 드라우스냐?

랜드로서의 생각은 전혀 알지 못한 채 엘프는 슬픈 옆얼굴을 보였다.

“우리의 힘은 전혀 대단하지 않습니다. 신성한 나무 ‘스트라우스’는 이제 저 한 그루밖에 남지 않았습니다. 그마저도 바같의 공기에 노출되거나 능력을 사용할 때마다 조금씩 시들어 갑니다."

엘프는 숨을 한 번 삼키고는 말을 이었다.

"우리 '푸른 눈의 엘프' 일족은 신성한 나무 스트라우스가 없이는 살아갈 수가 없습니다. 마족 군대와 대항할 힘을 원하고 계시지요? 우리에게 힘을 쓰라 하는 것은 우리에게 죽으라고 하는 것과 같습니다."

그리고 그녀는 나무 쪽으로 한 발을 디뎠다. 그때 랜드로서가 외쳤다.

"그럼 이렇게 차원의 틈에 숨어서 서서히 죽어갈 겁니까!"

엘프는 아무 말도 하지 않았다. 랜드로서는 계속 외쳤다.

"그러다가 마족 군대가 이곳까지 쳐들어와 신성한 나무가 그들의 마기에 시들어 버리면 그것은 운명이다, 라고 편안히 죽을 생각입니까! 이게 살아 있는 것입니까!"

랜드로서는 벌떡 일어났다. 말을 이었다.

"여러분의 힘이, 아니, 잉그리타! 당신의 힘이 필요합니다!"

금발의 엘프 잉그리타는 가볍게 뛰어올랐다. 곧 그녀는 나뭇가지 사이로 획획 뛰어올라 가 보이지 않게 되었다.

"잉그리타!"

랜드로서는 터지듯 외쳤지만 대답은 돌아오지 않았다.

그는 날카로운 눈으로 나무를 노려보았다. 잠시 생각하더니 허리춤에 차고 있던 검을 뽑았다.

사악!

검은 검답지 않은 스치는 소리를 내며 뽑혀 나왔다. 오렐드의 봉인을 풀 때 랜드로서가 뽑아보고 싶어했던 그 검이다.

검의 형태는 보통의 롱소드로 보였다. 은빛 검신 가운데 적당한 혈조가 새겨진, 정말 보통의 검이었다.

그러나 랜드로서가 검을 쥔 채 정신을 집중하자 검의 날 부분이 파르스름하게 물들기 시작했다. 보고 있는 눈이 시릴 정도의 새파란 기운이었다.

'이 기술은?'

"하앗!"

랜드로서는 검을 내리그었다.

서걱!

검은 푸른 잔상을 남기며 나무줄기의 표면을 길게 그었다. 나무줄기의 표면에 깊은 상처가 났다.

짝!

어느새 내려온 잉그리타가 랜드로서의 뺨을 후려쳤다.

"이게 무슨 짓입니까! 신성한 나무에!"

랜드로서는 욱신거리는 뺨을 느끼며 차갑게 웃었다.

"화는 나십니까?"

"당장 나가요!"

"그게 얼마 만에 내는 화인지 기억은 나십니까?"

그녀 잉그리타는 분노로 얼굴이 새빨갛게 물든 채 랜드로서를 노려보았다.

랜드로서는 검을 집어넣었다. 차가운 눈으로 나무를 보며 말을 이었다.

"마지막 남은 신성한 나무라고요. 그것을 잃을까 두려워 차원의 틈에 숨은 채 바깥의 모든 것을 차단하고 죽은 듯 세월을 보내고 계십니까? 그게 이미 죽어 없어진 것과 무슨 차이가 있습니까?"

"어설픈 말놀음으로 진실을 흔들지 마세요!"

"아니오. 내가 흔들고자 하는 것은 마음입니다."

랜드로서는 잉그리타를 똑바로 보았다. 그녀는 노려보는 시선을 유지하려 했으나 입가를 움찔거리는 게 명백히 밀리는 얼굴이었다.

"그래요, 현명한 것인지도 모르겠습니다. 조금이라도 오래 살아 있으려거든 몸조심해야겠지요. 그러나 그런 삶이 대체 무슨 의미가 있습니까? 그런 식으로 살아남으려거든 그저 일찍 죽어버리는 것이 편하지 않습니까?"

잉그리타는 동의하지 않는 듯했지만 어떻게 반박해야 할지 모르는 얼굴이었다. 랜드로서의 말이 이어졌다.

"이런 식으로 말하지만, 잉그리타님, 사실은 애원하는 것입니다. 당신의 힘이 없다면 우리는 죽을 수밖에 없습니다. 푸른 눈 엘프의 가장 신성한 힘을 소진시키더라도 우리를 살려주십사 하고 뻔뻔한 요구를 들고 온 것입니다. 하지만 당신과 우리의 운명이 전혀 관계가 없다고 생각하진 않습니다."

랜드로서는 잉그리타의 눈을 뚫어버릴 듯 쳐다보며 말을 계속 이었다.

"마족군은 결국 여기까지 옵니다. 우리가 지금 힘을 합쳐 막아서지 않으면! 물론, 푸른 눈의 엘프는 그 대가로 많은 것을 잃겠지요! 우리도 마찬가지입니다! 스물도 안 된 어린 청년들이 수없이 죽어 나갈 것입니다! 유수한 역사를 가진 도시들은 불타고 무너져 흔적조차 남지 않게 되겠지요! 그러나 그렇다고 해서 맞서 싸우지 않고 끝까지 피하려고만 한다면 오히려 모든 것을 잃을 것입니다!"

잉그리타는 아무 말도 하지 못했다. 랜드로서는 계속 외쳤다.

"세상이 더럽습니까? 죽음과 가까이하고 싶지 않으십니까? 그렇다면 이대로 사십시오! 살아도 살아 있지 않은 것처럼 시간만 보내다가 마침내 죽음이 찾아왔을 때 저항 한 번 해보지 못한 채 죽어 없어지란 말입니다! 당신이 우리를 돕지 않더라도 우리는 싸울 것입니다. 어차피 죽을 수밖에 없더라도! 끝까지 싸우고 발악할 수 있는 데까지 발악하고! 숨이 멎는 순간까지 마지막 한 놈의 목을 베어 가져갈 것입니다!"

랜드로서는 휙 돌아섰다. 그리고 성큼성큼 걸어가기 시작했다.

그는 문득 발밑의 풀이 시들어가는 것을 발견했다. 아래만 보고 걷던 그는 고개를 들었다.

온실 전체가 급속도로 시들어가고 있었다. 주변의 모든 식물이 회색빛으로 말라붙다가 바스러져 없어지고, 새소리, 벌레 소리마저 완전히 사라졌다. 어디선가 희미한 비명이 들렸다.

랜드로서는 뒤돌아보았다.

천장에 닿을 듯 거대한 나무, 스트라우스가 회색으로 시들어가고 있었다. 넓게 펼쳐졌던 가지들이 오그라들고 싱그럽게 파랗던 잎사귀가 회색빛으로 말라비틀어졌다. 그것은 양팔을 펼치고 서 있던 거대한 거인이 온몸을 오그리는 것처럼 보였다.

결국 나무는 모든 잎을 잃고 회색빛으로 말라비틀어진 채 처음의 1/3 크기로 줄어들었다. 그래도 여전히 거대하고 압도적이었다. 그러나 생생하던 때에 느껴지던 압도감과는 완전히 반대되는 압도감이기도 했다. 나무줄기에 무수히 지나가던 굴곡은 더욱 깊어지고 황폐해졌다. 더 이상 이곳에서는 아무것도 살지 못할 것만 같았다.

'아, 이제 움직일 수 있네.'

랜드로서는 자신의 손을 내려다보았다. 장갑을 끼지 않은 길고 섬세한 손이었다.

'젠장.'

원래 랜드로서 자신의 손은 이렇게 섬세하지 않았다. 인큐버스가 된 후로 손 형태도 바뀌어 버린 모양이다.

'여자들이 의외로 남자 손에 집착하긴 하드만……'

그는 긴 손가락이 섹시하다는 등의 이야기들을 떠올리며 기우뚱한 자세로 앞을 보았다.

이제 알 수 있을 것 같았다.

‘이게 이곳의 ‘현재’인 건가.’

처음 갔던 흰 방은 낡았고, 두 번째로 갔던 실험실은 도서관으로 변했다. 그리고 이곳의 나무는 말라 죽었다.

랜드로서의 발 앞에 푸른빛의 보석이 있었다. 온통 회색빛으로 변해 버린 이곳에 유일한 또렷한 색으로 보였다.

‘열쇠다.’

랜드로서는 보석을 집어들었다. 그리고 주변을 살폈다.

낮은 나뭇가지에 반짝이는 것이 걸려 있는 게 보였다. 집어 보니 은색의 가느다란 사슬이었다.

[잉그리타의 끊어진 팔찌]
가느다란 사슬로 된 팔찌. 끊어져서 착용할 수 없다. 고치려면 특별한 기술이 필요할 것 같다.
마력+20

랜드로서는 밖으로 나왔다. 일행은 좁은 통로에 구겨지듯 박혀 있었다.

“뭐 해?”

“몰라요. 조금 전까지 그 퍼런 놈들이랑 싸우고 있었는데…….”

티라미슈가 대답했다. 어깨와 팔에 박혔던 화살이 희미하게 사라져 가고 있었다. 다른 일행도 상태가 별로 좋아 보이지 않았다.

"빨리들 일어나. 뛰어야 할 테니까."

랜드로서는 열쇠를 손에 든 채 말했다. 모두들 후다닥 일어나 섰다. 랜드로서의 시선이 한순간 잉그리타에게 향했지만 일단 미뤄두고 앞을 보았다.

"준비해. 하나, 둘, 셋!"

셋 하는 순간 랜드로서는 열쇠를 문양에 끼웠다. 문양 전체가 파란색으로 확 물들더니 안내창이 떴다.

"어?"

이게 잉그리타의 봉인일 거란 건 예상했지만, 아직 남풍의 노토스는 가지 않았다. 아직 한 개의 봉인이 남아 있어야 했다.

'분명히 우리가 오렐드의 봉인을 풀 때까지는 봉인이 두 개 남아 있었어!'

그들이 이 방을 진행하는 동안 뭔가 변화가 있었다는 의미다. 퍼뜩 이 퀘스트의 원래 목적이 떠올랐다.

'맞아, 파이어 마스터! 우리가 찾아야 할 파이어 마스터도 이 탑 안에 있어!'

경고!
마물이 주요 시설물에 침입하였습니다.
대마족부대의 가동을 준비합니다.
남은 시간 3:00

두 개의 창이 동시에 떴다. 그리고 레이니가 소리쳤다.

"뛰어요!"

뒤돌아보니 뒤쪽의 온실에서부터 지우개로 지운 듯 사라져 가고 있었다. 발밑의 바닥이 천장이 벽이 이곳이라는 공간 자체가 뒤에서부터 사라져 간다.

'뭐야! 봉인을 전부 풀면 대마족부대의 가동도 멈추는 게 아니었어?'

일행은 정신없이 뛰어나갔다. 퍼뜩 생각난 랜드로서가 티라미슈에게 물었다.

"오방색인지 뭔지라고 했었지! 남쪽은 뭐야!"

"남쪽은… 적색이요! 열정을 상징해요! 오행으로는 화(火)! 어랏?"

랜드로서는 저 헛똑똑이에 기가 찼다.

"인마! 그럼 그쪽부터 가자고 했어야지! 우리가 찾는 사람이 파이어 마스터잖아!"

"그러게요! 나도 방금 떠올랐어요!"

그리고 바로 소리쳐 덧붙였다.

“누가 이런 걸 계산해 가면서 게임을 하겠어요! 개발진이 바보인 거지!”

“다 알고도 못 읽은 놈이 말이 많다!”

그리고 통로가 끝났다.

“아…….”

바닥은 이미 완전히 열려 있었다. 거대한 경기장처럼 아래층을 빙 둘러 계단이 생겨나 있었다.

그리고 계단 한가운데의 무대라 할 수 있는 장소에 백여 기의 메탈 골렘이 한쪽 무릎을 꿇은 채 도열해 있었다.

“저기 문이 있어요!”

레이니가 외쳤다. 경기장의 출구처럼 한쪽에만 계단이 푹 파여 문이 달려 있는 장소가 있었다. 그러나 불행히도 반대편이어서 저 문까지 가려면 빙 돌아가거나 메탈 골렘 무리를 통과해야 했다.

그리고 눈앞에 반투명한 창이 떴다.

대마족부대의 가동 준비가 끝났습니다.

척!

메탈 골렘이 일제히 일어났다. 일행에겐 거대한 금속의 벽이 일어서는 것처럼 보였다.

척!

그들은 일제히 돌아섰다. 정확히 일행이 있는 방향이었다.

"아무래도… 우릴 공격할 것 같죠?"

랜드로서는 급히 주변을 보았다. 네 개의 바람의 문은 전부 무너졌고, 이용할 수 있는 지형도 없었다. 달아날 만한 자리는 저편의 문이 있는 자리뿐이었다.

하지만 그 문을 이용하려면 저 메탈 골렘들을 넘어가야만 한다.

메탈 골렘들이 이쪽으로 뛰어오기 시작했다. 쾅쾅쾅쾅쾅쾅! 온 세상이 다 울릴 듯한 발구름이 그들을 향해 닥쳐왔다.

"일단 문으로 가자! 모두 날아!"

일행은 전부 날아올랐다. 그러자 골렘들이 일제히 멈추더니 위를 향해 함성을 뿜어 올렸다.

뿌아아아아아아—!

너무나 큰 소리라 소리 같지가 않았다. 먹먹한 진동이 온몸을 때리며 일행의 날개가 굳었다.

[상급 피어:저항 실패]
전신 마비
대화 불가
남은 지속 시간 1:00

일행은 후드득 아래로 떨어졌다. 가벼운 날갯짓 랭크가 가장 높아 가장 앞에서 날고 있던 랜드로서는 맨 앞줄에 있는 골렘의 어깨로 떨어졌다.

땡!

금속 표면에 부딪치자 온 머리가 울렸다. 골렘은 바로 랜드로서의 다리를 잡아 바닥에 패대기쳤다.

"우왁!"

쾅!

바닥에 세차게 부딪치며 삽시간에 생명력이 바닥까지 떨어졌다. 골렘의 발이 랜드로서를 세차게 밟아왔다.

"바람의 숨결!"

막 깔리려는 순간 랜드로서는 단거리 순간이동으로 뒤로 피했다.

일행은 모두 계단 맨 위 열로 올라가 있었다. 그게 가장 골렘들에게 멀어진 장소였다.

"늑대들 다 불러!"

랜드로서가 외쳤다. 순간 골렘들이 다시 뛰어오기 시작했다.

쾅쾅쾅쾅쾅쾅!

서 있기 힘들 정도로 바닥이 울렸다. 흰 늑대의 이름을 일일이 부를 시간이 없어 랜드로서는 소환물 창을 눈앞에 띄워 올렸다. '3호'에서부터 '20호'까지 단번에 훑어 내렸다.

번쩍!

모두들 그런 방식을 사용했는지 그들의 눈앞에 80여 마리의 흰 늑대가 나타났다.

"그로우 업(Grow up)!"

때맞춰 티라미슈가 마법을 끝냈다. 늑대들의 발밑에서 흰 빛이 확 퍼지더니 늑대들의 몸이 부쩍부쩍 커지기 시작했다. 소환물의 크기를 키우고 힘을 두 배로 늘리는 마법이다.

"오옷! 커진다! 주인님, 저도 성장했습니다!"

그 와중에 쓸데없는 놈도 함께 거대해지고 있었다.

거대해진 늑대들은 이를 드러내며 전투태세를 갖췄다.

골렘들은 달려오는 발을 늦추지 않았다.

그리고 100여 기의 메탈 골렘과 80여 마리의 거대 흰 늑대가 격돌했다.

『검마전기 그라인더』 2권에서 계속…

저작권 보호!!
장르문학의 성장에 힘이 되어주십시오.

저작물의 무단 전재와 복제, 불법 다운로드!
이것은 관심이 아니라 무관심입니다!

작가님들은 창의적 열정과 시간을 투자해 자신의 꿈과 생계를 유지합니다.
한 권의 책을 만들어 많은 사람들은 자신의 인생과 미래를 설계합니다.

저작물 속에는 여러 사람의 노력과 희망이
담겨 있습니다!

저작물의 무단 전재와 복제, 불법 다운로드는 여러 사람들의 꿈과 생계를
위협함으로써 장르문학을 심각한 상황에 빠뜨리고 있습니다.

이제는 무관심이 아니라 관심으로 장르문학의
성장에 힘이 되어주세요.

[도서출판 **청어람**은 항시적인 저작권 보호를 통해 장르문학과
여러분의 희망을 지키겠습니다.]

저작물의 무단 전재와 복제, 불법 다운로드는 법률에 의해 처벌받을 수 있습니다.
저작권법 제97조의5 (권리의 침해죄)
저작재산권 그 밖의 이 법에 의하여 보호되는 재산적 권리(제73조의 4의 규정에 의한 권리를
제외한다)를 복제 · 공연 · 방송 · 전시 · 전송 · 배포 · 2차적 저작물 작성의 방법으로 침해한
자는 5년 이하의 징역 또는 5천만 원 이하의 벌금에 처하거나 이를 병과(동시에 두 가지 이상의
형벌을 지우는 일)할 수 있다.

長虹貫日
장홍관일

월인 新무협 판타지 소설

세상은 언제나 정의가 승리하고,
그래서 사필귀정(事必歸正)이라고?

개소리!

세상은 나쁜 놈들이 지배하지.
그러나 그놈들은 아주 교활해서 절대로 나쁜 놈처럼 안 보이지.
현재 무림을 지배하고 있는 백도의 어떤 인간들처럼……